李琳 著

家国纪事

1949—2014

Jiaguo Jishi

江西高校出版社

图书在版编目（CIP）数据

家国纪事:1949～2014 / 李琳著. —南昌:江西高校出版社,2014.9
ISBN 978-7-5493-2824-6

Ⅰ. ①家… Ⅱ. ①李… Ⅲ. ①回忆录—作品集—中国—当代 Ⅳ. ①I251

中国版本图书馆 CIP 数据核字（2014）第 227340 号

责任编辑	邱建国　李目宏
装帧设计	邓家珏
排版制作	邓娟娟
出版发行	江西高校出版社
社　　址	江西省南昌市洪都北大道 96 号
邮政编码	330046
总编室电话	（0791）88504319
编辑部电话	（0791）88595397
销售电话	（0791）88517295
网　　址	www.juacp.com
印　　刷	深圳市星嘉艺纸艺有限公司
经　　销	全国新华书店
开　　本	700mm×1000mm　1/16
印　　张	23.5
字　　数	275 千
版　　次	2014 年 10 月第 1 版第 1 次印刷
书　　号	ISBN 978-7-5493-2824-6
定　　价	35.00 元

赣版权登字-07-2014-517

序

李江源

母亲，是一个提起来就让人肃然起敬的字眼。

母亲，是一个让子女们充满无限爱意的称呼。

无论是伟人名人，还是平民百姓，谁没有得到自己母亲的细心呵护、精心抚育？

我的母亲，是千千万万母亲中的一个。虽然朝夕相处，可长期以来，我实际上并没有真正了解自己的母亲。在参与编写这部书的日子里，当我静下心来认真拜读了母亲上千万字的日记，真正进入母亲在日记里折射出来的内心世界的时候，我才真切地体会到母亲这一生的艰辛和不易！

她的童年，过着家国破碎屈辱压抑的生活；

她的青年，亲历了共和国创建的整个历程；

她的壮年，在十年动乱期间历经坎坷磨难；

她的晚年，是幸福美满且传递快乐的岁月；

她的命运，与共和国的命运一起跌宕起伏。

她的一生，也是那一代母亲们一生的缩影！

在母亲2009年5月12日的日记里，记录了她第一次应邀在社区讲党课时，对自己一生的回顾。她概括自己的一生经历了4个时代：

出生在动乱时代；

生活在东北沦陷时代；

成长在毛泽东时代；

幸福在改革开放时代。

这样的党课，她在不同场合讲过多次。

通过阅读母亲亲笔写下的上千万字、69本日记，我似乎重走了母亲的人生道路，经历了母亲的跌宕人生，触摸到了母亲的人生脉搏，感悟到了母亲的生活激情，也见证了母亲晚年生活的丰富多彩！

记得第一个发现我母亲日记价值的，是我的大学同班同学、中山大学劳动问题国际研究中心主任何高潮教授。他和同是我们班同学的妻子赵星光女士2002年9月来江西的时候，在我家住了几天。星光对我母亲做的布贴画十分赞赏，挑选了动物、花卉等不同类型的11幅带去美国。而高潮看到我母亲的日记后则更感兴趣，认为能真实地记录自己的经历，是一笔不可忽视的精神财富。它是一代人的整个生活记录，展示了一代人的生活、历史背景、情感历程等等。他以一位社会学者的眼光说，这类材料难觅，力主我帮助母亲整理出版。

因一直工作繁忙，我原打算等我退休以后再来做这件事。没想到江西高校出版社的社科中心主任邱建国慧眼识珠，他在《江南都市报》上看到以《老人笔录历史》为题，介绍我母亲写了 60 多年上千万字日记的报道后，和社科中心策划部主任李目宏一同前来我家与我母亲商谈出书事宜。出版社领导对该选题也充分肯定，打算把这本书作为国庆 65 周年的献礼书出版。

由于我曾经在该社出过书，当他们得知李琳是我的母亲后，大喜过望，又把我拉进来参与策划。考虑到时间比较紧，出版社除了派来两位刚进社的大学毕业生付蕾伟、李齐帮助整理日记及口述记录外，我 6 月份正式退休后，就把我也加进来组成了 5 人的编辑班子。作为儿子，参与这件十分有意义的事情，我自然义不容辞且十分乐意。

经过大家的共同努力，这本《家国纪事：1949—2014》终于如期面世了。

这本书展现了母亲亲身经历过的 4 个时代的风风雨雨；

展现了母亲在每一个时代、每一次重大事件中的心路历程；

展现了母亲和年轻的共和国风雨同舟走过的坎坷道路；

展现了母亲历经新旧两重天后的人生轨迹和人生感悟。

这本书展示的不仅仅是母亲个人的人生轨迹，它也从一个侧面折射出了我们共和国的足迹。

按母亲自己的话来说：“昨天不可忘记，历史不会褪色。”

今天，当生活被甜蜜浸泡得发腻的时候，回忆昨天，成了一种不可缺少的营养品。它可以给一个民族补充必需的钙质，支撑起一个民族的精神躯体，也是爱国主义的必修课。

（李江源，教授，江西省委宣传部巡视员、省委讲师团原团长）

contents
目 录

贰 磨难历程(1966—1976)

【口述实录】

 再创新业(1977—1991)

【口述实录】

附录：发表的文章

激情岁月

（1949—1965）

17 岁，她瞒着家人偷偷报名参军，严守纪律，命运在这里拐了一个弯。

南下，南下，一路南下。从北国到南方，从黑土地到红土地，命运将她安排在他乡生根。

第一次写日记

1949 年 12 月 30 日

今天，颜专员把我叫到他办公室，说你的名字改好了，由“李麟”改为“李琳”，音不变，笔画减少了。我说谢谢领导。他说，现在谈谈怎样学习的问题吧。首先要认真学习，参加集体学习，学习革命理论，学习党的各项方针政策和毛主席的文章，了解国内外大事；还要练习写学习笔记、体会。

最后他又说，你从现在起学习写日记吧，这是既可提高文化水平又能练字的好方法。除了党的机密不能写，其他都可以写。随后，他拿出一本用毛边纸裁成本子大小、用线缝成的本子，说：“我叫办公室陈世杰秘书给你准备的。”说完，他拿钢笔在本子的封面上（本子是用硬纸当封面）写下了一句话：“平时材料的摘记，减少用时的寻找不及。颜志敏”。然后递给我说，把你的新名字写上吧！我高兴地写上了“李琳 1949 年 12 月吉安专署”。

我拿上日记本向颜专员表示：一定坚持学习、写日记，努力提高自己的政治觉悟和文化水平，不辜负领导对我的培养。

脱下军装换上了列宁装

1950 年 2 月 28 日

今天，我领到了新的服装——列宁装。这是组织上专门为我们女同志配发的制服。

我参军时穿的是军装。南下到地方工作后，实行的是供给制，配发的第一套制服叫“列宁装”，男女都是灰色的，但式样不同。当我第一次领到这样的服装时，心中很不平静，因为这意味着我从此要脱下军装，彻底离开军队了。记得南下前领导说过“到达目的地完成任务再回去”，看来，这一承诺是不可能兑现了。

听老同志说，这种列宁装流行于延安时期。那时的干部流行灰色棉布的列宁装，西式的大驳领，右边双排扣，腰间束腰带，腰间两只斜口袋。学校学生、职工和我们是一样的衣服，工厂工人的衣服颜色是蓝色。这种服装成为当时最流行、最好看、最时尚的服装。一般从服装上就能看出你的身份，这种衣服是身份、地位的象征。但我还是喜欢军装，那是我参加革命的第一套服装，回想我当初参军的情形，心中十分感慨。

穿着睡衣扭秧歌

1950年5月21日

今天传来了海南岛解放的消息，大家顿时感到欢欣鼓舞。为了庆祝海南岛解放的重大胜利，吉安专署机关俱乐部立即组织秧歌队上街宣传，并从专署各局选调10位女同志参加秧歌队。我和彭易（专署办公室文秘）、杨秀清（专署医务室护士）、赵淑娴（地区财政局干部）、韩美玲（地区粮食局干部）、芦秀兰（地区粮食局干部）、冷莹（专署医务室医生）、贺菊媛（专署文教科干部）、姜华莉

穿着睡衣扭秧歌（1950 年 5 月 21 日庆祝海南岛解放，吉安专署组织秧歌队上街宣传）
左起：彭易、杨秀清、李琳、赵淑娴、韩美珍、卢秀兰、冷莹、贺菊援、王瑞珍、万华莉

(地区粮食局干部)、王瑞珍(地区粮食局干部)光荣入选。

秧歌队组织起来之后，在大学生彭易同志的领导下，我们立马在专署院内排练，边扭边唱《解放区的天是明朗的天》《没有共产党就没有新中国》两首歌曲。秧歌队里南下的五位同志因为来自北方，扭大秧歌很熟练。南方的五位同志则学着扭，很快也熟练了。在机关院内练习时，很多人前来围观，当地人看到扭秧歌很新奇。

排练好之后，面临的一个难题就是没有统一的服装、道具。事务长灵机一动，找木匠做了一把镰刀、一个锤子。对于演出服，事务长想起接收国民党物资仓库时发现有一捆睡衣睡裤，于是找人抬出来了。我们一看，全是白底带各色竖条的彩色睡衣睡裤。我们每个队员都拿了一套。睡衣比较肥大，我们就找来针线把袖口、裤角往里缝进一截。头上扎一条军用毛巾，腰间扎一根皮带，衣摆像喇叭形状的裙子。脸上没有化妆,脚上穿着发的布鞋。

俱乐部的同志通过专署文教科在阳明中学借来一套锣鼓,并找来 4 个男同志负责敲打。一切就绪之后,我们排成一行,从专署出来,喊着:“庆祝海南岛解放!”“伟大领袖毛主席万岁!”等口号。到了吉安繁华的永叔路后,便边扭边唱起来。当时场景十分热闹,商铺门口聚集了很多百姓驻足观看。

这是新中国成立后吉安出现的第一支秧歌队。

从街上拉回来参加集体婚礼

1950 年 7 月 1 日

今天, 我和李鹏参加了在吉安专署办公大厅举行的集体婚礼,正式结婚了。有 30 多个同志出席了我们的婚礼仪式。

专署办公室主任恽常同志事先安排好了,然后再通知说为我们举办婚礼。这天正巧我和同志们上街玩去了,赵淑娴同志急忙到永叔路把我拉回来,说:“快回去,今天给你们举行集体婚礼!”于是,我们便匆匆忙忙赶回来了。

大厅里非常热闹。参加婚礼的有 3 对:我和李鹏;王希成(抗战干部,地区商业局长)和董世芳(南下干部,在新华书店工作);彭易(南下干部,专署办公室干部)和彭音(地区外贸公司)。

主持婚礼的恽常同志是抗战时期的老干部,这次集体婚礼仪式是他组织安排的。他在婚礼仪式上特别强调说:“选择七一党的生日这天为3对新人举行集体婚礼是很有意义的。你们有的是老党员，也有新同志，希望你们永远为党的事业奋斗，共同携手建设社会主义。”

因为是供给制，公家给我们每对新婚夫妇发了一床军用双人绿色蚊帐，我们穿的还是旧的干部服。没有彩礼、没有嫁妆，几位女同志帮着把我的生活用品搬到李鹏房内就合二为一了。想到远方的父母还不知道我就这么简单地嫁出去了，心里隐隐感到有些委屈。

与李鹏 1950 年 7 月 1 日结婚纪念

申请参加抗美援朝　　1951 年 4 月 11 日

今天看到《人民日报》发表作家魏巍写的《谁是最可爱的人》，想想抗美援朝距今也有半年了。为了支援抗美援朝，前些天我和战友一起申请去医疗队。当时规定单身同志上前线，有家室的同志不让去，我已经结婚了，所以组织没有批准。

第一次怀孕时在土改工作团

1951年11月×日

不久前我参加了吉安地委组织的土改工作团，这是江西第三期(最后一期)的土改。每天的工作十分紧张,需要走家串户了解情况。

今天我感到身体不适,不想吃东西,想呕吐,四肢无力。和我同住在一起的老大姐告诉我说像是怀孕了,是妊娠反应。农村生活很艰苦,群众不富裕,主食基本上是红薯粥,没有新鲜蔬菜,都是咸菜、萝卜干和腌的红辣椒。一到晚上,群蚊乱飞,人们身上到处是又疼又痒的红包,有些同志还染上了疟疾。我心想,这个孩子来得真不是时候。

李鹏的两个哥哥早已儿女成群了,家乡的老母亲催他早生儿女。思前想后,既然有孕在身,只能克服困难坚持生下来。

第一次上台讲话

1952年10月×日

土改已经进入分田地的阶段,工作十分紧张。今天,区里安排一次汇报会,由区委和区政府汇报土改开展以来的情况。郑立新队长安排我上台汇报,她告诉我着重讲三方面的内容:

一是放手发动群众,宣传土改政策,充分调动群众的积极性,依靠贫农,团结中农;

二是要查阶级、划阶级成分,作为土改关键来抓;

三是与敌人的斗争情况,揭露地主恶霸的罪行。

于是,我鼓起勇气写了一个汇报提纲。

会场设在一个农村的旧祠堂里,主席台就是祠堂正厅比天井高一些的台子,台下摆了一些长条形的凳子,坐的是各村的工作队长。不久,区长陪同10多个人进来。我第一次在这种场合下登台讲话,看到这么多人,心里不免突突地直跳。开会前,大家喊口号:“欢迎中南区的领导视察土改工作!”会议开始后,区长先介绍全区的土改情况,然后我代表工作队员上台汇报。上台后,我看见台下的人黑压压一片,大家都在鼓掌,我的腿哆嗦起来了,原来写的提纲也吓得全忘了。

不过我很快镇定下来,调整好情绪,开始汇报。由于讲的全是自己做的工作,所以很快地进入了“角色”,语言也渐渐流畅起来。当我走下台的时候,前来视察的人纷纷跟我握手表示祝贺,有人说:“小同志啊,你讲的话对我们很有阶级教育意义呀!”这时,我不安的心情才平静下来。

回信给父亲没看到滕王阁

1953年5月24日

今天接到父亲的来信。信中,父亲要我把滕王阁的情况回信介绍一下,并且让我了解王勃写《滕王阁序》的故事,加深对滕王阁的了解。1949年我南下刚到南昌就想去看看滕王阁,可惜当时部队纪律严,社会未安定,不能随便走动。

现在在南昌稳定下来了,我就想去看看。正好今天是星期天,我沿江寻找,路非常不好走,我找了好久都没有看到。此时正好碰到一位战友,他是滕王阁公社的书记。我问他:"你是这里的书记,那就一定知道滕王阁啰!"他告诉我说,滕王阁早在 1921 年军阀混战的时候就被烧了,现在只剩一片废墟。

带着遗憾,晚上我写信把今天知道的这些给父亲说了。

重返学校读书

1953 年 9 月 1 日

今天是我们夜校开学的日子。没想到离开学校那么多年,我还能重新回到学校读书。

我上的是省直机关夜校。党组织为了培养干部,成立了工农学校,烈士子女送到工农学校读书,我们在职的上机关夜校。我自己报的名。我觉得光写日记还不行,还要学习文化知识,应该有计划地接受一些正规教育。我报的是初中一年级,每周一、三、五的早晨 6 点到 8 点,每周二、四、六的晚上 7 点到 10 点上课学习,一个礼拜只有星期天不学习。学习的科目有数学、语文、化学、物理。我一定要坚持学下去,初中学完了学高中,高中学完了有条件学大学课程。

两个社会两种命运

1954 年 2 月 26 日

几天前，我住进省妇女保健院待产。虽然已是第二次生孩子，可这次遇到了难产。当时医院提出了几套方案，但均有较大的风险。如果遇到危险，是保大人还是保孩子？需要家属签字。孩子他爸正在北京开会，不在身边。紧急关头，我所在的省供销社党组研究决定，能确保母子平安是最好的，万一不能兼顾，那就先保大人。省社党组书记郑重地签了字。

经过一昼夜的药物催生，到上午 10 时左右婴儿终于降生了，却没有听到哭声，而我又大出血，脑子一片空白，很快就失去了知觉。等我醒来时，看见床前铁架上吊着输血瓶子，意识到我又活过来了，而且儿子也抢救过来了，母子平安，我们母子俩与死神擦肩而过。看着身边一直守护我的同志们和睡着的儿子，联想到我出生后差点丢命的苦难经历，两行热泪夺眶而出。

童稚童趣

1955 年 5 月 6 日

今天，3 岁的小江准趁着阿姨不注意，一溜烟穿过马路跑到交警旁边，学着交警来回摆手，指挥汽车，引起路人驻足观看、议论，说交警怎么带着小孩子上岗？交警叫他站着别动，等下送他回家。他还不停地仰起脑袋瓜问："叔叔你累不累？"阿姨发现他不见了，焦急地到处找，出大门一看，见江淮站在岗亭上，赶快把他抱了回来。

回到家后，他到处找棍子，叫弟弟和他一起玩指挥交通，竹棍指到哪就要求弟弟跑到哪。可弟弟跑到右边他又指向左边，弟弟跑不快摔了一跤，头撞了一个大包，坐在地上哇哇大哭说是哥哥指的，江淮看到闯祸了，一溜烟跑出去不敢回家了。

家里请了一位阿姨

1956 年 3 月 30 日

今天是我女儿出生的第七天，家里现在有 3 个小家伙了。江淮四岁，江源两岁，都是活泼好动的年纪。李鹏和我每天都要上班，而且我早晚要上夜校学习，没时间顾家，就想请一位保姆帮忙照顾家里。周围邻居也都在帮忙打听这事，昨天邻居介绍了一个人，今天来我家。

上午邻居带着阿姨过来了，介绍她是南昌县罗家集人，离我家不是很远。初次见面，她给我的感觉是一位很朴实的农村妇女，皮肤很白，在头发后面扎了一个马尾。我和李鹏对她印象都不错，就把她留下来了。

第一次领到的工资抵了党费

1956 年 6 月 11 日

中央提出，干部的工资制度从包干制改为工资制。今天是我第一次拿到半个月的工资，却把它全抵了党费。

按照规定，国家行政干部共分为 24 级，我定在 18 级，等于部队的正营职，地方的正科级。我爱人定在 14 级，相当于部队的正团职，地方的正处级。我的工资是 80.5 元，我爱人是 127 元，我们俩工资算比较高的。

我在党团办公室工作，一项主要工作就是收党费。我收了将近 40 块钱党费，放在抽屉里，准备今天上交。哪知道今天一早到办公室，发现自己的抽屉被盗了，所有的党费都没了。

我不敢声张，害怕别人说我失职，只能哑巴吃黄连。下午，我拿出这半个月的工资，抵交党费了。

女儿没断奶就出差

1956年9月×日

女儿尚在哺乳期，省供销社决定抽调我陪同全国供销社的赵发主任一行，到江西上饶地区调查茶叶生产情况。我们在当地供销社的配合下组成了调查组。

我并没有向领导说明我的孩子没断奶，工作高于一切，个人的事再大在工作面前也是小事。昨天我匆忙地买了一罐奶粉和白糖，跟阿姨说我要出差。阿姨急得眼泪都要出来了，说："这样不行呀，孩子突然断奶是会生毛病的。"可我依然决定以工作为重。

今天我抱着女儿给她喂饱最后一餐，然后就走了。在火车上我奶涨，没办法只能自己躲在卫生间把奶挤出来。

"国"与"锅"

1958年8月×日

全国提出"大跃进、大炼钢铁"，"大办农业、大办工业"，要求炼钢炉不能停，一天三班倒。我们天天烧得是烟熏火燎，就像唐诗《卖炭翁》里说的："满面尘灰烟火色，两鬓苍苍十指黑。"为了炼钢铁，学校领导动员大家把家里的破铜烂铁全都交上去。

今天我在家转了一圈，家里用的是煤球炉子，需要劈柴刀把柴火劈成小块来引火。看到家里有这么一把劈柴的刀，我就准备把它交上去了。家里阿姨看到我把刀拿走了，撒腿就追到了门口对我说:“我们家就这么一把劈柴的刀，你拿走了我们怎么生炉子?”我说:“这是国家的需要,你就别拦着我了。”只有一样还不行呀,怎么办呢？我一想,家里还有一个备用锅,我就把那个锅也拿走。阿姨又讲我:“我们就这么一个备用锅,现在用的锅坏了我们怎么办?”我说:“先这么着吧,坏了再讲。这是‘国’和‘锅’的关系,你要是爱国,就别舍不得锅。”

1960 年全家合影

江淮上小学

1959 年 9 月 1 日

今天把江淮送到南师附小上学,这是南昌最好的小学。上学之前,我非常高兴,我的儿子上小学了。我们给他买了新书包、铅笔盒、笔记本等文具。可惜衣服需要布票,没有给他做新衣服。

我们到学校一看,学校环境很好,教室很明亮,操场很宽敞,设施很齐全,非常不错。江淮看了很喜欢。

十年大庆听阅兵

1959 年 10 月 1 日

今天是国庆 10 周年纪念日,举国欢庆。上午,我从广播中听到北京举行了隆重的阅兵式。毛泽东主席等党和国家领导人在天安门城楼检阅了人民解放军受阅部队,人民解放军陆海空三军部队 1 万多人接受了检阅。阅兵总指挥是北京军区司令员杨勇上将。我国还邀请了全世界 80 多个国家的贵宾参加,苏共中央总书记赫鲁晓夫以及社会主义大家庭各国的首脑都登上了天安门城楼。

这次参加游行的群众多达 70 多万,是迄今历次国庆阅兵庆典中人数最多的一次。

我听了实况广播的盛况后, 心中十分振奋。我们的国家强盛了,再也不会受帝国主义的欺负了。日本帝国主义侵略我们中国就是因为我们国家不强大。只有在中国共产党的领导下,建设好我们的国家,才能立于世界民族之林!

回爱人的老家

1960 年 7 月 15 日

今天，我和爱人带着我的几个小孩回到江苏淮阴。李鹏提前写信告知了母亲，老人得知儿子儿媳带着孙子孙女要回来了，提前做好了准备，磨了一些荞麦，中间用些萝卜放些盐做“两手捂”，给孩子蒸着吃。

几个孩子都没见过，黑乎乎的吃不惯，吵着要吃米饭。没办法，我就拿着全国粮票到当地的粮管所买了点大米。结果，这些大米都是发了霉的，只能凑合着给孩子煮点稀饭吃。

本以为到农村生活环境会好一些，没想到农村条件比我们那还困难。

两情若是长久时，
又岂在朝朝暮暮。
与李鹏结婚十周年纪念

母子情

1961 年 × 月 × 日

今天像平常一样白天上班晚上学习，回来后给孩子补衣服。我从 9 点开始一直到 12 点还没补完衣服。小儿子学习非常用心，一直坐在那写作业。看到我在缝补冬天的棉衣，他就写了一首儿歌：

深夜里，静悄悄，哥哥妹妹睡着了。
我在灯下写儿歌，妈妈给我补棉袄。
一针一线缝得密，穿在身上要爱惜。

儿子写完后给我看，我非常感动。孩子心疼妈妈，知道妈妈辛苦了。

他乡遇故知

1962 年 12 月 10 日

经过昨天一夜的火车，今天一早我从黑龙江到达了北安。一进北安公安招待所就被告知，当地从上个月起已经不招待外调人员了，一直要持续到明年清明前后。他们告诉我，这个时段常有狼群出没，让我在这睡一晚，明天就回去。

我想，我千里迢迢从南昌到这，现在回去，任务没有完成。正所谓“无巧不成书”，今天早晨北安市公安局韩局长打电话询问招待所的情况，我一听名字很熟悉，通过通话，证实韩局长是我以前的邻居，自从我南下后已经有10多年没见面了。他到招待所把我接到他家吃了午饭，我把来外调的事情告诉了他。下午他特地配了两个科员和一只警犬陪我去查证的地方。我非常感谢他，如果没有遇到他，任务完不成，可能今天就要返回南昌了。

烫发受到批评

1963年4月×日

今天上午，单位组织我们去看了一场电影，名叫《霓虹灯下的哨兵》。这部电影讲述了一个解放军的连队驻扎在上海，虽然身居闹市但是一尘不染，没有被城市里花花世界的糖衣炮弹打中，一直保持着艰苦朴素、热爱人民的优良作风的故事。

烫发后，已逝去的青春岁月忽然又苏醒了

党中央提出“兴无灭资”的口号，各单位看完电影都要组织学习，相互检查相互督促。我们办公室有四五个女同志，大家互相检查对方身上是否有不符合无产阶级思想的东西。检查到我时，正巧前些天我到上海出差，把头发烫了一个个大卷，这属于非无产阶级思想中比较典型的一类发型。下午开会时我受到批评。为了改正资产阶级思想，会后我忍痛到理发店把烫卷的那部分头发剪掉了。

【口述实录】

1. 姥爷把我从秫秸上捡回来

1932 年 1 月,我出生于松花江畔的黑龙江省汤原县竹帘镇竹西村。

我出生时,正值日本兵大举侵略东北,东三省沦陷,社会秩序大乱,“胡子”(即土匪)公开抢劫,我们举家逃难。当时我在襁褓之中,又逢极寒天气,一路颠簸,加上母亲奶水不足,又受了凉,结果拉肚子。母亲把我紧紧地搂在怀里,我口里叼着母亲干瘪的乳头,有气无力地哭着。爷爷就说:“这个小丫头崽子活不了啦,带着也是个累赘。”于是找来一捆秫秸,父亲随手把我用棉被包着放在秫秸上了,妈妈发疯似的扑过来连哭带叫:“她是个生命呀,你们怎么这么狠心呀!”又把我从地上捡起来了。正在这时,姥爷闻讯赶来了,气得要用酒瓶子揍我的父亲,吓得父亲赶紧溜走。姥爷对着爷爷破口大骂,边骂边把我从妈妈怀里抱过去揣在他穿的旧皮袍子里。他指着爷爷说:“这孩子我要啦!”逃难之后,姥爷回到依兰县,给我改名龚馨菊。当时没有牛奶吃,姥姥用小米磨成粉炒熟加点白糖,另外加喂奶糕,使我得以活下来。

我参军南下后,姥姥、姥爷相继去世,我为自己没能尽一份孝心而遗憾终生。

2. 苦难的小学经历

我是 1939 年春开始读的小学，那时候正是伪满洲国统治时期，学校全都改成“国民优级小学”。学制分为初小四年，高小两年，课程分为满语(汉语)、日语、算术、体育、修身(勤劳奉仕)。

我上学没有书包，母亲用一块布把书和石笔、石板包上。后来，姥爷帮我买了一个书包和铅笔盒，我高兴得不得了。家里没有钟，我们上学都是根据太阳走，感觉时间差不多我们就起床。通常我们要提前到学校，一是因为北方冬天很冷，我们需要轮流值班生炉子。二是我们需要开朝会。在课前每个班排好队由老师带出来，按年级一排排站在操场上。学生穿着大棉袄、带着手闷子(手套)，脚穿大厚棉鞋。操场上结了一层厚厚的冰，有的低年级学生冻得直打哆嗦。

老师们站在同学对面，要求我们规规矩矩不能乱动。如果谁交头接耳就打你一巴掌，当时惩罚学生的棒子被称为“日满协和棒”。值班老师站在搭好的台子上领着学生做朝会。朝会有这几项内容：向日本天皇遥拜鞠躬；背“国民训”；做建国体操；唱日本国歌和满洲国国歌。

当时日本推行伪满国的基本教育方针：培养丧尽民族意识、对伪满政权怀有“国家观念”的“忠良国民”，即殖民地奴才，使我们不知道自己是中国人，而成为效忠天皇的满洲人。我们小时候都只能说家住在满洲哪个地方，而不能说是在中国哪个地方。

太平洋战争爆发后，日本加紧迫害中国人，对学生要求更加苛刻。伪满政府推行“勤劳奉仕”政策，要求学生到田里抓田鼠、交猪血粉、牛毛团等。后来我们才知道这些东西是送到哈尔滨、长春做细菌实验，用以制造细菌武器迫害中国人。我和许多同学因为交不出这几样东西就辍学了。

3. 两个钢镚的故事

童年最快乐的事儿，便是过年了。大人们劳动一年，这时心身放松，嗓门也小了很多。这样，孩子们才有了自己的快乐。

年前，为了赚两个钢镚，我给母亲打工。我母亲是女子学校毕业的，会一手烹调、剪裁、编织、刺绣、钩花的技术。有些经济条件好的姑娘出嫁时要做很多嫁妆，如要织毛衣、围巾、袜子、枕头套、幔帐、绣花鞋等等。但村里的姑娘很少有会织毛衣之类的女红的，就把这类活儿送到我家，请母亲加工，给点钱或粮食作为报酬。

晚上，母亲坐在热乎乎的炕头上，在微弱的油灯下织毛衣。有时忙不过来，就叫我帮忙。我从七岁开始，就学会织袜子了。为了让我帮忙，母亲就哄我说：织完之后给我买一根麻花吃。当时，一根麻花只要两个钢镚就够了。为了一根麻花，我坐在炕上不停地织毛衣。用了不少时间，毛衣终于织完了，我也得到了两个钢镚的奖励。

当我手中捏着钱一蹦一跳地直奔麻花铺时，没想到大弟弟竟然偷偷跟着我，我没发现。当我把两个钢镚递过去接回麻花时，弟弟一下子冲过来，从我手中抢麻花。我不松手，结果麻花断了一截,掉在地上。我和弟弟又猫下腰抢,但弟弟先抢到手,然后吱溜一下就跑了,边跑边往嘴里塞。我俩各拿一截麻花连跑带颠地回到家。我委屈地向母亲说:“弟弟抢了我麻花,我白干了!”母亲却说:“你是姐姐,该给弟弟吃点嘛!”弟弟则说:“妈妈偏心,不给我钱买麻花!”

母亲还会把鸡蛋存起来,拿到集市上去换盐。如果她忙不过来,就叫我去。有时候找回一个两个钢镚,我就会去买小人糖,带回来和弟弟分着吃。

当时,我们怎么能理解家里没有钱的难处呢?

4. 我当“半拉子”

我在十一二岁的时候,农忙时就和哥哥姐姐们给人家帮工,下地锄草、间苗。北方的地一垅很长,从地头看不到地尾。我只能当半个工,俗称“半拉子”。间苗就是将长出的玉米苗(一兜有三四棵)拔掉两棵小的,留一棵大的、壮的苗,并用小锄铲掉周围的野草。一天到晚猫着腰干活,累得我腰酸背痛。

干一天活大人赚四毛钱,我因为是“半拉子”,只能赚两毛。一回家,爷爷什么都不问,就说:“交钱来!”我当时心里有点不大高兴,噘着嘴,因为我想买个漂亮的发夹,但又不敢说。爷爷看出我的表情,就说:“死丫头!你赚的两毛钱还不够你吃饭的!”我不敢吭声,一扭头就回我母亲的房里去了。我母亲看着我就心痛地说:“看你那小样,灰头土脸的,赶快洗把脸,上炕休息!”

另外，我的童年从来没有得过压岁钱。看见同学们身上有钱，买小人糖，我很羡慕。有时感到自己的命不好，太穷了，总是没钱。

5. 偷喝奶奶的生鸡蛋

小时候家里养了几只鸭和十几只鸡，每天晚上，奶奶都要到鸡窝里去摸摸鸡的肚子，看看有没有蛋。那时候家里人多，生活困难，鸡蛋都要攒起来到杂货店里换盐，补贴家用。除此之外，如果有多余的蛋，就炸盘鸡蛋酱，拌着小葱吃，这已经是当时很好的加餐了。但这样的美味只有家里的男人们可以享用，女人们没份儿。爷爷、爸爸、哥哥三人坐在炕上吃鸡蛋酱，女孩子们只能眼巴巴地在一旁看着，爷爷还要骂我们是“馋鬼”。久而久之，我的心中产生了不平。

一天，趁奶奶去菜地摘菜时，我悄悄溜进鸡窝，发现有一只母鸡“咯咯嗒”地叫，就蹑手蹑脚地走到母鸡面前，伸手把热乎乎的鸡蛋从鸡肚子底下掏出来，然后一溜烟跑到房后，趁着没人，打破鸡蛋一股脑喝下去了，当时感觉生鸡蛋口感非常好，喝到嘴里滑溜溜的。

第一次“得手”后，我的胆子也大了，接下来几天，只要奶奶不在，我就到鸡窝里偷喝鸡蛋。有一天，我听见奶奶在鸡窝里嘀咕：“昨晚摸鸡时发现 5 只鸡都有蛋，怎么今天只有 4 个，难道是我没摸准？”听了这话，我也警觉起来。为了不让奶奶起疑心，后来我就隔一天偷喝一次鸡蛋。我心想，你们男人吃炸鸡蛋酱，我喝生鸡蛋,这样也挺不错的。谁也没有发现偷蛋的秘密。后来家里闹鸡瘟,很多鸡都死了,鸡蛋也少了,为了多换盐,我也就不再偷喝鸡蛋了。

6. 借香火的亮光看书

太平洋战争爆发之后,伪满政权加紧了对人民的压榨,一切物资都要用作“支援圣战”。原来每个月给我们供应两斤“洋油”(即煤油),在太平洋战争爆发后就停止供应了。

东北日照时间短,下午 3 点多钟天就黑了。每晚村里家家户户用“松树油子”(即老松树砍下之后,里面产生的可点燃的油脂)照明。我们天一黑就上炕,太早了我们也都睡不着,想看书,没有灯怎么办?哥哥姐姐们就想出了一个办法:我们村子前面有个庙,每到初一、十五去那烧香的人很多,在燃炉里有些香没有点完就扔了。我和哥哥姐姐就去庙里把粗一些的香拿回来,在晚上就把香点着,借着香火的亮光看书,边看边把烟灰吹掉。

时间长了,庙里的慈云和尚知道了,经常会把粗一些的香给我们留下。

当时父亲规定有三本书不能看:老不看《三国演义》,认为越看越奸诈狡猾;少不看《西游记》,认为看此书容易看破红尘;女不看《红楼梦》,认为此书很粉,都是男男女女之事,对女孩影响不好。除了这几本之外,当时伪满洲国出版了一些书,像《摩登女郎》《红粉佳人》这类的小说也都不能看。

我从小喜欢看书的习惯一直到现在都没变。

7. 野菜中毒，夺走弟弟的小生命

我和三弟李相鳌，小时候喝了一碗野菜汤，结果双双中毒，我的脸肿得像个大南瓜，弟弟肚子疼得嗷嗷叫，在炕上打滚，腹泻不止，排泄物是绿水。妈妈焦急地抱着弟弟，一边给我和他喝解毒的草药，一边给他揉肚子。结果我好了，八岁的弟弟却死了，临死时，一只手还紧紧地抓住妈妈的衣襟。当时乡下缺衣服，弟弟是光着屁股的，父亲就把我的一件小布衫给弟弟穿上，把身体盖着。再用秫秸秆卷起来，扔在东门外的乱坟地去了。我和妈妈抱头痛哭，这是多么悲惨的一幕，几十年来我一直无法忘怀。

我幸运地活了下来，过了许多天脸才消肿，事后才知道是野菜中毒。当时伪满洲政府强征农民的粮谷，称为“出荷”，起初由于日军需要米饭作主食，故大米率先实行强征。为保证军需供应，伪满政府将老百姓吃大米视为经济犯罪。后来农产品强征范围扩大到大豆、豆芽、豆油、高粱、玉米等。1942 年，日本关东军到各村“搜荷”，将老百姓家的粮食劫掠一空，人们粮食匮乏，苦不堪言，村里的小孩饿得前胸贴后背，很多人都饿死了。无奈之下，人们只能上山挖野菜充饥，一些有毒的野菜，人们并不认识，因而野菜中毒事件频繁发生。这回野菜中毒，我年龄大，体质好些，所以吃了草药后大难不死，可弟弟年纪太小，抵抗力弱，最终被毒野菜夺走了生命。

8. 病里逃生

1943 年，家乡流行“窝子病”（即伤寒病），村里很多人染病而亡。前几天还好好的人，发烧没两天就死了，村头上到处都是新添的坟墓。村里弥漫着一片恐怖气氛和凄惨景象，大家都人心惶惶。

伪满政府对此不管不问。那时候我们不知道是什么病，后来才知道是日本鬼子在搞细菌战。

我的一个弟弟就死于这种病。病发的时候上吐下泻，头发全掉光了，没几天就死了。死后没衣服穿，就把我的一件小布衫给他穿上，用秸秆把尸体裹一下丢掉了。

后来我也染上了，每日高烧不退，不能吃东西，人瘦得只剩一把骨头，头发一根都没有了。农村缺医少药，也没有钱，小病拖大病死。家里亲戚朋友都说得准备后事。妈妈失去了一个孩子，现在看到我也快不行了，就天天哭。妈妈会手工，人缘好，每天有很多人帮她想办法。后来别人介绍一个偏方，说癞蛤蟆可以治病。妈妈到野外抓了一只癞蛤蟆，把墨塞到蛤蟆嘴里，并将蛤蟆的一只腿吊起来。妈妈把我扶到窗台上，让蛤蟆在我头上蹦跶，发出惨叫的声音。我一听一下子吓得昏了过去，只隐约听到妈妈撕心裂肺地叫：“孩子呀，你不能走呀！你命大呀，阎王爷不会收你，妈妈一直在你身边！”

过了好久，我醒过来了。后来吃了好多草药，病慢慢好了。我奇迹般地又一次与死神擦肩而过，但我永远不会忘记日本侵略者在中国犯下的罪行！

9. 过年没有饺子吃

1944年的春节，给我留下了终生难忘的记忆。伪满政权摇摇欲坠，对人民采取了疯狂的掠夺政策。往年过年每人都配发一斤面粉，今年只给大人发了半斤面粉，儿童没有。我们家孩子多，这些面粉肯定做不成饺子。母亲就把玉米磨成粉，和这两斤面粉和在一起，在中间夹点萝卜馅做成窝窝头放在屉笼里面蒸。母亲哄着要吃饺子的弟弟，苦笑地说："你们都不要叫，你们不是想吃饺子吗，其实我们家每人都有两个饺子——一双眼睛饺子。"父亲就说："你妈妈是黄连树下弹琵琶——苦中作乐"。

那时候家家怨声载道，群众编了首民谣：

孩子孩子你别哭，过了大年就杀猪。
孩子孩子你别馋，过了小年是大年。
孩子孩子你别急，过了大年换新衣。

除此之外，日伪政府出台了《治安法》，加紧对人民的控制。晚上伪警察全副武装在村里巡夜，规定不准晚上点蜡烛，不准接神鸣放鞭炮，不准走家串户拜年。春节期间，我们坐在炕上只听到警察穿的皮靴踩在雪地上咔咔咔的声音。

日本鬼子怕有抗日游击队活动，竟把村里所有的狗都打死了。大人们摸黑坐在炕上大气都不敢出。这个年过得没有一点儿年味，只感觉阴森恐怖。

10. 偷偷报名参军

1945 年抗战胜利后，共产党进入我的家乡。1946 年黑龙江省汤原县成立了县人民政府，各级人民政府也相继成立，并开展了反奸清算和土地改革。1946 年到 1948 年，全县展开了轰轰烈烈的参军动员，我县有 1107 人陆续加入东北民主联军（后来的中国人民解放军第四野战军）。1947 年 10 月，我们村有一批男青年参军，两个多月后，我们村又开始宣传扩军。

那次是第一批招女兵，我想报名。可是，我们那地方还从来没有女孩子当过兵，村里人不免议论纷纷，说女孩子长大了就应该嫁人，哪能跟男人一样去当兵打仗？有的还说，女孩子参军是不守妇道。

在这种情况下，我跟我的一个好朋友王淑芳偷偷商量，决定报名参军。我们那里有早婚的风俗，十六七岁的女孩子到了出嫁的年龄，要是不走，留在家里除了由父母包办嫁人外，别无出路。

这件事我没有告诉父母，但是告诉了我的四姐。四姐从小过继给我叔叔，婶婶去世后，叔叔再婚，后母对我四姐不好，所以我鼓动她也报名参军。于是我们三个人悄悄到区政府报了名。我们要求区政府为我们保密，不要告诉我们的父母。我们三个人还起了誓，报名参军这件事谁也不能往外说。可是，天下没有不透风的墙，这件事还是被我叔叔知道了。我叔叔逼问四姐，她就把我“供”出来了。我叔叔一听，提了一根大棒子冲到我家，说要打断我的腿。我父亲听了这事情的原委，立刻把我找来，问我有没有这回事，我死不承认。

1948 年 3 月 10 日，我被批准入伍。区政府贴出大红喜报，我的名字也在上面。消息传来，我父亲不敢相信，亲自跑到区政府去看。看到我的名字写在红纸上，父母也没办法了。第二天上午，村里敲锣打鼓，拿着大红花，给我家送来一块写着“参军光荣”的木牌，钉在门上。我的爷爷奶奶、父亲母亲叨咕着：“外面兵荒马乱，你非要去当兵。你出去要是有个好歹，不要埋怨家里，这是你自己要走的。出去你就好好干吧!”我父亲拎着我的小包袱，我穿着一件打着补丁的阴丹士林旗袍，拿了一块布当毛巾，身无分文，就这样离开了家。

当时我们村一同报名的有 4 个十六七岁的女孩子，其中 1 个后来打了退堂鼓，最后有 3 个女孩子和 10 个男青年参军入伍。我们戴着大红花，村里敲锣打鼓把我们送到区里集中。区政府又派了两挂马车，把我们送到县城集中。简单地检查了身体后，从汤原县乘火车去当时的合江省省会佳木斯。

就这样，我加入了中国人民解放军。后来听说，我一走，叔叔马上就把我四姐嫁了。

11. 穿着打补丁的长旗袍参军

北方农村妇女们最流行的是“阴丹士林”布旗袍。这是一种天蓝色的棉布，因为质地厚实，布纹比较细密，被广大群众喜爱。虽然家乡解放了，但是家里生活依然很困难，特别是在穿衣服方面。在当时，能有“阴丹士林”布就算高档布了。

三姐在家时用这样的布料做了一件长旗袍，穿了几年背上已经磨破了。她出嫁时把这件长旗袍留了下来，母亲将衣服下摆长的那部分剪下了补在背上，洗得干干净净，穿上也很利索。妈妈说："笑破不笑补。"妈妈是在煤油灯下一针一线仔细补好的，让我去军队报到时穿上，希望我有一天能够混出个人样。

我穿这件打补丁的长旗袍到区政府集中时，看见许多报名参军的同乡已经到了。同行的女孩们穿着新衣服，显得很精神。相比之下，我是很寒酸的。有些看热闹的人叽叽喳喳地说："姑娘要远行了，也该给她做件像样的衣服呀！"我感到很难过。

我们坐上马车向亲友挥手告别，看到妈妈清瘦的脸上一直流着眼泪，想着自己归家无期，眼泪也不禁簌簌往下落。队长为了缓解大家的离别之情，领着我们一起唱起了东北青年之歌：

我们是东北的青年，
我们是革命的战士。
我们是保卫东北的战斗员，
我们要誓死保卫东北！

在歌声中，我们渐渐地离开了竹帘镇，在汤原县乘火车到佳木斯军区报到。

报到后，组织安排，小学学历的同志被分在护士班，初中以上学历的分在医士班。我被分在护士班，第二天领到了崭新的军装和棉皮鞋，我心中感到十分自豪。换下来的衣服鞋袜我舍不得扔，就把这些打包寄回家了。

12. 老照片的故事

我有一张发黄的一寸小照片,已经保存了近半个世纪。这是1948年4月份某一天拍的，当时我冲破传统观念的种种阻挠,投身革命,加入合江省(今属黑龙江省)军区卫校女生排,成为一名军人,欣喜之情,溢于言表。过去我曾在城市里看见过飒爽英姿的女兵,但是如今自己也有机会穿上军装,真是做梦都没想到。

初来报到时,我穿了一件阴丹士林布的长旗袍,是姐姐穿旧后改小给我的,背上还用布补了一块补丁。由于补丁和旗袍不是一种颜色,所以时常有人嘲笑我,说我背上背了一块牌子。和我一起去的两个同志都穿着新衣服，而我连件像样的衣服也没有,真是寒酸。

不过入伍后,我们都穿上了新军装,为了纪念我第一次穿新衣，我和战友们去照相馆照了这张照片。当时我们每个月只有1000元的东北流通券作为津贴,照相馆是见现钞拍照,我们没多少现钱,只能拍一张一寸的小相片,实际上是照了个大头相。当时与我同去拍照的刘书舫同志在照片上设计了一颗五角星,意思是在党的领导下永远前进,现在看起来很有意思。

13. 买两斤白糖回家探亲

组织上很关心我们这些准备南下的同志,批准每人回去探亲

7 天左右。当时满涛已回老家,冷莹也回延边,唯有清野、伯道代同志和我没有走。我考虑参军不久,提出回去怕组织说我家庭观念重,思想落后。当时的协理员就主动给我假,说,你到南方何时归来难说,那里是新解放区,条件很艰苦。在我犹豫不决的时候,他果断地给我办好了免票(那时军人乘火车是免票的)。他交代说,你回去不要超过 10 天。

我决定回家后,想来想去家中有爷爷奶奶、父亲母亲,还有弟弟妹妹。我当时每月只有 1000 元的东北流通券,贵的东西是买不起的,算来算去,只能买两斤白糖。于是,我买了两斤白糖,用纸包成长方形,上面贴上红纸,表示喜庆。

我乘上了开往佳木斯的火车,心情十分激动。伴随着车轮发出的响声,想着以后何时是归期,一种眷恋家乡的情感油然而生。想到我的母亲,她唯一的女儿将要南下了,可我又不能告诉她真实情况,因为协理员再三嘱咐不能讲南下的事。列车运行了七八个小时到了车站,下车时天已暗下来了,初冬季节日照时间短,下午 4 点多天就黑下来了。这时积雪已经覆盖大地,一条泥巴路已冻成冰板一样。我下车后急匆匆赶路,村子已点上了灯,周围是没有开垦的处女地,一片荒凉。我一路小跑,天气很冷,可我的头上直冒汗。我把军帽摘下来大步流星急走着,走了大概六七里路的时候,看到小村中走出一辆马车,赶车的老板甩着鞭子在寂静的夜空中发出清脆的“啪啪”声,伴随着老板的吆喝声。

我顿时感到柳暗花明又一村,大声喊着:“老乡,等一等! 老乡,老乡!”这时车老板听到我的叫声,“吁”的一声,车子停了下来。他看到我气喘吁吁,头上冒着汗,惊异地问我:“这么晚了你从哪来？”我说：“我刚下火车，要到竹帘去。”他很爽快地说：“上车吧，小同志。”我们一路唠嗑，很快到了西村，我向他道谢。

下车之后，我快步奔向生活多年的小院和那栋茅草房。走到门前推开那扇篱笆编成的小门，我大声喊着：“妈，我回来了。”我的叫声在小院内特别响亮。叫声惊动了正坐在炕头取暖的人们，只见呼啦一下小弟们蹿了出来，上下打量着我拥我进屋。妈妈见到我忙下地穿鞋。还是她老练，见到我眼睛闪着泪花，推着我说：“先到爷爷奶奶屋里去见见，要懂规矩。”说着拽着我往东屋走。这时我才想到给爷爷奶奶的两包白糖，慌忙从挎包里拿出来，弟妹伸着头看我拿出的东西。我把糖提到东屋，奶奶盘着腿坐在炕上“吧嗒吧嗒”抽烟袋呢，爷爷坐在炕头。

我对爷爷是不亲的，他满脑子旧思想，认为女孩子是赔钱货，养大了要嫁出去，重男轻女观念浓厚。我大妈生了5个女孩，加上我，两房加起来有6个女孩。在我的记忆中，爷爷没有单独和我说过话，甚至怎么看我都不顺眼，我平时遇见他就像耗子见了猫一样。但是出于礼教我必须尊敬他。

我进屋后就叫了声：“爷爷奶奶我回来啦！”爷爷抬起头来说：“你什么时候回来的？”我说刚到。奶奶就叫我脱鞋上炕坐一会唠唠嗑。我将两包糖放在炕上说，我给你们两斤白糖做黏豆包吃。爷爷奶奶非常高兴。这是我一生之中第一次和爷爷奶奶在一起说过这么多话，也是最后一次。没过多久，爷爷奶奶就相继去世了。

母亲煮了两个鸡蛋和一碗面条叫我去西屋吃。在冬天吃一碗热乎乎的面条肚子特别暖和，这也是家中最好的待遇了。平时鸡蛋是要存起来换点生活用品的。妈妈在和我相聚的几天里，不再紧锁眉头。那时母亲才四十刚出头，可她显得很苍老。生活的艰辛，家庭的不睦，使得她的心情一直抑郁悲凉。我这次是以军人的身份归来的，在当时军人是受人赞扬和羡慕的，看见我女军人的英姿，母亲也眉开眼笑。左邻右舍纷纷来看我，谈笑中，母亲也觉得她的女儿有出息了。

14. 唱着战歌南下

当时东北九省都组织了南下大队，我们松江省的编号是第五大队。队长叫张鹏图，是抗战时期的老干部，当时是松江省民政厅长；政委叫吴亮平，延安时期担任过中宣部副部长，曾在莫斯科中山大学学习，是个马列主义理论家兼翻译家。

1949 年 5 月 22 日，我们大队从阿城出发，乘火车到哈尔滨市。医疗队的另外 5 人以及一些后勤人员在哈尔滨上车，一同出发。松江省委组织了欢送队伍，在车站敲锣打鼓欢送，有些同志有亲朋好友来送别，有的人泪流满面。看到这个情景，我心里有些难过。我们医疗队的 7 个人无人前来送别。由于我的保密工作做得太好，父母不知道我要去南方。

出发时，我只知道是去南方，那时候我连南方有几个省市都不知道，只知道路途遥远，要进山海关，过黄河，渡长江。我也不知道自己将要去哪里，要在南方待多久，是否还能返回家乡。不过那时候我并没有想很多，记得我还在火车上写了几句激情满怀的小诗：

离开家乡,去那遥远的南方,
你听!那里的人民正在等待解放。
我们是无产阶级的儿女,
扛起人民自己的刀枪。
大踏步地走出东北,
冲进山海关,跨过黄河,渡过长江。
肩负着伟大的使命,
解放南方受难的同胞。

火车上,为了活跃气氛,驱散离别家乡的伤感情绪,我们唱起《南下进行曲》:

前进!前进!南下的同志们!
献出我们的力量去建设城市乡村。
江南的人民在等待着我们,
坚决大胆勇敢地向前进!
跨过黄河,渡过长江,
前进!前进!南下的同志们!
大踏步地向前进,胜利地向前进!

我们一直唱着这支歌,奔向南方。

列车到达沈阳——东北局所在地,我们受到东北局的热烈欢迎。东北局派人把我们接到一家大饭店吃了一顿午饭,这是我们沿途吃得最好的一顿饭。我们在沈阳领到单军装、军用茶缸、毛巾

李琳（左）与战友冷莹，1951 年 4 月摄于吉安

等生活用品，还发了一个大面包。

从哈尔滨到沈阳的途中，一路上还能看到碉堡、掩体、战壕和房屋的残墙断壁等辽沈战役的痕迹。

火车到达山海关车站，大队部决定在这里停车休息。山海关车站不大，车站上到处是醒目的大标语："欢迎解放军进关！""打倒蒋介石，解放全中国！""欢迎南下干部大队进关！"

我下了车，一溜小跑登上城楼，一眼就看到城楼上挂着一块大匾，上面写着"天下第一关"。由于年久失修，大匾上油漆斑驳，很有沧桑感。我站在城墙上，想起自己的祖先是"闯关东"到东北的，现在我又"闯"回来了。山海关是一道分界线，过了山海关就离开了东北，不知道以后我还能不能再"闯"回来？站在墙上看长城，心想父母还不知道我要去南方，更不会想到此时此刻我站在山海关的城墙上，心里不免有点难过。

正想着，突然有一只手拍我的肩膀。我一回头，大队长张鹏图正站在我身后。他问我："小鬼，是不是想家了？"我是大队里年龄最小的，当时未满 18 岁，首长们都叫我"小鬼"。

我赶紧说："没有。"

大队长又问："你在想什么呢？"

我回答："我在想孟姜女哭长城的故事。"

大队长说："小鬼，别想啦，我们照张相吧，留个纪念。"他拉着我跟他的警卫员一道照了张相。可惜年代久远，相片已经模糊不清了。

过了山海关，火车朝山东方向行驶。我们在济南车站停下来休息了一阵，车站建筑上还能看到弹痕。我们没有进城，很快又继续前进。

我们在山东渡过黄河。听说马上要过黄河，大家都很兴奋。从小就听说"不到黄河心不死"、"跳进黄河洗不清"，现在我们就要渡过黄河啦。火车过黄河桥，大家都挤到车窗边看母亲河。当时黄河正是汛期，浑浊的河水波涛汹涌，河面上有一些小船。火车呼地驶过黄河桥时，因为风太大，我的新军帽被风吹入江中。帽子丢了，心中难免失落，不过身边的战友们七嘴八舌地开玩笑，我很快又恢复了喜悦，在欢笑中过了黄河。

过了黄河，我们到达蚌埠。这一带是淮海战役的战场，淮河大桥已被国民党飞机炸毁，我们无法前进。当地政府把我们分散安置在工厂、学校等住下。蚌埠发电厂也被炸毁，全城没有电。由于当地刚解放不久，社会治安不好，为了防止敌特，警卫连日夜值勤，我们也轮流值班。6 月初的蚌埠天气已经很热，我们这些来自东北的人因水土不服,不少同志腹泻,还有人中暑、长疖子。为此,我们医疗队必须每天巡诊。有一天夜晚,我们驻地周围突然响起几声枪响,大家顿时紧张起来,不知道出了什么事,幸好后来没出事。

大约一周后,淮河大桥勉强能通车了。我们分批乘汽车通过淮河大桥,在浦口换乘火车到达南京。

15. 蒋介石的油画像丢在地板上

南下至南京时,已经是 1949 年 6 月了。在南京,我们大队分散住在各地,大队部住在国民党政府交通部院内。院子里一片狼藉,草木半枯,房间都没有玻璃。南京的情况很复杂,据说国民党撤退时留下了一批特务,为了确保安全,上级规定的纪律极严,任何人不准单独外出。我们只能集体外出,到总统府、中山陵等处参观。

总统府内也是一片混乱景象,满院子枯枝败叶。蒋介石的办公室里到处是散乱的文件和办公用品,他的一件披风还挂在衣架上,宋美龄的一张照片则落在地板上。走廊里有一幅蒋介石真人大小的油画,上面还有何应钦的题字,是他送给蒋介石的生日礼物。油画已经包装好,显然来不及运走,就那样丢在走廊的地板上。

中山陵有全副武装的卫兵守护,我们进去之前宣布了几条纪律,如不准嬉笑打闹等等。南京安排参观的地方很多,可是除了总统府和中山陵,其他地方我都没去成,因为我吃蟠桃中毒了。

16. 偷吃蟠桃中毒

我在南京的某一天，大家都去参观，我跟护士伯道代（日籍）留下值班。她到院子门口转了一圈，回来从衣袋里掏出两个蟠桃，说："李桑，蟠桃的有。"伯道代的中国话说不好，带着很重的日语口音。我从来没见过蟠桃，小时候听大人讲"孙悟空大闹蟠桃园"的故事，以为蟠桃就是"仙桃"。当时上级规定不准在外面吃东西，但看到蟠桃又大又漂亮，我们俩忍不住还是把蟠桃吃了。不料当天晚上我们俩全身瘙痒，起了一片片红疹，还发高烧。卫生队的医生赶来一看，说我们俩中了毒，问我们是怎么回事，我们只好承认吃了蟠桃。结果医生给我们打血清，我们躺了好几天，还作了检讨。

1949 年 4 月 5 日我与日籍战友伯道代南下前留影；
左为伯道代，右为李琳

17. 坐在炮弹箱上到九江

在南京我们得到通知，东北九省这一批的南下干部全部分配到江西。当时江西已经解放，并且成立了省委和省政府，急需干部，我们必须于6月中旬到达江西。于是，我们从南京下关码头登上被部队征用的“江汉号”客轮，逆流而上，前往江西九江。

“江汉号”是一艘很大的客轮，好几个南下大队都乘坐这条轮船。我们第五大队安排在底舱。底舱里装着前方急需的炮弹，我们就坐卧在炮弹箱之间。上级说得到情报，国民党军队已经知道有大批干部南下接收政权。为了防止敌机轰炸，上船前上级宣布了几条纪律：一、所有的香烟、打火机、火柴都必须上缴；二、所有人坐在指定位置，不准上甲板，不准聊天，不准随意走动，不准大声喧哗；三、必须做好牺牲的准备；四、暴露目标者就地枪决。船舱门口还有武装警卫看守，防止有人上甲板。当时我们都穿军装，一旦在甲板上活动，很可能暴露目标，引来敌机轰炸。

大家都有点紧张，我们坐在炮弹箱中间的夹缝里，一动也不敢动。轮船时走时停，有时候停几小时，我们也不能外出，不知道发生了什么事。在芜湖附近的江面，船正在行驶，上级突然派人通知说来了两架敌机。我们在底舱什么也看不见，后来听说敌机炸了一艘商船。

快到九江时，我们正准备上岸，突然又来了两架敌机在空中盘旋。上级紧急命令我们立即下船上岸。这时，护送我们的警卫连已经架起了机枪。我们遵从指挥迅速上岸，分散隐蔽。我记得我跟几个人躲进码头边的一家盐号。飞机盘旋了几圈后，又飞走了。

在盐号里，我们一人发了一茶缸米饭，拌了几颗盐粒，这是我在江西吃的第一顿饭。

我们到达九江时，先到的南下干部已经接收了政权，成立了省委和省政府。在九江整训几天后，我跟随第五大队的部分人员前往南昌。

18. 接管吉安

九江到南昌有 130 多公里。由于被破坏的南浔铁路尚未修复，我们只能沿着铁路线步行，白天行军，晚上就睡在枕木上。当时九江一带还有一些国民党军队的散兵，为了安全，我们晚上宿营时不准抽烟，不准点火，警卫连彻夜放哨。我背着背包和药箱，感觉最难受的不是步行，而是炎热的气候。从东北到江西，气温一下子高了好多，我们一个个热得喘不过气来。

有一次，我们的司务长看到农民挑了一担黄瓜，就赶紧买来分发给大家，让我们解解渴。大家吃了几口，纷纷说："南方的黄瓜怎么是软的？味道这么奇怪？"后来才知道，原来那不是黄瓜，是丝瓜!这是南方生活给我上的第一课。从那时起，我开始一点一点地适应南方生活，学会了吃大米饭，吃南方的蔬菜。

走到永修县时，看到被炸毁的涂家埠大桥还没有修复。水很浅，渡船不能靠岸，于是我们挽起裤腿，蹚水上船，渡过修河。走到昌北要过赣江进入南昌市区，看到中正桥(后改名八一大桥)被炸毁了，桥面炸塌了，好在桥墩还在，上面架了一些厚木板。我们排成单列，胆战心惊地走过这座临时便桥。南昌市给我的第一印象是一座破旧的城市，没有高楼。现在的南昌百货大楼对面是座小山包，现在的八一广场则是一片荒地。

我们住在现在的南昌市第二中学附近的一家小旅馆里，在城里休整学习，了解江西的基本情况和当前的形势，还在八一礼堂听江西省委书记陈正人、省长邵式平作报告。省委宣布南下干部分配到各地、市的方案，大队部和我们医疗队分配到吉安专区。

在南昌休整了一周，我们再次出发，从南昌乘火车到吉安专区所属的清江县樟树镇。在这里我们再次分配，我被分配到吉安。我从樟树护送一批病号，乘船到吉安。先到的干部接收了吉安市政权，我们医疗队的其他六人先到吉安，接收吉安市立医院。我们医疗队的队长甄连荣被任命为医院院长，我负责整理、登记档案。

到吉安几天后，上级找我谈话，说我在南下途中通过了考验，被批准入党，我终于成为共产党员。

以到达吉安为标志，我的南下经历就此结束，从此开始了我在江西新的工作和生活。

19.《南下》一书唤醒激情回忆

《当代江西史研究丛书》之《南下》一书，于 2013 年 12 月由当代中国出版社出版。我仔细地阅读了该书中由危仁晸执笔撰写的《重回历史现场》这篇文章，它详细地记录了关于南下干部到江西的历史情况。当年我随军南下的时候，是个没有完全脱掉稚气的小青年，思想单纯，文化水平低，只是随着队伍走。现在过去60多年，重读有关南下的文献，唤起了我对那段风云激荡岁月的激情回忆。

通过《重回历史现场》一文，我知道自己到达江西的时间在1949年6月26日之前，因为江西省档案馆收藏的案卷中有一份关于中共江西省委组织部1949年6月26日向华中局并组织部的报告，其中提到："东北九省到江西的干部到本日止已全部到齐。"其中"老干部2124名，新干部3914名，共计6038名。老干部中省级43名，地级88名，县级610名，区级1220名，区以下干部161名"。这份报告由杨尚奎于6月27日签发。

"报告"将东北九省南下江西的6038名干部人数罗列如下：

松江省：老干部160名，新干部432名，合计592名；

吉林省：老干部292名，新干部538名，合计830名；

合江省：老干部127名，新干部463名，合计590名；

热辽省：老干部338名，新干部251名，合计589名；

嫩江省：老干部240名，新干部492名，合计732名；

辽宁省：老干部148名，新干部169名，合计317名；

辽北省：老干部291名，新干部380名，合计671名；

安东省：老干部299名，新干部193名，合计492名；

龙江省：老干部105名，新干部307名，合计412名；

其他地区：老干部124名，新干部689名，合计813名。

中共江西省委组织部还于1949年7月31日向华中局上报了《关于分配干部工作报告》，其中提到了对这批南下干部在江西

1949 年 8 月初吉安分赴各自岗位前留念
前排左起：甄连荣（内科主治医生）、满涛（卫生员）、白步洲（吉安地区公安局长）、刘缓业（外科主治医生）
后排左起：清野智惠子（日籍护士）、伯道代（日籍护士）、徐某某（警卫员）、冷莹（药剂师）、李琳（护士）

的配备原则：一、首先选择人口多、产量丰富、军队必经之地和交通要道，并适当照顾工作先后之不同，有重点地配备较多较强的干部；二、为了便于了解干部，照顾干部互相间的关系，使之对工作有利，原东北各省干部，在原则上不打乱，一般按一个大队配备一个分区，一个小队配备一个县。但为调整各分区干部数量上的悬殊及质量上的差异，以及补充省、市级各部门干部，采取抽多补少、抽强补弱的方法，作适当的调整。

分派到吉安分区的是以松江、辽宁两省（其中一部分调省级机关）为主，共 650 名。当时，我是松江干部大队队部的医务人员，李鹏是辽宁干部大队的，但当时他打前站，到江西的时间要更早一些。

《重回历史现场》一文中，对南下江西的这批干部给予了高度评价："这批干部由分散到集结，由南下到分配后走上新的岗位，人们可以看到，在风云激荡的年代，60 多年前的一代革命人是怎样奋不顾身地投入到历史洪流之中，而自觉地接受严峻考验的。他们中的绝大多数是年轻人，青春激扬。……他们当时年富力强，风华正茂。这是鲜活生动、生命飞扬的一代。南下干部们怀抱理想，崇尚真理，追求卓越，勇于担当，面对历史赋予的新任务，以昂扬和开拓奋进的姿态，迎难而上，如饥似渴地学习新知识，掌握新本领，用火一般的热情，积极奔赴新的人生坐标，扎根红土地，建设新江西，从此将自己一生的奋斗和奉献定格为红色记忆，融入伟大的当代江西的历史之中。”

青春是人生包括生命成长和精神成长最美好的岁月。年轻的南下干部们意气风发，乐观向上。但在最初的成长过程中也有懵懂、迷茫、困惑，还有磨难的痛苦、忧虑、情感起伏，甚至还会付出生命的代价。如南下赣东北的干部，在随军剿匪、反特反霸的斗争中，仅 4 个多月就牺牲了 43 人。

《重回历史现场》一文中在最后部分充满激情地写道：“今天，当年呼啸而过的满载南下干部们的火车可能早已进了历史博物馆，那时的江轮也已淡出滚滚长江的江面。南下干部中的一些同志或在解放初期剿匪斗争中壮烈牺牲，或英年早逝、倒在工作岗位上，或积劳成疾、抱病而终，他们已经长眠在江西的大地上，现在仍健在的也都进入垂暮之年。但是，追寻历史，他们对理想孜孜不倦的追求与坚守，他们如诗如歌的壮美人生，仍然紧紧地牵动着我们的情感，滋润着后来人的心灵。”

据我了解，危仁晸同志为主编《南下》一书，不顾年老体弱，对南下的历史进行认真的梳理研究，付出了艰辛的努力，仅在省档案馆查资料就长达几个月的时间。《南下》一书出版后，得到南下干部的普遍好评。作为一名南下的亲历者,我对危仁晸同志表示深深的谢意!

20. 领导为我改名字

我的原名叫李麟,字剑秋。1949 年我参军南下到江西,参加吉安地区永新县的剿匪反霸、建立基层政权等工作。在实践中,我深感自己文化低,不能适应工作要求,写总结报告、开会记录、写材料都不能很好地完成。看见有的同志能说会写,我很羡慕。

在完成永新的工作任务返回吉安专署后,组织上分配我做译电工作,每次译好电报后都要签上自己的名字给领导批阅。当时的专员颜志敏同志,是 1928 年参加革命的老红军,江西莲花县人。有一天,颜专员看完我译的电报后,感到我的名字写得很不好看,便语重心长地对我说:"小李呀,你才十几岁,建设新中国要靠你们年轻一代,要有文化、有知识才能适应工作的需要。你现在连自己的名字都写不好,那怎么行?"

听了领导的话,我的脸"刷"一下红了,感到很惭愧。我当时的名字笔画太多,签名写出来也是歪歪扭扭的,不好看。颜专员工作十分繁忙,仍经常抽空督促我学习。有一天,他找来一本破旧的小字典,把我叫到他办公室去,耐心地说:"小李呀,先把你的名字改一下,这样你好签字,写出来也漂亮。你这么一个小漂亮姑娘,写这么一个名字多不好看呐。"他把字典上所有"林"作偏旁的字翻了出来,自言自语地说:"雨字头的'霖'不好。"还幽默地说:"你的头上总下雨咋行？双木‘林’适合男孩子；三点水的‘淋’不好；如林字旁加三撇，就念彬，不谐音了。”忽然看到“王”字旁边加“林”字，他眼睛一亮，说：“好！琳琅满目，就改成李琳吧！”他在一张纸上写上这个“琳”字，叫我反复写，还给我设计了一个艺术签名。这是一位老前辈对我们青年一代的培养教育，我十分感动。

21. 颜专员指导我写日记

那时候颜专员总是鼓励我说：“你很聪明，接受事物反应很快，但你文化不高。我也没读过书，参加革命之后都是自己学的，现在我还能写文章，做报告。你现在的条件比我参加工作的时候还好，要好好珍惜这样的学习机会。”他把他以前的故事告诉我，鼓励我学习。

一开始我也不知道日记应该如何写，觉得肚子里很空。隔了一段时间颜专员问我写得怎么样，我就把我写的日记给他看。他一看哈哈笑起来，看我第一篇是写他教我写日记、给我改名，就说：“不错嘛！你能把我给你改名的经过写全，一看还看得懂。虽然只有几句话，但是你写得很生动嘛，很好！但是你下面的流水账就不是很好啰。你参加学习了，学习有什么感觉吗？现在不是提出向科学进军吗？什么叫科学，为什么进军？你根据报纸写写也是可以的，实在不行抄抄书也是好的，既练字又可以体会其中的意思。”最后我就采取专员的意见这样写了，一直持续了好长时间。

颜专员后来调离专署了，离开前跟我说：“我跟你说，你有进步，现在能够记日记，可以写下完整的东西，我相信你以后可以写出更多东西,你慢慢写,要有信心。”这些话对我的鼓励很大,我一直牢记。如果他不调走,我相信在他的直接指导下我还会有更大的进步。

22. 入团入党的经过

我是在松江军区总卫生部门诊部入的团,时间是 1948 年。一开始组织动员我们适龄的医护人员接受入团教育,听入团知识课。然后按照“自报公议党批准”的规定,召开入团大会。

参会的人很多,会场前有个主席台,大家站上去纷纷报名表态自己自愿加入新民主主义青年团。我却躲在角落里,没有勇气上台。主席台上的同志问:“还有没报名的吗?”大家都没吭声。这时候排长满涛就站起来,很严肃地朝着我坐的墙角说:“李琳站起来,上台报名。”当时我的腿肚子直打哆嗦,眼泪差点流下来,上台哆嗦着讲了几句就下来了,坐在角落直掉眼泪。

满涛看见了,过来找我谈话,说:“这是给你的一个锻炼机会,是要让你思想进步,你干吗缩头缩脑地躲在角落里不吭声。不管党批不批准,你都要去报名。”当时审查公议后,我啥也不想,该工作就工作。过了一段时间,食堂贴了一张红纸公布名单。我不敢去看,等到大家都看完了,我才偷偷摸摸地跑去看。一看有我的名字,是 3 个月的候补期,有的人则是 6 个月的候补期。那时候不懂 3 个月和 6 个月之分,我就问满涛,他说:“这是根据你的表现和家庭出身来划分的,你要好好表现,争取 3 个月后转成新民主主义

1949 年 6 月初南下到南昌
左起：满涛、清野智惠子、伯道代、李琳

青年团正式团员。”

我入党是 1949 年 8 月 1 日。南下时，一路上党组织经常开会，组织我们刚参加革命的年轻小战士学习党的知识，鼓励我们争取加入共产党，争取进步。这一路行军我得到了锻炼，满涛看到我有不足的地方就找我谈话，帮我改正。南下到吉安后党组织需要发展一批骨干，满涛就鼓励我写申请加入中国共产党。我害怕通过不了，不敢写，满涛就批评我：“你怎么又像入团的时候那个样子，扭扭捏捏，你不管党批不批准，你要有思想进步的想法和要求。”我说：“我有想法，只是害怕自己没资格，被拒绝了没面子。”满涛就耐心地劝解我说：“你有这种自我批评精神很好，看到自己不足的地方要想办法弥补。”我说：“我认为自己的理论基础还不够。”“这行呀，那以后你就学习。”他给我买了一本《辩证唯物主义》让我学习，我看不懂。后来他又给了我一本《共产党宣言》，这本书对我的思想很有触动。

我很不自信地写了一份申请，就按满涛说的，如果党没有批准以后再努力。没想到党组织批准了我，预备期3 个月。没过多久，组织派我去永新参加剿匪反霸。我的入党介绍人有两个，一个是满涛，另一个是地委组织部的吴清明部长。吴部长在我走前对我说：“小李呀，这真的是对你的考验了。你从老区到新区，由大城市到农村，对你来说是个很大的转变，生活的转变，环境的转变，最重要的是思想上的转变，你要正确对待。以前你是护士，现在转行，党要培养你成为干部。”我说：“领导你放心，虽然我文化水平不高，但是我会认真努力对待我的工作。”

23. 参加剿匪反霸和土改工作

吉安于1949年7月16日解放，先期到达的干部接收了旧政权，成立了吉安地委和专署。

吉安地区所属各县已经成立了县委和县政府，但剿匪反霸和土改尚未开始。于是，吉安地委抽调了一批南下和本地干部，成立地委工作团，分赴各县开展工作。我和医疗队的满涛同志被抽调到工作团，参加了永新县的剿匪反霸和莲花县的土地改革运动。下派到各县之前，上级组织要求工作团全体成员集中学习。

江西是农业省，历史上工商业很不发达。至解放时，90%左右的人口在乡村。地主阶级凭借他们的统治地位以及占有的大量土地，主要以地租形式对广大农民进行残酷剥削，租额多为对半分成，甚至“倒四六”、“倒三七”。其次是进行高利贷剥削，再加上国民党的苛捐杂税多如牛毛，广大农民一年辛苦，结果是“镰刀挂上壁，家中没饭吃”。新中国成立之后，为使农民不仅在政治上翻身，而且在经济上也得到翻身，中央决定彻底废除封建土地所有制，实行土地改革，解放农村生产力，发展生产，完成农村民主改革。我们就是在这样的背景下，被抽调去参加土改的。

根据地委今后以农村工作为重点的总方针，我们工作团要求完成下列几项任务：

一、11月中旬前，彻底消灭境内的土匪；

二、全面开展反霸运动，结合“双减”(减租减息)，发动群众，全部建立乡村人民政权，成立农民协会；

三、农历十二月(1950 年 1 月)之前,完成秋征和借款,加强税收工作;

四、在农村恢复和发展生产,做好春耕生产的准备;

五、开展乡村建党建团工作。

学习结束后，我被分配到永新县杨桥区所属的一个村。根据上级要求,工作队必须做到“三同”:同吃、同住、同劳动,与群众建立感情。永新县委的韩书记详细地向我们介绍永新县的情况,毛主席在井冈山开辟根据地的时候曾经三次攻打永新,占领县城,成立了苏维埃政府,开展了打土豪、分田地等活动。

1949 年 8 月在永新参加剿匪反霸运动

在工作中我遇到了“三个难关”:

第一是气候关。我去时正是南方最热的时候,加上山区蚊虫比较多，我又没有防蚊的经验,被蚊子叮咬后皮肤发炎染上了疟疾(俗称打摆子),身体一阵冷一阵热，最后上级发了一些奎宁,这才控制住了病情。

第二是饮食关。当地群众非常穷,口粮不足,吃的都是“瓜菜代”(少量大米掺上干红薯丝和带苦味的菜叶蒸出来的饭)和辣椒拌的咸菜。我非常不习惯,消化不良,常常腹泻。

第三是语言关。我说东北话当地老乡听不懂,他们的永新方言我也听不懂,特别是一些称呼用语，一旦说错了很容易引起误解，和老乡交流必须通过当地的干部翻译。

当时上级规定了完成任务的期限，尽管遭遇许多困难，我还是努力工作。通过“走家串户”、“扎根串联”、“访贫问苦”来了解情况，区分敌我，弄清阶级阵线。分清雇农、贫农、中农、富农、地主，判明谁是依靠对象，谁是团结对象，谁是打击对象。

调查发现，村里一些组织的性质相当复杂，有的组织具有土匪性质；有的组织是单纯的民间组织，属于封建迷信组织。我们根据上级指示，分析研究它们的性质。有危害的组织分化瓦解，打击恶霸头目，一般成员则进行教育，提高他们的阶级觉悟，并且吸收他们加入农民协会。

那时山上还有一些土匪，打黑枪的事情时有发生。工作队发动群众，检举揭发，寻找土匪线索，报告区政府。县里组织武装力量上山，各区、乡的民兵配合部队搜山，以这样的方式来剿匪。此后，躲藏在山里的零星土匪再也不敢下山骚扰群众了。

1950 年初，我们工作队顺利完成了上级交给的几项任务，成立了农民协会，妇女会等组织。建立基层政权后，我们返回吉安。

24. 见到水牛吓得我衣服掉入水中

刚到永新县搞土改是住在乡里，洗衣服就在乡下的池塘里。

一天傍晚，村里的劳动力都收了工，妇女们有的提着菜篮子到池塘洗菜，有的洗衣服。青石板就搭在池塘旁边，妇女洗衣服时就在青石板上用棒槌反复槌打,将脏水槌打净。

我这时也端着脸盆走到池塘边准备洗衣服,忽然间“哗啦”一声响,一只大水牛从塘中浮了上来,开始在水中露出一个背,我从来都没看过,不知道是什么,吓了一大跳。这一吓我的衣服、肥皂都掉入水中。村妇们见状大笑,之后用竹竿帮我把衣服挑了上来。妇女们告诉我,这是水牛,不伤人,大水牛怕热,常卧在水塘里。我则是惊魂未定。

25.“你们是毛委员派来的人”

刚到永新时,我们发动受反动派迫害最深的贫下中农组织了一场忆苦思甜会,由贫农们诉苦。当时,一个老农握着我的手,泣不成声,用嘶哑的哭声说:“你们是毛委员派来的人,你们是毛委员派来的人!”泪水流淌出来滴滴答答滴在我的手背上。

作为一个年轻的共产党员,我在这样一个如火如荼的斗争实践中的确体会到他们过去所受的苦。现在,共产党回来了,给他们带来了光明和希望。通过这次忆苦思甜,我受到了很大的教育。

他们把我们当作毛委员派来解放他们的同志,对我们非常热情。有一次我出去开会,老农要给我做饭团。做好的饭团他们用荷叶包上,本来中间是放一根萝卜干或者是腌的咸辣椒,可这次的饭团里面放了一个荷包蛋。我内心百感交集,鸡蛋在当时是很珍贵的,他们都是把鸡蛋攒起来到杂货店换盐吃。

老乡们总觉得我们生活不习惯,有时候老婆婆们见到我,就拉着我的手说:“妹俚,你到这太苦了,你想家吗,想妈妈吗?”为了给我们改善生活,他们各家商量凑碗豆子磨豆腐给我们吃。当地习惯是做红白喜事、过年才磨豆腐。

我们工作到收尾期了,当地老乡和我们感情已很深了,他们千方百计改善我们的生活。当地有种传统食品——米结,做法是先把米放在桶子里泡涨,然后用石磨磨成糊状;烧一大锅水,用铁皮做成一个长方形的盒子,里面放点油,将米糊倒在铁盒上,放在水里煮熟了把它倒出来, 等到半干的时候把它卷起来切成米结,放在太阳底下晒干。一般是夏天做,可在太阳底下晒干收起来。客人来了煮一碗米结放两个鸡蛋是最好的待客之礼。米结非常好吃,就像我们现在的米粉,现在已经没有了。

我们离开时,村里的妇女会、共青团、儿童团、民兵组织的成员恋恋不舍地一直送我们到村外很远的地方,有些妇女拉着我的手流着泪说:“妹俚,以后别忘了我们,一定要来看我们啊!”

26. 第二天才知道新中国成立的消息

1949 年 10 月 1 日, 我和剿匪反霸工作队的同志正在永新县的一个边远小山村搞剿匪反霸工作。当时消息闭塞,有什么事都由区里的通讯员传递。第二天,通讯员传来一个令人惊喜的消息:中华人民共和国中央人民政府昨天已经在首都北京成立了! 通讯员同时还通知我们到区里开会,传达毛主席在天安门城楼上的讲话。听到这个消息,我们所有工作队员们都热泪盈眶。我们梦想的这一天终于来到了,人民终于当家做主了!

激动的心情久久不能平静。我们工作队立即组织召开贫雇农会议,传达这一消息。这里是革命老区,当年毛主席就在井冈山创建革命根据地,在永新成立了湘赣边区苏维埃政权。向大家传达完新中国成立的消息后,贫雇农们都说拥护毛主席,拥护中华人民共和国中央人民政府。随后,我们工作队还组织了庆祝活动,地点就在一个祠堂内,农民协会、妇女会、共青团等都组织人来参加。

我们先传达了毛主席在中华人民共和国中央人民政府成立庆典大会上的讲话,然后强调我们要以实际行动做好当前的各项工作,为巩固新生的政权而奋斗。最后,工作队带领大家高唱《没有共产党就没有新中国》,在欢乐的歌声中庆祝了新中国的第一个国庆节。

27. 吃南方名菜苦瓜蒸肉丸

1949 年我南下到江西的时候是实行供给制。规定是这样的,吃饭分三个灶:大灶、中灶、小灶。厅级干部吃小灶,处长正团级吃中灶,其他人一律吃大灶。我当时吃大灶,我爱人吃中灶,小灶只有一个人就是颜专员。

我们吃饭都是在一个大食堂里。那时候刚解放,条件不是很好,只有一条大长桌,一张长椅。吃小灶和中灶的就在食堂隔一个隔间。大灶、中灶、小灶是按米来区分的,然后把这些米折合成钱。我们大灶把一个礼拜节省下来的钱按照规定在周末加一次餐,当地土话叫“打牙祭”。我们大都是北方人，那时大厨每个星期会买点肉炒大蒜，一人一勺，一个月蒸一次包子或包一次饺子。

颜专员是老革命，为人特别风趣特别热情，非常爱护我们南下干部。他是江西莲花人，长征结束到东北然后再回到家乡。他非常喜欢吃家乡的东西。这天恰逢星期天，他说：“今天加餐，你们吃什么？”我们就告诉他：“我们吃大蒜炒肉。”“你们看我吃什么，给你们尝尝。”他就端出来了，盘子里放了一根苦瓜。这道菜的做法是把苦瓜瓤掏出来，做些肉丸子放到里面，再放点辣椒把它合起来放到锅里蒸。当时我们不知道，没看到里面的东西，我就说：“这是苦瓜，不好吃，好苦！”他说：“你夹一块。”我说：“不夹。”他看我们不动就给我们一人夹一块，我们吃了，又苦、又腻、又辣，实在难吃，但又不好当着领导面吐出来，勉强咽下去了。他说：“这就是南方的名菜，叫‘苦瓜蒸肉丸’。”

28. 结识李鹏，最终携手

南下来的女同志，有的是夫妇俩一起来的，尤其是一些老革命同志；一些未婚的女同志也多是名花有主了。医疗队的几位女同志都没有谈朋友，其中我们大队就有 2 个。

1949 年 11 月中旬，吉安专署办公室和民政科编成一个党小组。当时，李鹏是专署民政科副科长。在第一次参加的党小组会上，他写了一个纸条递给我，问“你叫啥名字？”我在纸条上写上新改的名字“李琳”回递给他。我没问他叫什么名字。我知道他是辽宁队南下的，因为辽宁队军装和我们队不一样，是浅绿色，我们的军装是深绿色的。我们同在一个院里，每日见面。李鹏见到我时总是热情地和我说话，逐渐有意接近我。后来凡是有我出现的场合他总会出现，我也就知道他的意思了。

颜专员知道此事后就主动向我介绍李鹏的情况，说他年轻但干部资格老，1940 年就参加了革命。抗战胜利后，国民党进攻苏北解放区，他北撤山东，又转到辽宁省，1949 年又随军南下江西。开始分在安福县政府工作，任秘书科长。后来前去安福县检查工作的颜专员发现他有文化，人很稳重，又有较强的工作能力，就立即跟县委书记提出把他调到专署，调来后任命为专署民政科副科长（副县级）。

有一天晚上我们吃完饭，李鹏就找我去散步，我们俩来到了江边。他直接问我："颜专员和你说了我们俩的事吗？"我说："说了，但我还没考虑。"他说："你考虑考虑吧。"过了几天，颜专员把我叫去，可能是李鹏把我说的话告诉他了。他说："你和李鹏说你还没考虑呀！"我说："是呀，我对他又不了解，怎么考虑。"他说："你还是要了解了解的。"后来李鹏主动跟我谈起了他的家庭情况。

我们俩交往了一段时间，李鹏给我的印象是性格内向、不善交际，但人很忠厚，心地善良，稳重谨慎，爱看书学习。而我性格外向活泼，善交际和爱动。更有趣的是他从不爱吃零食。有一天晚上我饿了，到外边小铺子吃一碗吉安叫"金钱吊"（面条加几只馄饨）的面食，他说啥也不进去，我在店内吃，他在门口等，而且这一习惯维持了一生。

我将初步了解的情况向父母如实介绍了，可父母坚决反对。

李琳与李鹏 1950 年 4 月吉安照

理由如下：一是他年龄偏大；二是结过一次婚，而我一个姑娘嫁过去是“填房”（北方俗称），父母很忌讳；三是认为南方人滑头，怕我年轻上当受骗。

当我还在犹豫时，领导知道了又给我做思想工作。说他年纪比你大，政治觉悟高，经得起考验，可以照顾你；虽然结过婚，但是因为他不爱前妻才离的婚，以后会更爱护你；南方人比北方人感情更加细腻，不像北方男子“大丈夫”思想。把我父母的几项反对意见都给驳回了。我要李鹏给我父亲写封信，说说自己的情况，表现他的诚意。他真的用毛笔字竖着写了一封小楷字的信寄到我家，文笔文绉绉的，什么“之乎者也”、“顿首”、“膝下敬禀者”等都用上了。结果我父亲很高兴，说这个人文化水平高，觉得他还不错。

交往了半年时间，1950 年 6 月 9 日，我和李鹏终于写了申请订婚报告，由吉安地委组织部批准正式订婚，1950年7月1日结婚。在结婚后的第二天，李鹏就下乡去搞调查，一去一个多月。我们没有蜜月，没有婚假，一切以党的工作为主。当时，大家都是这样。正如杜甫的诗所说："结发为君妻，席不暖君床。暮婚晨即别，此乃太匆忙。"

29. "江淮"名字的由来

土改结束后我已经是"大腹便便"了。当我走进家门时，李鹏半年没见我，便急不可待地走到我的面前打量着我，幽默地说："走时是一个人，回来是两个人。"他喜形于色，忍不住嘻嘻笑起来。

李鹏担心我在乡下几个月缺乏营养影响胎儿发育，就在我回家后三天两头一只鸡，又是猪肝汤，又是肉饼汤给我猛加营养。胎检时医生说再吃下去，将来生产困难，我才停下了。李鹏说孩子没出生之前要进行胎教，他早早买了一幅画，是抗美援朝时最流行的一幅宣传画，两个孩子一男一女手捧和平鸽，图上有"我们热爱和平"六个大字，希望祖国和平安泰。他让我每天看看想想，说这就叫胎教。

1952年7月30日，我感到腹部不适有阵痛感。李鹏和一位女同志扶我走到市人民医院，住院待产。李鹏一直守候在侧，直到第二天上午孩子出世。医生说是个大胖小子，体重七斤半。孩子浓浓的黑发，胖乎乎的脸蛋，哭声响亮。

儿子还没出生，李鹏就煞费苦心地给孩子起好了名字，男孩

1952 年 11 月李琳和长子江淮穿列宁装留念

叫江淮，女孩叫晶晶。江淮名字的意义是：一个江字代表三个省，他是江苏人，我是黑龙江人，共同生活在江西，孩子是江西人。这名字，凝结了我们对故乡的眷恋情愫：身居异乡地，心怀故园情。

淮阴是孕育李鹏生命的地方，是他不能割舍、记叙着他喜怒哀乐的地方；也是他投身革命，和日本侵略者进行艰苦卓绝战斗的地方；更是他加入中国共产党、成长为坚定的革命者的地方。在外漂泊多年，他现在才真正悟出祖籍的真谛。这就是江淮名字的意义，他希望后代永远记住这一切。

30. 圆父亲的梦

小时候，父亲就经常给我讲滕王阁的故事。讲王勃是初唐四杰之首，他写的《滕王阁序》流传千古，滕王阁也由此名扬天下。父亲说王勃是一位神童，13岁就参加考试。他在考试前还发生了一个小插曲。主考官点名叫王勃，看见他的穿着就讽刺他："蓝衫拖地，怪貌谁能认？"他立即回应考官："紫冠冲天，奇才人不识。"主考官被镇住了，想想不服气又说："昨日偷桃钻狗洞，不知是谁？"王勃回应："今朝攀桂步蟾宫，必定有我。"主考官看他气质不凡，准他入考。13岁的他一考就考上了，被派到沛王府做编纂的工作。那是王勃人生最得意的一段时期，可惜沛王不争气。他经常在家里玩斗鸡，觉得王勃文章写得好，就要王勃写篇《檄斗鸡文》。后来文章一传十，十传百传到皇帝耳朵里，皇帝听了大怒，下令将王勃免职。父亲给我讲的这些故事，我当时简直听入了迷。

为了圆父亲看滕王阁的梦，50年代我寻找过一次，可惜别人告诉我滕王阁新中国成立前就被烧了。80年代重建滕王阁，我花了8毛钱门票，最早一批进去参观。我去的时候，里面还没有装修。我问工作人员有没有关于滕王阁的资料，他们给了我一份关于滕王阁建造情况的资料。原来的滕王阁只有20多米高，相当于现在的3层楼。历史上，滕王阁历经九次兴衰，建造得最好的是宋朝。现在我们所看到的滕王阁就是仿宋朝时期的。

参观回家后，为了不辜负父亲对我的期望，我读了有关滕王阁的大量资料，包括历史沿革、人文逸事等。在保险公司工作这段时期，我接待全省同行的各级领导及退休老干部参观滕王阁，讲述滕王阁的故事，这实际上也宣传了中国传统文化。

我不仅圆了父亲的梦，也圆了自己童年的梦。

31. 丈夫成了"右倾"老虎

1952年1月26日，中央发出通知，开展"五反"运动。所谓"五反"运动是指在资本主义工商业者中开展的反行贿、反偷税漏税、反盗骗国家财产、反偷工减料、反盗窃国家经济情报的运动。这些行为称为"五毒"行为。

吉安地区供销社于1951年下半年组建完成了，李鹏升任供销社主任，南下干部耿鑫嘉任秘书科长，贾志林任业务科长，赵任为总务长，临时在社会上招了一些业务人员，开始了经济工作。不久，地委部署全区开展"五反"运动。我当时在莲花县参加土改，没在吉安。

1952 年 2 月的一天，召开了地区直属局、社、公司各部门领导干部会，地委书记作了报告，动员各单位报“五反”对象人数。会上，各单位都上报了自己单位的所谓“老虎”（注：当时对有“五毒”行为的人称“老虎”）数字，唯独李鹏没有报，坐在那里不吭气。主持会议的地委书记就直接点名了：“李鹏，你怎么不报数字？”他实话实说：“供销社成立时间不久，不到一年，还没有发现嫌疑对象。”话没说完，领导就把手一挥：“你别说了！”并向大家说：“你们听，李鹏对运动的态度，是典型的右倾机会主义，现在会议先解决李鹏的右倾老虎问题。”接着大家纷纷发言，给李鹏上纲上线，说他对运动领导不力，思想右倾，所以供销社死水一潭，运动开展不起来，要立即纠正右倾思想。

会后，李鹏“右倾”被批的消息，由参加会议的领导分别向各单位干部、群众进行了传达。李鹏“右倾”顿时成了全地区的典型，还上了当时的运动简报。回到单位后，供销社党支部召开会议，也给李鹏施压。在这种情况下李鹏也没有随便报“老虎”的名单。无奈之际，供销社只好发动群众检举揭发，把几个新中国成立前做过业务员、当过小贩的人揭发出来作为靶子，连批带斗，麻某某、丘某某、胡某某被打成“老虎”。运动后期落实政策，这些被打成“老虎”的人全都排除了有“五毒”行为，但是这种“左”的做法已经给这些同志造成了精神上的伤害。

李鹏掌握政策很稳，不随便跟风向走。他在历次运动中都不想伤害自己的同志，力所能及地保护他们。尽管这样做的结果是给领导造成了他“一贯右倾”的印象，也确实影响到他的仕途，但他从不后悔。

32. 收到慰问信的志愿军是我的老乡

为了响应抗美援朝的号召——有钱出钱,有力出力,我已经献了两次血。我老家那边离战场比较近,支援担架、出车、出粮、出民兵。我们单位是组织写慰问信,我也写了几封。因为不知道对方的姓名,所以我在信中都是泛写,最后署上自己和单位的名。

说来也巧,我写的慰问信有一封被我同村的一个亲戚吴殿君接到了。我的嫂子是他的妹妹,他通过我的嫂子知道了我改名叫李琳。接到信,他打开一看是李琳,单位是江西吉安地区供销社,他猜想可能是我,就写了一封信给我:"我不知道是不是你,我听说你南下,也听说你到江西了,但你具体在哪个地方我不知道。"

他把他的名字、什么时候入朝在信中都跟我说了。我看是他的名字没错。想想一封没有具体收信人的慰问信,还被同村的老乡收到了,还真是巧了。他在 1947 年参军的时候我还送了他,后来他在中央军委干校学习过。他坚信这场战争我们一定会胜利,也鼓励我等这场战争胜利结束后,能够在家乡再见面。

33. 风雨无阻上夜校

当时的学习有两种:一种是理论学习,以科处室为单位,也是早晚学习;另一种是文化学习,是系统地学习文化知识,即机关业余学校。我报的是后一种。我学习的地方比较远,那时没有公共汽车，也没有自行车，全靠两条腿走路。为了不迟到，我得起早贪黑去上学，晚上放学回来还要做作业。

每天早晨上学前，孩子还在睡觉，我得捏着鼻子把孩子摇醒喂奶，把孩子喂饱了才能走。有时出差到外地，回来后还要利用礼拜天上午去补课。由于我寒冬酷暑风雨无阻，从来没有迟到早退，也没有旷课，所以多次被评为“学习模范”。

总共学习了差不多 4 年的时间，相当于高中毕业，使我在文化水平及各方面都得到了很大提高，能够更好地适应工作。

34. 苏联传来“布拉吉”

50 年代中期，苏联领导人到中国访问，看到中国女性一律穿灰蓝、黑色的服装，几乎和男性服装没啥区别，于是建议中国女性人人穿花衣服，以体现社会主义欣欣向荣的面貌。

1956 年 1 月，共青团中央和全国妇联联合发出通知，号召改进中国的服装，关心人们的衣着。

于是，一场美化人民衣着的活动在全国范围内迅速展开。俄款“布拉吉”（连衣裙的音译）进入中国。这种服装款式简单，穿着舒适，节省布料，很快成为中国妇女的时尚服装。当时的式样是宽松的短袖，简单的圆领，腰系一根布带子。当时中国人的思想还是保守的，认为中国的花布是封建的，美英的花布是资产阶级的，唯有苏联的花布是革命的，所以大家都抢购苏联花布。我还记得 50 年代号召领导干部男同志也带头穿花布衬衣。

35. 罗家婆的故事

罗家婆在我们家待了 10 多年，一直到我们下放，“造反派”才把她撵走了，我们一直把她当作我们的亲人。

1951 年元旦身着列宁装留念

刚开始罗家婆不是很习惯城里的生活，但是我们对她很照顾，慢慢地她也就逐渐习惯了。后来她跟我谈起自己的身世，她刚生下来没有名字，娘家姓罗，就叫罗家婆。她家里那时候非常穷，父母就把她送给一个姓胡的人家里做童养媳。那家人也穷，娶不起媳妇，就给他儿子从小养个童养媳。等到两人成年后就给他们俩圆房，之后生了一个儿子。在她儿子两三岁的时候，日本鬼子来到村里，到处抓人做挑夫，她丈夫当时正值青壮年，毋庸置疑地被抓，挑完后被日本人推到塘里淹死了。家里剩下一个小孩和她的公公，两个人靠种菜、卖草鞋为生。失去了丈夫以后，旧的封建礼教使她苦守一生，历尽艰难。

来我家时她才 32 岁，别人给她介绍对象劝她再嫁，但她始终没有再嫁。一晃 10 多年，“文化大革命”下放之前，我带着她和孩子到照相馆照了一张照片留作纪念。我对她说：“有朝一日我们能够见面的话，我们依旧保持联系。”

我走了之后，她让儿子打听我爱人的情况，得知我爱人转到学习班之后，就跑到那去给他洗被子洗衣服，经常给他送肉饼汤。李鹏非常感谢她在我们家落难的时候依然对我们不离不弃。在他“解放”后去德安前，他特地跑到她家，给了她 40 块钱作为感谢。

李鹏曾问她有什么愿望，她说：“想要棺葬。”我和李鹏找了辆车，跑到永修县云山垦殖场的燕山分场批了几个立方的木头，我们运回去时她感动得直掉眼泪。后来我们一直保持着联系，逢年过节都要送礼物给她。她家有 3 个孙子孙女，加上 3 个大人，粮食不够吃，我便到云山垦殖场批了一麻袋大米，足有 200 多斤，送到她家。

1996 年搬家的时候，我实现了自己的诺言，把她接来我家住了一年，让她晚年享享福。我和孩子们纷纷给她钱买衣物，使她里里外外焕然一新。她一生没有穿过皮鞋，我又特意给她买了一双。2003 年她去世了，当时我爱人也病重，我还是抽空带着儿子去向她遗体作了告别，并给了她亲属 1000 块钱。

36. 三代女人的不同命运

我的母亲龚莲玉是满族人，一生不幸。她出生于一个自由职业家庭，外祖父在依兰县城租了一间小门面，以刻字为生，刻图章、刻牌匾等，勉强维持生活。

母亲知书达理，聪明能干，从小受到私塾教育，又读了女子学校，但是由于旧社会的包办婚姻，母亲阴差阳错地做了二房，从此葬送了她的一生。两房并存的那些岁月争吵不断，祖父袒护长房，母亲受尽了白眼和欺凌。她曾跳入松花江自杀，被救下来了，但她最终还是过早地离开了人世。她这一生悲惨的境遇，我终生难忘。

我自己也险些走了母亲那样的包办婚姻之路。正当我豆蔻年华之际，逼婚的黑手也向我袭来。不和睦的家庭环境铸就了我叛逆的性格，我不愿屈服，抓住机会和命运抗争。我抓住参军的机会，义无反顾地甩开了纠缠我的各种密谋策划，像一只笼中鸟冲出了牢笼，飞向了远方。我从农村走向军营，从一个封建小家庭来到了革命的大家庭，并在这个革命大家庭中锻炼成长。

小琳是我唯一的女儿，她的身上流淌着我满族的血液。她生在新社会，长在红旗下，从小受到父母的溺爱。但一场“文革”，和谐的家庭四分五裂，阿姨被赶走，父亲被关押，大哥下放外地，她和二哥随我下放武宁县，也是各自东西。从小聪明顽皮的她成了无路可走的政治贱民，“黑狗崽子”、“可以教育好的子女” 等阴影始终缠在孩子们的身上。

同样，特殊的政治环境也铸就了小琳逆反的性格。在金水中学就读时，她一个没成年的 13 岁孩子，就因为纠正老师念的错别字而被打成“反革命”。在全班大会上要她低头认罪时，她面对贫宣队、老师和同学竟高昂起头来发出了怒吼：“人，不能低下高贵的头！只有怕死鬼才乞求自由！”虽然她并不完全理解《红岩》小说中这首诗是面对敌人的，但她却能把诗运用到这种场合下了。她从小就爱看小说，也看过《红岩》，成岗的这首诗她能背下来。

同学们大声批她：“你有罪！ ”她却说：“历史会宣布我是无罪

的！谁笑在最后谁笑得最美！”当时的人已经没有了理性，对她痛打、脚踹，从肉体上摧残她。一个小孩子，面对众多的师生，一般的人早就吓坏了，可她竟然面不改色心不跳，对答如流。当时下放的学生看到这场面都胆战心惊。班里对她采取所谓的“红色包围圈”，但她不低头不认罪，维护着自己的尊严和人格，宁愿回家不读书也不屈服。小琳在青少年时期心灵是备受煎熬的，童年的不幸遭遇在她幼小的心灵中留下了深深的创伤和烙印。

但是，小琳没有在逆境中放弃自己的尊严。最终，她靠自己努力冲出了县城，走出了国门，走向了世界，展翅高飞。她比我这代人有更优越的条件，有高学历，也有强烈的自信心。

37. 最艰难时期吃小鸡崽

从 1959 年起，中国遇到了三年自然灾害。国家实行配给制，我们机关干部每月定量 25 斤粮食，小孩则按年龄每月十几斤不等，物资全面紧张。那时候半截藕都卖到了 7 块钱，以我当时的工资是买不起这些的。而孩子们都是长身体的阶段，粮食不够吃怎么办呢？我们把从食堂打回来的饭菜加上买的一棵大白菜掺着红薯、南瓜煮一大锅，做瓜菜代给孩子吃。

几乎每天都是吃这个，孩子们就不理解了，埋怨我们说，每天打开锅盖就是吃这个，都不知道买点好的给我们吃。我那时候听了心里好难受，但是没办法，粮食不够只能是这样吃了。为了使饭菜里面荤腥多些，我们都把省下的肉票攒到星期天买点肥肉熬油吃。我有个朋友那时候在农场,知道我在南昌生活很困难,就给我送了一袋红薯和一窝小鸡(母鸡带几只小鸡),说让我们把小鸡养大,下点蛋。但我们当时粮食都不够吃,哪有余粮喂小鸡,所以就把这母鸡杀了。孩子们一看有这么大一只鸡,高兴地说今天可以喝鸡汤了。母鸡杀了,小鸡自然就养不活了,于是阿姨收拾收拾也把它们都做菜吃了。

那时候,糖是每人二两,饼干也是定量,大概只有一斤,我买了以后装在铁桶里,要阿姨放在孩子拿不到的地方。有时候孩子饿了,就一个人分个两三块。

现在回忆起来,那段日子是比较困难的,现在的生活与那时相比真的是天壤之别了。

38. 母女装

那时布的种类非常单一,都是棉布。开始我们一个人每年是20尺布票,小孩是十几尺。

1964年某月,我的爱人出差到武汉,那里有一种化纤布,放一点棉,大部分是化纤。当时我爱人一看就有了新的发现,商店里衣服上都标了5尺布料,买棉布的收6尺布票,买化纤的只收3尺布票。他觉得这个很划算,就给我买了件旗袍。那个时候很流行旗袍,我那时候身材也很苗条。我当时却埋怨他,说:“哪有那么多布票呀?这个旗袍起码7尺布,孩子还得用布票。”

他说,“你不知道,武汉发明了一种布叫化纤布。这种布棉很少,化纤很多,我们成年人穿上既美观又不容易破。”结果我就在镜子前穿上看看合不合适。我女儿看到我在镜子前比划就一下扑到我面前说:“你讨厌,就顾自己漂亮,你不知道我都没有一条小裙子。我那个保育院的同学都穿着漂亮的裙子,我就没个好裙子,不行,我要!”她一说,我眼泪都要出来了,我没有给她买过一条带花的好看裙子。晚上躺在床上,我想呀想,第二天脑子灵机一动,想出了办法。我干脆把旗袍剪了,上面就给我做衣服,下面就给她加个带子做个小连衫裙。一狠心,我拿起剪刀,心里犹豫了几次,最后一咬牙,拿粉笔画直了,“咔嚓”就剪了。剪开之后,我自己把衬里缝一下,下面穿个裙子看起来也很美。

第二天,我给了女儿一个惊喜,说:“小琳啊,你想要的漂亮小裙子有了。”她噘着嘴巴说:“骗人呢,只顾自己漂亮,也不考虑我没有裙子。不好,你穿这衣服不漂亮,丑死了。”我把裙子给她,她高兴得跳起来。我把她牵出去,人们都说你们这母女装真漂亮。

39. 皮鞋上的政治问题

这次我爱人从武汉回来,除了给我买了一件旗袍,还给我买了一双绿色的皮鞋。

去年我到上海出差,给自己买了一双半高跟的皮鞋。谁知那时候提出“兴无灭资”口号,说我穿这鞋是属于资产阶级思想。当时皮鞋还挺贵,我就去修鞋店把跟给削掉,当平跟鞋穿。哪知跟一削,鞋尖往上翘,根本就不能穿,最后只得扔了。

当时我爱人是这样想的：我们结婚时什么东西都没有，把我的东西搬到他的房间就算结婚。现在过了这么多年，生活条件好了，应该给妻子买点东西。本来一双皮鞋很平常，但问题是这双皮鞋前面的图案有点像国民党党旗。当时我也不知道国民党党旗的图案，后来看了电影才知道。我穿这鞋时，配了一双白袜子，非常显眼，别人就和国民党联系起来了，说我在“两条路线斗争”的问题上还有一点模糊，存在资产阶级思想。

党小组会上，同志们批评我说：“你是中国共产党党员，却穿着一双带有国民党党旗的皮鞋，群众对此反映很大。”最后我也作了检讨，把鞋扔垃圾堆了。为了这事儿，我还和李鹏闹矛盾，我说：“你买东西也不看清楚再买，买的一双皮鞋还有什么国民党党旗图案。”

从那以后，李鹏吸取教训，没再帮我买过东西了。

40. 路过家乡没能去看父亲

1962 年 12 月上旬，我完成到北安查证的任务后，返回到黑龙江火车站。我的心情非常激动，佳木斯离这只有几个小时车程，而且每过一小时就有一趟火车。

参军后我一直没有回过家，母亲逝世时我在土改没回去，未能尽孝。参军离家时，家中还有 4 位老人，如今只剩下了一个老父亲。我在是不是回家这个问题上思考了很久，最终还是决定放弃。一是这个任务时间紧且重要；二是担心同我一起来办案、但因病留在黑龙江的同事。我身为党员,完成党交给的任务是我的职责,却不知这次没有回家,我和父亲竟再无相见之日。

41. 学员批评我们搞形式主义

1964 年,我们财经学院(今江西财经大学)改成了财贸干部学校,专门培训财贸系统的基层经理、科长等干部,成立了 4 个干训队,每队 100 人左右。在没开始培训之前,我到庐山参加学习解放军的培训。我学完之后,学校各级领导也到党校突击训练学习解放军。当时学校来了一批部队转业干部,团、营、连级都有,他们是学习解放军的骨干,军事素质比我们强。当时采取军事化管理,我是训练队的指导员,搬到学校和学员住在一起,配了一个转业军人当连长。

我内心感觉这样做过于形式主义。学校要求,指导员 3 天内要做到对每个学员知其名、见其人、道其情。我们这队有 80 个人,我担心记不住,拿着花名册到各小组对照名字,结果学校考核时我背出了 75 人,顺利过关。

学员全部接受军事化管理。每天早上,中队的彭队长吹响起床哨子,楼上楼下的哨子声此起彼伏,分不清哪个队在吹。吃饭前也要排队集合。有一次下课吃中饭,大家急忙下楼,人多一挤,把一位女同志挤倒了。她是近视眼,眼镜被踩坏了,她就冲我发脾气:“你啊,这种管法,怎么能把我们这些人当成小战士管理呢?”

特别是叠被子,要求学员像战士一样折成四方形。可学员们的被子大小不一,厚薄不一,怎么也叠不成那样的四方形,大家很有怨气。每天晚上排队点名总结一天的优缺点,好事有人夸,缺点有人抓。优点好说,缺点不能指名道姓,怕会引起不满,影响团结。到礼堂听报告时,规定要双目平视,身板挺立,双手放在膝盖上,不能趴在桌子上。时间一长。大家就坚持不了,说脖子都麻木了。结业时,学员就说:“你们搞形式主义,不伦不类,下次不来了。”

42. 父亲“良民证”的由来

最近我在相册中,找出父亲生前唯一的一张一寸相片,这是当时伪警署发“良民证”上用的。照片上的父亲表情深沉而愤怒,可以想象他对日本侵略者的不满情绪。相片右角上盖的伪满警署的印章清晰可见,这是日本侵略者迫害奴役中国人的罪证。相片年代久远,已发黄褪色,但它记录了一个知识分子的一段血泪历史!

我父亲李春一毕业于师范学校, 在乡村担任了几年私塾教师,学生也很多,在当地小有名气,人称李九先生。

1931 年发生了震惊中外的九一八事变,日本帝国主义侵占了东北。1933 年 2 月,日本在汤原县成立了伪政权,开始了殖民统治。伪满洲国成立之后,为了达到奴化教育的目的,从小学开始把日语加入教学的主要内容。在我上小学时(当时称国民优级小学)上午四节课程为:满语(中文)一节,数学一节,日语两节,在所谓满语课的内容中灌输的也是所谓 “日满共同共荣”、“一德一心”、“敬奉日本天照大神”等反动内容,妄图使青少年不知道自己是中国人,不知道自己是中华民族的炎黄子孙。

在这种奴化教育体制下，伪政府宣布一律取消农村的私塾学堂。父亲教的学生被迫解散了，父亲从此开始务农劳动。

日本侵略者为了切断抗联组织和群众的联系，把竹帘镇也划为“匪区”，禁止人们互相间的往来，防止有抗日活动，违者以反满抗日罪名“格杀勿论”。如果要出门，必须持有当地伪满警察署署长、村长签发的通行证。“匪区”允许居住，但要有“住民票”，平时走亲访友则发放办理“通行证”。为毒害中国人，日本人有意在东北广设大烟馆，我的家乡竹帘镇也设立了大烟馆，公开出售鸦片，让人吸毒上瘾。有的人因吸鸦片导致家庭破裂，妻离子散，倾家荡产。

父亲从小受中国传统文化教育，有着爱国情怀。他曾写过一首《倭奴歌》，我只记得第一句：“倭奴侵略把我辱。”看到大烟带来的危害他痛心疾首，用《苏武牧羊》的曲调写了一首《戒烟歌》：

大烟害人又费钱，犯瘾实在难。
打哈欠泪涟涟，晴天还好受，就怕阴雨天。
喝烟土，打烟灰，无奈吗啡追，
娇妻枕边劝，心中不以为然。
转眼北风吹，娇妻泪双垂，劝我转心回。
皮肤受了苦，睁眼一片黑，
从今以后再抽大烟就是老乌龟。

这首歌很快就在村子里流传开来，因此引起伪警察署的注意，认定父亲有反满抗日情绪。

1942 年冬天，一个风雪交加的夜晚，一队伪警察破门而入，把父亲一把从炕上拽了下来。母亲哭叫着哀求：你们不要抓人！祖父冒着寒风在冰冻的地面一嗤一滑地跟着走到院子，眼巴巴地看着伪警把父亲拖走了。我和弟妹们躲在被窝里吓得浑身发抖。

第二天，村里有人偷偷地来我家告诉说，父亲被关在警署的巴篱子（即监狱）里，经审讯认为他是“思想犯”，对他进行“思想矫正”，即严刑拷打，还用洋刀套子砍他的背部，打得他口吐鲜血。由于没有发现他的“罪证”，关了十几天就通知祖父取保释放，但要交保证金。祖父为了救儿子，只得忍痛将家中唯一的一头大公牛卖掉，交了保证金才把父亲赎回来。父亲被打得遍体鳞伤，背上青一条紫一条，都是洋刀套子砍的痕迹。更严重的是父亲留下了内伤，时常口吐鲜血，落下终生病根。由于家中没钱治疗，左邻右舍的乡亲们时常送些草药和偏方给他医治。

1941 年太平洋战争爆发后，伪政府推出了《治安维持法》，加紧了对有反日倾向的人民群众实行残酷镇压。伪满警察署拟定了所谓“战时有害分子”，并对他们进行秘密监视与迫害。伪满警察署对这些人还作了分类：甲类为暗杀对象，乙类为逮捕和监禁对象，丙类为监视对象。父亲属于丙类，出狱之后，伪满警察署特地发给他一个“良民证”，规定他不能随便行动，限制他的人身自由。

43. 母亲短暂的一生

母亲龚莲玉，生于 1906 年，满族人，童年读过几年私塾，之后又读女子学校（相当于专科学校）。女子学校教的是女红课程，培养贤妻良母，教授三从四德，也学蚕桑、纺织、刺绣、烹调。

在我记忆中，母亲长得端庄秀丽，乌黑的头发，梳着满式的高髻，穿着中式的服装，偏马蹄袖口绣着花边，胸襟绣着她喜爱的菊花，清纯而淡雅。母亲出生在一个书香之家，她很喜爱中国古典文学，性格善良，举止大方。但一场大火毁掉了她们家赖以生活的铺面，姥爷离家逃走，家庭面临困难。母亲以自己精湛的手艺帮助大户家的太太小姐们做女红，绣嫁妆、幔帐、床单、枕套、裙子，补贴家用。

几年后姥爷回来，在亲友的帮助下重新创业，生活渐入轨道。姥爷深感离家这几年对女儿的愧疚，想给女儿找个条件好的人家，让女儿享享福。这时父亲在县塾堂教书，很帅气，师范毕业生，郎才女貌。母亲虽然不是大家闺秀，但可称小家碧玉，而李家是旺族，是有财力的大户。加上媒婆花言巧语，李家愿出重金聘礼。在优厚的物质条件诱惑之下，母亲按父母之命订了亲事。

不久两人就结婚了，过了一段快乐幸福的时光。之后不到几年，李家衰落，家族分家，祖父带着父亲一家回到竹帘镇，母亲这时才知道父亲老家有妻室。母亲是个知识分子，受儒学教育很深。她认为自己命运不好，感到生活前景无望，曾多次走向绝路。

44. 草房回忆

老家的草房是祖父搭起来的，到我居住时已是第三代了。草房共有四间屋，由中间分开，东、西各两间，每间房有两铺大炕。家中有五垧地、两头牛、一部牛车,房子前后有两块菜地。

北方的冬天是“千里冰封,万里雪飘”,“地白风色寒,雪花大如手”。童年时有一个顺口溜来形容故乡的冬天:“开门用脚踹,房子一面盖,吃水用麻袋,男女分不开,窗户纸糊在外,姑娘叼着大烟袋,养活孩子吊起来。”

这些景象是我记忆中家乡冬季的真实写照。“开门用脚踹”是因为大雪封了门,积雪太厚,门打不开了,用脚踹开;“吃水用麻袋”是到松花江上用麻袋把冰块背回来,用火化成水再使用;“窗户纸糊在外”是窗户大都是木棂子窗,纸糊在外可以保护窗棂不受雨水腐蚀和风吹日晒,延长使用寿命;“养活孩子吊起来”是把小孩放在小院中的悠悠车里摇晃,这样既能充分利用空间,又能解放父母的劳动力。悠悠车内放着被褥子,小孩睡在车里又舒适又安全,车子上放有铃铛,摇起来发出“当当”的响声。

冬天玩雪是童年最大的乐趣。用铁铲把门前院内的积雪筑成弯弯曲曲、四通八达的雪道,就像地壕战一样,大家猫着腰,在雪道里乱窜,头上冒着热气,欢声笑语,这是童年最好玩的游戏。

在零下40度的气温下,松花江已结冰了,屋檐下结成了晶莹剔透的冰溜子(即冰柱),草房变成了满头白发的老人,我和弟弟用棍子敲打冰溜子,噼里啪啦摔到地下,成了碎冰块。

松花江上结了厚厚的冰,村里的孩子们没有钱买冰鞋,父母们就用洋铁皮剪成脚底形状,砸上孔,用绳子绑在脚上,当成冰鞋。江面上非常滑,大一点儿的孩子玩“躺爬犁”,整个江面欢声一片。

草房在冬天最怕火,一旦草房起火,顷刻便化为灰烬。那时农村没有消防设施,冬天取水很难,发现起火,大家只能眼巴巴地看着茅草房一点点被烧光。草房也怕风，冬天的“大烟炮”刮起来是很可怕的，不仅会“卷起屋上三重茅”，有时还会形成龙卷风，人在空旷地方遇到“大烟炮”时，只能蹲在地上，两眼紧闭，胳膊抱着头，等着躲过大风。

有一年，冬天的“大烟炮”来势凶猛，霎时间卷走了我们房上的茅草，祖父和父亲带上一根粗的麻绳和几梱茅草，在屋顶茅草被刮走的地方补上茅草，再用麻绳拦压着。

冬天过去了，冰雪开始融化。大地微微吹出暖气，野草从泥土中长出嫩嫩的绿芽，松花江面开始“跑冰排”了。大块的冰排互相撞击发出隆隆的声音，在撞击中冰块逐渐融化缩小了，景象十分壮观。

冬去春来，又是一年春草绿。草房关了一个冬天的窗子打开了。春风吹入，草房也睁开了它“猫冬”的眼睛，迎着春风伸了伸懒腰，将身上的茅草舒展开。茅草们也跟着欢腾起来，像是顽皮的孩子，有一些就从屋檐飘落下来，落在刚化冻的土地上。

春雨开始淅淅沥沥地下起来，妈妈叫我和弟弟坐在炕头上背童谣：

春日春山春水流，春风春草放春牛。
春草开在春园里，春鸟落在春枝头。
春天学生写春字，春日春色真可留。

雨天我和弟妹们买不起草鞋，出行时捋起裤腿，光脚走在地上。初春的北方，气温很低，地上还很凉，妈妈怕我们的脚冻坏了，就叫我们坐在炕上写作业，练字。

房檐下的冰溜子滴滴答答融化成水珠，滴在地下形成了一股小水流，弟弟调皮地说："草房在哭呢！"

对故乡的思念犹如一江春水，漫过心尖，浸入心田。深情的思念总和那幢茅草屋紧紧相连，"鸟近黄昏皆绕树，人当岁暮定思乡"。如今，我与故乡相隔万里，真有种"天之涯，地之角"的感觉。

贰

磨难历程

（1966—1976）

风暴袭来，国家、民族深陷灾难之中。

丈夫成了“三反分子”，被开除党籍。惨遭抄家后，她带着孩子下放农村。一家人颠沛流离，山路弯弯，家在何方？

"文革"爆发

1966 年 5 月 16 日

我第一次看到很多红卫兵打的标语牌子："炮打司令部，火烧省市委"。在思想上我不知所措，感觉突然间社会就乱起来了——造政府的反，革命无罪，造反有理。运动很快卷到我们内部来了，我们内部也成立了两个组织：一个叫"红色造反兵团"，另一个叫"革命造反指挥部"，就开始揪反动学术权威了。

学校基本上是知识分子居多，特别是老知识分子。一些家庭历史有些问题的、出身不好的就被批斗起来了。我印象最深的就是把王弘远揪出来了，进行猛烈批斗。

"文革"前李琳和女儿的合影

帮李鹏写“认罪书”

1966年7月6日

李鹏被揪出来以后，每天都要写认罪书，交代罪行。

他上午在单位烧开水、扫厕所、扫楼梯，下午还要遭受批斗、站在机关门口示众，晚上回家还得写认罪材料。我看他每天回来身体疲劳、四肢无力，十分心疼他，便要他早点睡觉，从今天开始我就帮他写认罪材料。

材料内容都是千篇一律，向毛主席认罪，抄录毛主席语录，讲自己有罪，罪该万死等等。李鹏第二天就可以就拿着我写的稿子向造反组织交代一遍，减轻一些他的压力。

丈夫被开除党籍

1966年8月27日

李鹏被认定为“三反分子”、“假党员”后，他的工作也停止了，工资停止发放，每个月只给不超过20块钱的生活费，每天在单位扫厕所和烧开水，然后给各个办公室送去。

今天召开了整个财贸系统的批斗大会，会上李鹏被开除党籍。本来按照“罪行”划分，他还不够开除的资格，但是他们单位的局长被揪出来了，李鹏属于局长“大黑伞”下面的“爪牙”，所以让他也了参加批斗。参加批斗大会的大概有一千人。会上，“造反派”给他们“坐喷气式”、“罚跪”。我站在台下，看着李鹏受尽折磨，眼泪不住地往下流，可又无可奈何。

把局长和李鹏折磨完后，“造反派” 提出必须将李鹏开除党籍，财贸政治部领导被逼无奈，当场签字同意，李鹏就这么被开除党籍了。

李鹏 1940 年入党，是个有 26 年党龄的老党员了，为革命奋斗了半辈子，就这么稀里糊涂被开除党籍，真是令人心寒，不可理解。这场残酷的“革命”，到底什么时候才能结束？

丈夫被游街批斗

1967 年 4 月 12 日

今天，南昌市举行声势浩大的揪斗游行活动。“造反派”提出的口号是：“痛打落水狗”，并要“踩上一脚叫他永不得翻身”。所有从省委机关和直属各厅局中揪出的“牛鬼蛇神”、“三反分子”、“走资派”等同志，都用大卡车拉着游街示众。“造反派”给女同志化上丑妆，给男同志带上高帽子，胸前挂着黑牌，写上“罪名”。他们给这些挨批的同志手中塞上几根稻草（意思是这些同志想捞救命的稻草），由“造反派”押着站在大卡车上绕市区一周。街道两旁人山人海，许多人疑惑不解地说：这么多干部都是“反革命”？人们怀疑、迷惑、难以理解却又不敢直言。

丈夫李鹏站在大卡车上，头带又高又尖的纸帽子，脖子上挂着木板，上面用毛笔写着“打倒三反分子”，并把他的名字倒着写上，打上红叉，其含义是李鹏被打倒了。汽车缓缓前行，江源小琳兄妹跟着汽车跑，想看看爸爸咋样了。他们跟着汽车跑了很长一段路，由于围观的人太多，孩子们只能隐隐约约看到爸爸摆出一副威武不屈的架势。李鹏站在大卡车上，腰杆直挺，左顾右盼，也想看看人群中有没有自己的孩子。这时，调皮的小琳在人群中说道：“爸爸肯定想我们了，爸爸不是坏人。”

大游行之后，接踵而至的是“狠批猛打”批斗会。财贸系统各商业厅局的领导干部在八一礼堂遭到集体批斗。开始，被斗对象还是站着的，但“造反派”越批越起劲，后来竟然一起跑上台，公然对受批斗领导干部拳打脚踢。

丈夫险遭活埋

1967 年 10 月 8 日

今晚，李鹏很晚才回到家，进门后脸色苍白。我问他出什么事了，他说“造反派”把他和外贸局的苏震副局长拉出去，挖了一个坑，对他们说：“你们不认罪，不交代反革命罪行，就只有死路一条！”那个坑虽然还没有一人深，但“造反派”三推两推，竟把苏震推下去了，然后又回过头来准备推李鹏。

苏震是老革命了，参加过新四军，还在战斗中负过好几次伤。“造反派”把苏震推到坑里后，就逼他交代罪行，不然就要把他活埋了。可苏震是个“硬骨头”，对“造反派”吼道：“我不承认！我不是反动派，我是忠于毛主席的！我干了一辈子革命工作，没死在战场上，却要死在你们这些‘造反派’手里，真是冤枉啊！不过你们埋吧，我不怕你们！”说着就站在坑里，慷慨激昂地喊道：“共产党万岁！毛主席万岁！”

这时，工人纠察队听到声音，循声而来。那些“造反派”看有人来了，撒腿就跑。纠察队赶来一看，发现有个人站在坑里，还有个人站在边上拉着他的手。李鹏一个人拉不动，就叫纠察队的人过来帮忙。纠察队把苏震拉上来后问他们是哪个单位的，他们就说是外贸局的“走资派”，然后又把整个事件的来龙去脉一五一十地都给纠察队说了。纠察队的同志听了，说道：“好吧，天色也不早了，我送你们一程，免得再遇上‘造反派’。”于是，工人纠察队就把他俩送到了人多的地方。为安全起见，李鹏和苏震就绕道从闹市区往回走，所以走了很长时间才到家。

遭遇抄家

1968 年 4 月 15 日

今天，我们家遭遇了“文革”以来一次重大的变故，我们被抄家了。“造反派”把我们的一些笔记本、日记本都抄走了。说是抄家，其实也是打砸抢，把我的布票全拿走了。接着就宣布“群众专政”，要求李鹏不准回家，停止给他发工资，只给他发不超过20块钱的生活费。

我的心情非常糟糕，家被抄了，爱人被揪出去批斗也回不了家，家里所有的重担都压在我的身上。大街小巷到处都是口号声、大字报，想着自己把以前所写的日记焚毁是正确的。如果这些日记被“造反派”拿走，再经过一番精心剪裁给李鹏增加新的罪名，那后果是我所不敢想的。

下放武宁县

1968年10月25日

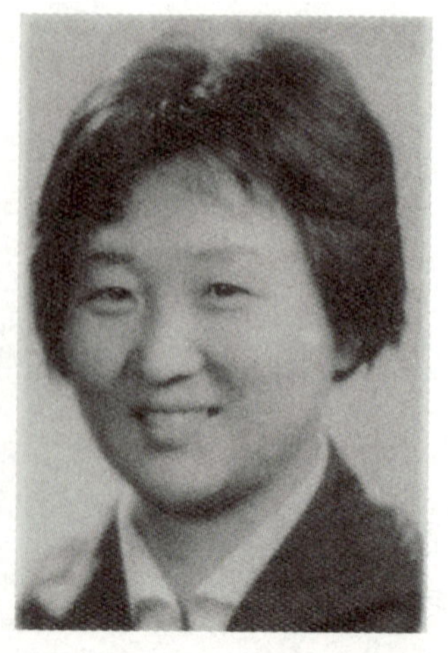

1968年下放武宁照

昨天，我带着江源和小琳（长子江淮已下放德安县），在一片锣鼓声中乘上卡车离开南昌市，奔赴武宁县。卡车进入武宁后，一路颠簸，至黄昏才抵达目的地路口。下车后，还要走10里左右的山路才能到新溪大队，大队派来几位农民兄弟帮我们挑着简单的行李，我们跟在他们后面，在漆黑的田间小路上摸索前行。女儿小琳从来没走过夜路，她紧张地拉了拉我的衣角，胆怯地问道：“妈妈，咱们家在哪？”我心里一阵酸楚，家在何方,已难说晓,但我还是坚定地告诉孩子们:“妈在哪,家就在哪,妈坐在这里,你家就在这里。”

深秋的田野朔风阵阵,给人阴冷、肃寂之感。走了近10里路,终于到达新溪大队的一栋老楼。这里先期到达的知青有20余人,另有江西大学下放教师3人,劳改局下放干部2人,医院下放护士1人,合计30余人。我们将床暂时架在屋前天井旁的空地上,放好被子,母子3人横躺在床上,和衣而卧。

今天早晨,知青们帮助我们将带来的家当七手八脚地搬到第六生产小队驻地,与知青同住在一栋老屋的一间小房内。此为“五七”大军新溪排所在地,我们的插队生活,就此开始。

在农村第一次包饺子

1969年2月16日

今天是大年三十,也是我和孩子们在农村过的第一个除夕。一大早,村里家家户户按照当地风俗要制作米果。米果的做法是先将糯米、大米磨成粉,和成团,再把萝卜和肉一起剁碎做成馅,将馅塞进粉团包好,上甑蒸熟。做好后还要还在上面印上一个红色的“囍”字。

我是在东北出生长大的,所以还是想按北方过年的习惯包饺子。正好生产队杀了猪,为照顾下放的同志,给了我们三斤肉。于是一家人在屋里忙活起来:小琳擀皮子,我包饺子,江源负责烧火。由于缺乏经验，江源把炉灰弄得满脸都是，一下子变成了“小花猫”。看到此景，我和小琳都笑开了花。

这时，房间外有不少孩子凑在窗户前，看我们包饺子。这些孩子从来没见过饺子，个个都好奇得不得了，饺子成了他们眼中的“稀罕物”。我们煮好一锅，外边的小孩就伸手讨要，我们就给他们。后来要饺子的人越来越多，一些大人也来了，我们边包边煮，仍然供不应求。最后虽然我们没吃饱，大家却吃得很开心。

红与黑

1969 年 3 月 11 日

在金水大队参加了 40 多天的学习班，今天终于结束了。学习班整我批我“黑了半截”，总算回来了。

从金水到我下放的新溪要路过公社。我要到公社吃个中饭休息一下再乘车回去。谁知一到公社，一件突如其来的事情让我的神经差点错乱了。

我一到公社，公社党委书记看到我来了，就热情得不得了，说：“李老师你来了快进去坐，我们在开大会，你来得正好。”我当时的情绪还沉浸在学习班的批判声中。书记给我倒茶，让我休息了一下，就对我说：你要参加活学活用毛泽东思想大会。我进去一看，大会议室里坐满了人。书记同我进去，说你被光荣地评为“五好战士”。我当时脑子“嗡”的一声，头脑发懵。我说：“你说什么？”

喜報

李琳同志，高举毛泽东思想伟大红旗，突出无产阶级政治，活学活用毛泽东思想，在一九七〇年在創四好争五好运动中，荣获五好战士称号

特此报喜。

江西省武宁县路口公社革委会

一九七一年一月廿日

李琳被评为“五好战士”

书记重复了一遍：“你被评为‘五好战士’。”我刚才还是“黑家属”、“黑了半截”，怎么就“红”了呢？一点精神准备也没有，突然来这么一下子，我精神恍惚。书记见我有点懵就开导我说：“李老师，这是真的。我们是注重表现。你在连队表现很好，还帮贫下中农做了好多好事。”他把我推推搡搡推到主席台前面，大声说：“欢迎李老师讲话。”我当时就说：“你们是不是搞错了？”书记说：“我们怎么搞错了。李老师你别想别的。”我说：“我刚被批完，怎么能当‘五好战士’？”书记说：“我不管那么多。我们重在个人表现。”

我被推上台下不来了，我不吭声下面越是鼓掌。我定了一下神，喝了一口水，告诉自己要镇静。我的口才是在土改时练出来的。我就说了一些我下放后的经历，引了毛主席语录，讲了十几分钟。讲完后大家都报以暴风雨般的掌声。公社书记还留我下来吃饭。我刚才还是“黑的”，走了几十里路一下子就变成“红”了。

在乡下过中秋节

1969 年 9 月 26 日

今天是中秋节，一大早，房东就让她的大女儿绪兰给我们端来一盘子“粑”，这是村里人独有的节日食品。“粑”是一种扁圆形的“馒头”，与普通馒头不同的是，“粑”是用米粉做的，里面加了干艾叶，所以是灰绿色的。听绪兰讲，每年清明前后，村里的女孩子们都会到野地里采来艾草的嫩叶，在小溪里洗净，晒干后储藏起来。中秋节前，妈妈们用小石磨把干艾叶碾成粉，和在米粉里蒸成“粑”。我拿过一个，咬一口，满嘴苦涩的清香。

晚饭时，房东又邀请我们同他们一家同庆中秋。桌上摆着一大碗煮红薯，绿绿的青菜，红红的腌辣椒，饭是掺着干红薯丝的陈米饭。与平日的粗茶淡饭不同，今天的饭桌上多了几个染红的煮鸡蛋，一小碟春节时熏的腊肉和一盘“粑”。家中的长者——绪兰的爷爷，递给我们每人一颗鸡蛋，同时说一句吉祥的话，愿我们一家早日团圆。

一个沉闷的国庆节

1969 年 10 月 1 日

今天又是国庆节了。9 月 14 日时，我和两个孩子从横路公社新溪大队调到罗溪公社水电指挥部。县里从各个公社抽调了一批下放干部参加建设水电站的工作。我到这里不久，要安排子女的转学事宜。江淮还在德安插队，而且李鹏依然没有“解放”，所以我的心情十分忧郁。动荡的生活，政治上的压抑，家庭人员的分散，加上国庆节也没有举行什么活动，因此这个国庆节过得比较沉闷。

莫名其妙当上大队副书记

1970 年 8 月 10 日

今天，公社召开全体社员大会，我们下放的 400 多名干部也按要求参会。会上，公社领导宣布，根据上级指示，现在对表现好的下放干部实行“三结合”政策。因为下放时带来的收音机已登记充公，又看不到报纸、听不到广播，所以这个消息我们事先并不知情。

按照上级要求，当地干部必须结合到各级领导班子中——下放干部结合到大队班子里；大队干部结合到公社班子里。会上宣布我被结合到田塘大队，做大队副书记。听到这个消息，我感到很意外，去年大半年我都在学习班里改造思想，怎么一下子就成了大队副书记？这身份变化真是太快了。

不过既然成了大队副书记，那我今后就要多为同志们做好事，做实事，努力改善大家的生活状况。

险当“盲流” 1970年10月25日

昨天，领导告诉我李鹏被下放到德安塘山公社了，让我过去探一次亲，顺便商量一下把孩子们转移到德安的问题。从1968年他被关起来到现在，我们一直没有见过面，欣喜之情，溢于言表。于是我赶紧收拾好行李，马上出发前往德安。

1970年10月摄于田塘“五七”大军驻地

到德安已经是下午5点多了。我找了个小饭馆吃了顿便餐，准备直接奔往塘山公社。我问饭馆老板塘山公社怎么走，他说这里离德安县城还有一二里路，到塘山公社要第二天早上去城里坐班车。我看天色也不早了，就在饭馆附近找了个小旅社准备住下。由于走得匆忙，身份证、户口本都没装在身上，只带了一个背包、一套牙具。开始旅馆的同志说我没有证件，不让我住店，我好说歹说，解释了半天，她才同意我住下，给我安排了一个小单间。

半夜12点多时,忽然从外面传来钥匙开门的声音,我以为是小偷,慌忙坐起来穿衣服。衣服还没穿好,就有几个人闯进来了,拿着手电筒照我。我一抬头,被电筒光晃得睁不开眼睛,看不清是什么人,就问道:"你们是干什么的,怎么大半夜突然跑到别人屋子里来?"其中一个人说道:"我们是公安局的,有人举报你无证住宿,赶紧起来跟我们走一趟。"我说:"你们凭什么叫我跟你们走?你说你是公安局的我还不信呢,我要提高阶级警惕性。"他们也不好拉我起来,就说道:"你不起来,又拿不出证明,那你想怎么办?"我灵机一动,就找借口说要换衣服,把他们打发出去了。等他们出去后,我一下子把门反锁上,对着外面喊道:"有什么事情明天早上天亮再说,大晚上的我是绝对不会跟你们走的。我去公安局干吗?我是下放干部,不是盲流!"他们开始与我对峙,叫我开门,我说:"除非你们把门锯掉,否则打死我也不开门!"僵持了半个多小时,他们拿我没辙,下楼走了,我这才回到床上又躺了一会儿。

由塘山公社"挪"到德安中学　1971年10月11日

今天,我和爱人拿着行李搬家到了德安中学。我家两个儿子去年已经参军了,身边只剩下我的女儿。

去年年底我从武宁县路口公社转到了德安县塘山公社当政

工组长。为什么又到德安中学？整个事情是这样的：半个月前，我和爱人在生产队参加劳动，突然公社干部找我说宁书记来了，要我到公社去一趟。我带着一腿的泥，匆匆地跑过去了。他一见我来了就问我："你是叫李鹏呢，还是叫李琳？"我和爱人都姓李，有的人分不清我们的名字。我说我是李琳。他说："哦，那李琳就是女的啰。"我说："李琳是女的，李鹏是男的。"

这位书记说话很幽默，他说："我这次来是给你挪窝的，挪到德安中学去当副校长，那可是德安唯一一所全日制中学。"当时我一听要到中学去，心里就咯噔了一下。我说，我不能去。省里批判，学校是被资产阶级控制、执行又粗又黑的"黑线"的地方。现在我在这里接受再教育，是党对我的挽救。他没有过多听我解释，就给我定下来了。我从内心上说是不愿意去的，在教育战线上干了这么多年，评职称的时候说我没学历，下放的时候又说我是知识分子，要我下去接受再教育。

前天，我们公社的人去县里开会回来告诉我，县里通知，任命李琳为德安一中的革委会副主任，这样我被逼上梁山，不去不行了。

日记的坎坷

1973年12月6日

写日记是我多年的习惯，但时至今日，政治运动不断，人人自危，不知哪天会遇到什么情况惹出事来，遭到批斗。所以"文革"一开始，为了避免给自己、给家人带来厄运，我忍痛烧毁了写了17年的日记。现在想来还十分心痛，十分可惜。

“文革”到现在7年了，依然让我心有余悸。如1969年我在农村插队，晚上一个人，在煤油灯下又开始写日记了。不久，有人反映我利用休息时间给“走资派”的丈夫写翻案材料。尽管我反复说明，可他们还是逼我“从内心深处爆发革命”。这样，我只好放下笔了。但是，我遇到感受比较深刻的事情还是会写下来。

1964年摄于南昌

“文革”中运动不断，如“一打三反”、“批林批孔”、“反击右倾翻案风”等等。如果说错话、写错文章，都会遭到批斗。李鹏就是因为讲课时口误被打成“三反分子”。可我认为，日记不写真话，也就失去其意义了。

现在社会上流行讲大话、空话、套话。有几句顺口溜说：“讲话三六九，干事风马牛。”

我从1968年下放到农村接受“再教育”以来，这些年只能重点事记一下，根本没有按时写。有时思想很矛盾，提到日记总感到辜负了当年颜志敏专员对我的谆谆教导。我没能坚持下来，想想很内疚，但又没办法，是形势不允许。实际上我和日记的关系仍可用藕断丝连来形容，若即若离。

学生上课戏弄老师

1973年12月30日

近期，受“白卷英雄张铁生事件”、“马振扶中学事件”、“黄帅事件”的影响，刚刚恢复的教学秩序重新陷入混乱。有些学生又开始不听老师的话了，纪律松弛，“读书无用论”盛行，一些不正之风又悄悄抬头。

今天上午，学校一位语文老师上课时给学生们布置了一篇作文，班里有个学生顽皮，就把郭沫若的一首诗抄上，交给老师。老师不知道是郭沫若的诗，稀里糊涂地修改了一通，又退还给这个学生。

下午上课时，这个学生突然站起来，说道：“报告老师，是郭沫若的水平高还是你的水平高？”老师说：“郭沫若是有名的大才子，肯定是他的学问高呀。”学生笑道：“那我抄了郭沫若的诗交给你，你都给修改了，那你岂不是超过郭沫若了吗？”听了这话，全班同学哄堂大笑，老师满脸通红，非常尴尬，再也上不下去课了，只得匆匆离开教室。

唐山大地震

1976 年 7 月 28 日

早晨听中央人民广播电台的新闻说:今天凌晨 3 点 42 分,河北唐山发生了 7.8 级强地震。听到这个消息,我心情很沉重。我知道唐山是我国的一个工业城市,产煤。具体情况电台没说,我们还不知道。我在心里暗暗为唐山人民祈祷。

放爆竹庆贺粉碎“四人帮”

1976 年 10 月 21 日

今天听到传达中央粉碎“四人帮”的文件(编者注:文件全名为《关于王洪文、张春桥、江青、姚文元反党集团事件的通知》),我的心情真是“忽如一夜春风来,千树万树梨花开”,特别高兴。听文件传达的干部群众都有这种感受。中央文件是 10 月 18 日发的,传达到我们农村晚了两天。

听完传达,学校、县里都组织游行,欢呼粉碎“四人帮”的胜利,控诉“四人帮”的罪行。我此时将积压在心中多年的愤怒、郁闷一下子释放出来了。我们在农村本来连春节不放爆竹,但那天我们高兴得放了好多爆竹,各家各户放爆竹放了一整夜。此时我想到了让我写日记的颜志敏专员。好多年失去联系了,只听说“文革”时他是西安市委书记,被整得很厉害,我心里一直很难受。现在粉碎“四人帮”这件事让我知道我们党还是正确的,明智的。

【口述实录】

1. 李鹏成为“三反分子”

1966年七八月间，我爱人被揪出来了，揪出来的时候说他是“三反分子”。因为他文化程度比较高，在同级干部中，人们都叫他“文虎”。他在旧社会念过十年私塾，中文底子很深厚。50年代起，他就被聘为江西省直属机关理论教员，定期给省直机关所属厅局的干部讲课。当时要请资格比较老、政治觉悟较高的同志来担当政治办公室的副主任，他正好调到政治办公室，学解放军抓政治思想工作。

他作报告时，喜欢结合当前的形势。60年代，正好是“抗美援越”时期，有一次讲课说到抗美援越，他跟我说：“第一部分就讲了抗美援越的形势，第二部分就说我们要怎么看待这场战争的性质。”要命的是他讲课时没注意，把“抗美援越”误说成了“抗越援美”，有人向上级打小报告，说他的报告中有一个错误，要公开给大家解释一下。当时他还没意识到说错了，他看了讲稿，发现自己真的错了，就站起来说：“同志们对不起，你们给我的意见是对的，我口误了。”上级要求他把这个问题按阶级路线划分，讲出犯错误的“思想根源”、“阶级根源”、“认识根源”，他一连做了好几次检查。

“文革”时,“造反派”抓住他“抗越援美”的错误,说他犯了政治上的严重错误,然后上纲上线,说他是“站在美帝国主义的立场上反对越南人民”的“反革命”。李鹏就这样成了“三反分子”。

2. 自毁日记

到 1966 年,我写日记有 17 年了。在日记中记载了我在新中国成立之初参加建设基层政权、减租减息、剿匪反霸、土地改革等一系列重大运动的亲身经历,具有重要的历史价值。

随着“文革”的爆发,在“革命无罪,造反有理”,“大破四旧,大立四新”等口号声中,各地纷纷揪出“走资派”、“牛鬼蛇神”,大字报贴满城里的单位、大街小巷。不久我的爱人也被揪出来了,被打成所谓的“反党、反社会主义、反毛泽东思想”的“三反分子”,被实行“群众专政”,不准回家,随时接受各种批斗。

那时,我从一些大字报和江西“造反派”办的《火线战报》上看到,“造反派”往往会从抄来的“走资派”日记、笔记中掐头去尾,断章取义地寻找“罪证”,然后上纲上线,编织罪名加以打倒。在这种情况下,面对自己写了 17 年的一排日记本,我思想斗争很激烈。这些日记凝结了我十几年的心血:记录了我伴随共和国前进的脚步而逐渐成长的经历;记载了我在新中国诞生后所参加过的历次运动;是我从一个普通的东北农村女孩成为一名战士、南下干部,成为江西这块红土地建设者的见证。现在要把这 17 年日记全部毁掉,实在难舍难弃。

但假如这些日记落到前来抄家的"造反派"手里，再经过一番精心剪裁，会不会又整出什么"罪证"，给我的爱人增加新的罪名？万一我也被揪出来，三个年幼的孩子又如何生活？思前想后、权衡利弊，最后我还是决定尽快焚毁，以绝后患。

虽然下决心了，可如何焚毁又成为难题。当时住在筒子楼里，一家挨着一家。孩子和阿姨住楼下，一间房外有一个厨房。正好当时家家户户烧煤球做饭，要用木柴引火，我和阿姨便偷偷地把日记撕破，用来引火，一天烧几本，几天之后，日记全都化为灰烬了。真是日记化灰泪未干，至今回想起来我仍心痛不已。

3. 李鹏被打成"假党员"

李鹏被揪出没多久，"造反派"就讲他是"假党员"。他的入党介绍人在北撤时因为是个独子，父母把他拽回家不让他走，他们害怕国民党报复。之后他就在农村当了小学老师。

"造反派"调查李鹏的入党问题，那介绍人一听说李鹏被打成"反革命"，害怕受牵连，就吞吞吐吐的不敢承认自己是李鹏的入党介绍人。"造反派"回来就说李鹏是"假党员"，说他入党没有介绍人。李鹏就这样被打成了"假党员"。

滑稽可笑的是他们把李鹏打成"假党员"，之后又在批斗大会上开除了他的党籍。开除他的党籍不等于承认他是党员吗？"假党员"当真党员处理那不是一个笑话吗？"文革"中许多事情是非颠倒，之后他下放后又稀里糊涂地恢复党籍了。

4. 丈夫再受“造反派”迫害

一次，四五个“造反派”骑着自行车乱转，自行车前面打个小旗子，写着“造反有理”，让李鹏和苏震副局长两人跟在自行车后面跑。两个人几乎每天都要挨批斗，又不准吃饱饭，身体很虚弱。李鹏身体比苏震好一些，但也跟不上自行车。于是，有几个“造反派”就跟在他们身后，推着他们跑。

跑到江西师范学院（今江西师范大学）门口时，苏震体力不支，一下子晕倒了。李鹏见状，赶紧跑到他面前查看。“造反派”一看有人昏倒，气急败坏地上前狠狠踢了苏震几脚，又朝李鹏踢了几脚，他身上多处被踢伤了。之后他们看苏震躺在地上一动不动，以为已经死了，就骑着自行车跑了。

“造反派”走后，李鹏赶紧爬起来，用手掐着苏震的人中，又到旁边的水沟里用手捧一些水往他脸上泼。过了大概一个小时，苏震醒了，虽然能够说话，但腿脚不能动弹。又休息了一段时间后，他们才相互搀扶着走回家，回家时天色已经很晚了。

5. 父子情深

为了深入批斗，外贸的“造反派”和我的单位联系，通过贴大字报制造声势，向我施压，逼我每天都要交代李鹏的“反党罪行”。

家中的老阿姨也被撵走了,“造反派”声称“走资派”不能享福,老阿姨必须和“反革命”划清界限,不能为“反革命”服务。加之李鹏被停发了工资,我们母子 4 人在生活上陷入困境。不过江淮很懂事,在家庭如此困难的情况下,他学会了生煤球炉子、做饭、买菜、照顾弟妹,用幼小的肩膀挑起了生活的重担。

那时李鹏被关在外贸牛棚,每日要遭受批斗。江淮担心爸爸的身体状况,总想找机会去看看。有一次,“造反派”通知家里给李鹏送衣服,江淮利用此机,想多带些食物去。但“造反派”把控很严,不准“走资派”吃荤菜,想带些好吃的进去绝非易事。不过机智的江淮迅速想出办法,用肉票买了些瘦肉,又买了些豆酱,将瘦肉切成肉末炒熟,放入少量豆酱搅拌均匀,装入瓶中,和一本《毛选》(《毛泽东选集》的简称)一起送到牛棚。“造反派”检查时,江淮主动说:“‘走资派’别想吃好的,吃点酱算了。另外好好看看《毛选》交代罪行吧!”“造反派”看不出豆酱中的“猫腻”,就放他进去了。为了多看几次爸爸,江淮把一套《毛选》分4 次送。事后李鹏说,江淮送去的肉末,他与几个“走资派”一起吃,真是解馋!一些“走资派”对江淮的机智勇敢交口称赞。父子情深,也可见一斑。

“文革”期间的江淮属于“逍遥派”,不参加学校红卫兵组织的任何造反活动。作为生在新中国,长在红旗下的“红二代”,本是根正苗红的有志青年,现在却成了“黑五类”,遭受社会上不少人的白眼、蔑视,但小江淮并没有屈服,他始终坚信爸爸妈妈都是好人。他在磨难中走向成熟,学会了操持家务、呵护妈妈、照顾弟妹,成了家中的“顶梁柱”。

6. 江源的惊人之举

“文革”骤起，人们正常的生活都乱了套：学校停课，工厂停产，机关单位闹革命……这一切，幼小的江源感到不可理解、难以适应。有一天，他突发奇想，背起书包，带上稿纸和笔到江西革命烈士纪念堂去了。他认为那儿才是最安静、最神圣、最值得崇敬学习的好地方，任何造反组织也不可能到那去喧闹。

他从一楼开始，凡是有文字的地方，就用手把稿纸按在墙上抄写下来。从图片说明开始，然后是各展厅介绍，再抄写烈士传略。在偌大的展厅里，除了偶尔有些参观者之外，只有他一个少年在静静地、认真地抄写。赵醒侬、陈赞贤、杨超、方志敏、何挺颖、赵博生等烈士的生平事迹，他一个字不漏地抄下来。没有桌子，他全都是贴在墙壁上抄，回到家里又整整齐齐地誊写清楚，再装订成册保存起来。他日复一日，月复一月，不管夏日酷暑还是寒冬腊月，每天背着书包去抄写。他还能熟练地背出烈士们的豪言壮语：“漫天风雪漫天愁，革命何须怕断头。留得子胥豪气在，三年归报楚王仇。”“砍头不要紧，只要主义真。杀了夏明翰，还有后来人。”他用了半年多的时间，抄完了烈士纪念堂两层楼的烈士事迹介绍，抄写的字数约有五六十万字之多。这一举动出自年仅 12 岁的辍学少年，他的毅力，他的执着，令人惊叹不已。通过反复的书写，他还练就了一手整洁、熟练、漂亮的硬笔书法，“手指今余把笔痕”。

更重要的收获是，他认识到江西是一块富有光荣革命传统的红色土地，无数革命先烈为革命抛头颅，洒热血，铸就忠魂。先烈们视死如归的革命英雄气概，深深地震撼了他幼小的心灵。这对江源世界观的形成起到了决定性的作用，他与红色教育结下的不解之缘，也从这件事开始。

7. 李鹏在鸡棚的日子

李鹏被单位揪斗了一段时间后，就转移到了西山集训队。那里都是省直各单位被打成"当权派"的老干部，所以，李鹏乐观地认为，省级办的集训队掌握政策会更好些，问题有望解决得更快些。

西山集训队原是劳改农场，是关押劳改犯的地方。现在一下子去了那么多人，人满为患没地方住，于是就在原来的鸡棚里搭起了通铺，"当权派"们都安排住通铺。通铺靠在鸡棚的墙上，很脏，而李鹏又非常爱干净，怕弄脏衣被，就用旧报纸贴墙。苏震挨着他睡。李鹏靠墙是为了照顾老苏，不让他弄脏被子和衣服。从这件小事上也可以看出李鹏的为人。

李鹏到西山集训队后除了学习劳动，就是作为批斗对象参加批斗会。管理他们的方式跟管劳改犯一样，每个人胸前有个编号牌子，没有人身自由，也不能与外界通信，我带子女下放他也不知道。在鸡棚的生活是痛苦的，劳动强度大，每天都要干挑塘泥之类的重体力劳动。后来，我还听当时和他住在一起的苏震说，李鹏挑塘泥是傻干，扁担都压断了，肩膀也压肿了。

此外，在集训队最难受的是吃不饱饭。炊事员经常克扣他们的口粮，买4两饭只能吃到2两左右。有的人饿极了，到食堂偷饭吃，被发现后就拉出来批斗。

李鹏讲："我充满自信，这么多老干部不可能都是反党分子。"他坚定地认为自己没有反党，唯一能抓住的事就是他讲课时的那一句口误，其他鸡毛蒜皮、工作上的缺点，根本打不倒他。他相信总有一天组织会给他们平反的，所以他写的交代材料总是那几句话，给自己扣帽子。每次写检查，他都把大段的毛主席语录放在开头，以表示自己三忠于：忠于毛主席，忠于毛泽东思想，忠于毛主席的无产阶级革命路线。李鹏是在艰苦的抗日战争时期投身革命的，一心为党的事业而奋斗，所以始终没有对党失去信心。那些被关起来的老同志都是忠于党，对革命有功的，即使身处逆境，他们也不失积极、乐观、向上的精神，相信党的政策，总有一天会拨开云雾见青天。这是一种坚定的信仰。

记得他被"群众专政"不准回家的时候，我再三叮嘱他必须挺住，不管任何情况，都要相信自己的问题会得到解决的，哪怕我和他回家种田都要活下去；不能自杀，否则他就会带上畏罪自杀的帽子，到时候什么都说不清了。我知道从中央到地方都揪出了不少"当权派"，怎么可能都是"反革命"？

从1968年10月到1969年2月，李鹏在西山集训队的鸡棚里经受住了考验。

8. 黑白墙壁惹来的麻烦

在新溪，我们的家安置在第五生产队冷先进的老屋内。我们住的是一间偏房，就是在正房的外边接建一间做厨房的房间。由于山区冬天冷，所以在房子的地中间挖了一个坑，在房梁上吊一个类似水桶的用具，称之为“葫芦吊”。坑内烧柴，家人围坐四周烤火取暖。这样一来，房内墙壁上因长年烟熏火燎，已经成为漆黑色。墙上开了一个小窗口，用木板当玻璃，白天拉开，晚上关上。

我和孩子搬进去后，户主为了照顾我，特地将墙壁齐人高的地方刷了一层白石灰，这样我们在房内活动就不会蹭一身黑灰了。但是黑白两色上下辉映，看上去还是挺别扭。可是能在这样的条件下栖身也足矣。

在当时的情况下，即使是这样的居住条件，“五七”大军检查组下来检查时还是被视为“阶级斗争新动向”。认为一是不该将小窗口开大了，二是墙上不该刷半截白的。为此我在检查组召开的会议上还进行了“斗私批修”、“狠斗私心一闪念”。他们无限上纲，说我是“走资派”家属，下放后竟然指使贫下中农为自己大兴土木云云，真是欲加之罪，何患无辞啊！我强忍住内心的不平，自我上纲，狠批自己的资产阶级世界观。在极“左”路线的影响下，即使是住一间伙房，刷点石灰都不允许！

不过，让我们感动的是，冷先进一家的生活条件比较好，除了干农活外，还会打铁，老人则养猪喂鸡。他们为人纯朴厚道，对我和孩子们十分关心，有点好吃的经常会送给我们一些。

9. 儿女在农村艰难求学

下放把家安顿好之后，我开始设法解决江源兄妹的上学问题。横路公社没有中学，孩子们要到距离公社 15 里的金水中学读书。这是一所全日制中学，并未受“文革”影响而停课，江源就在此读了初三(他在城里仅读了半个学期初一就下放了)。学校为寄宿制，学生每周回家一次，都是走山路。江源和妹妹最怕蛇，特别是夏天，路边的小蛇经常会从草丛中蹿出，盘在小路上。为对付这些回家道路上的“不速之客”，兄妹二人手拿长竹竿，边走边拨打路两边，以便“打草惊蛇”。

自然环境的变化，地方语言的不通，学校生活的不适应，给孩子带来不少问题。学生宿舍潮湿漏雨，夜间下雨时甚至要在被子上盖塑料布遮雨，久而久之，孩子们患上了慢性关节炎，终身无法治愈。更为甚者，学生们也要按“五七”指示精神学农，参加农业劳动，即使下大雨也要在田间干活，而老师却打着伞在田头念毛主席语录：“下定决心，不怕牺牲，排除万难，去争取胜利！”鼓励学生头淋雨水脚踩泥，个个都成了落汤鸡。他们都是十一二岁的孩子，如此繁重的劳动，身体怎么吃得消？但在“以学为主，兼学别样”思想的指导下，学生不得不学习与劳动兼顾，有的学校还成了“五七”中学。

除了要从事高强度农业劳动外，江源兄妹在学校还要遭受歧视和批判。当时农村流行一句话：“好人不下放，下放没好人。”许多干部被揪出批斗后，子女随父亲或母亲下放农村，父母戴着“走资派”、“三反分子”、“资产阶级反动学术权威”的帽子，孩子们成了“可以教育好的子女”。学校用五花八门的方法限制他们，如设置“红色包围圈”，即在一个“可教子女”周围安排贫下中农子女坐在他的周围，监视其行动；又如所谓的“阶级斗争新动向”，不让“可教子女”随便发表意见。如此种种，都给这些“可教子女”幼小的心灵留下了深深的创伤。

农村中学由贫下中农组成“贫宣队”（全称为贫下中农毛泽东思想宣传队），参与学校管理。“贫宣队”经常分析教职员工、学生中的阶级斗争新动向，抓住典型就开展大批判。在极“左”思潮影响下，“可教子女”只能夹着尾巴做人。江源在这样的学习环境中读完了初三。由于语言不通，课程进度不同，数理化课程开设不足等诸多因素限制，他和妹妹只能放弃学理科，成为一生无法弥补的遗憾。

10. 女儿帮忙做豆腐

1969 年快过年时，新溪村到处都是一派喜气洋洋的热闹景象。家家忙着备年货，还有当地过年要做的两件大事：杀猪、做豆腐。

一天早上，我们还在热被窝里迷糊着呢，就听见房东在堂屋里喊她家大女儿：“绪兰，起来磨豆腐！”

我们起床洗漱完毕后出房门。天色尚早，堂屋里光线暗淡，天井透出的光照着房东母女。绪兰的妈妈在推磨，她只穿了件洗得发白的蓝色旧绒衣，脸红红的，额上一层细细的汗。磨盘边放着一大桶泡得胖胖的黄豆，绪兰坐在桶边，手里拿把小瓷勺，往磨眼里喂黄豆。她穿了件红花棉袄，左手插在棉袄里取暖，右手上上下下地忙着，从桶里舀一勺豆，连水带豆送到磨眼里。大石磨不紧不慢地转着，小瓷勺上下翻飞。磨道里，雪白浓厚的浆水，缓缓淌着，落到磨嘴下面的一只大木盆里。

小琳看了一会儿，不禁跃跃欲试。她蹭到磨盘边，连说带比划，央求母女俩让她也参与进来。磨停了，绪兰妈点点头，绪兰起身，叫小琳坐到了她的小凳上。

看起来挺简单的事，轮到小琳做的时候就变得别扭起来。小琳在一旁喂磨，不是豆太多，就是水太多；不是喂太慢，就是喂太快。绪兰和她母亲配合默契，一句话都不用说。可到了小琳喂磨时，就得跟着绪兰妈的指示来。我们语言还不太通，绪兰妈的指示通常就是一个字："慢"、"快"、"水"、"豆"。小琳跟不上绪兰妈推磨的节奏，手忙脚乱，一不小心，胳膊让磨棍碰了一下，手一抖，一勺子黄豆全撒在浆水里，逗得大伙直笑。

渐渐地，小琳摸出门道了。原来，什么时候加多少水是根据磨盘转动的声音决定的：声音厚重，是水不够；声音太"飘"，是水太多。掌握了窍门，女儿很快就成了熟练工。绪兰妈和小琳一大一小忙了一上午，一大桶黄豆终于变成了一大盆浆水。

绪兰妈把盆里的浆水舀在木桶里，又取来两根方木棒架在木盆上，再往木棒上放一块厚木板。接着她拿来一个布袋放在木板上，招小琳过去帮她支着袋口，她用一个木勺子把浆水舀进布袋里，扎上口，然后搬来一块洗干净的大石头压在布袋上，一边压，一边滚，雪白的豆浆哗哗地流进木盆里。豆浆水就这样被全部过滤成了豆浆。

绪兰妈又把豆浆从木盆里舀到小木桶里，一桶一桶提进厨房，倒进灶上的一口大铁锅中。过了一会儿，豆浆煮开了。绪兰妈撤了火，揭开锅盖，新鲜热豆浆的香气随着大股蒸汽喷涌而出。她舀了一碗滚烫的豆浆端给我和小琳。我们一小口一小口地喝，那真是世界上最好喝的豆浆！

午饭后，温热的豆浆从大铁锅里又被舀进大木桶里。绪兰妈不知道从哪儿拿出一只小陶罐，往豆浆里滴了点儿什么。像变魔术一般，没多大工夫，豆浆就凝固起来了。绪兰妈往木盆上的那块板上铺了块布，把豆浆舀在布上，包好，让多余的水渗出来。等水渗的差不多了，绪兰妈打开布包，一大块白白嫩嫩的豆腐就做成了。

那年过年前，小琳成了村里最受欢迎的女孩。家家户户的大石磨呼隆隆转动时，坐在石磨边，拿着小瓷勺，一勺一勺往磨眼里喂黄豆的小女孩，十有八九是我女儿小琳。

11. 第一次喝蛇汤

1969 年的春天，我住在大队一户村民家的空房子里。我对门是劳改局的徐老师带着女儿住的一间。乡下都是泥巴地，路面潮湿。一天晚上，我正准备上床睡觉，突然对面传来一声大叫，我不知发生了什么事，就迅速穿好衣服下床，奔向对面。进屋一看，不得了！一条一尺来长的蛇正从墙角晃晃悠悠地往外爬，我也吓得赶紧窜出房间，逃到走廊。这时江西大学的林作歆老师来了，他是广东人，颇有捕蛇经验。只见他穿了双胶皮鞋，拿着根小竹竿，一路小跑，来到蛇的面前。蛇见他“来者不善”，迅速缩回洞中，他拿小竹棍也捅不到。于是他烧了一壶开水，对着洞口灌，又到外面拿了些泥巴、砖头堵住洞口。我劝那对母女道：“你们安心吧，这蛇肯定被开水烫死了，现在又堵住了洞口，没事的。”母女俩这才安心回到房间。

可是过了三天，那条蛇又从另一个地方钻出来，徐老师又跳下床跑到我房里，不敢出门。林老师如法炮制，将另一个洞也堵住了。如此来回折腾，母女俩被吓得再不敢回房间睡觉了。我就和生产队商量，给她们换了一间房。当时我也很担心，万一蛇跑到我房里怎么办？于是每天都把门窗关得死死的，心想没有门缝，蛇就进不来了。

第二天，我们下放干部和知识青年一起去上山砍柴。大伙拿着绳子、劈柴刀、棍子走在路上，突然，一条银环蛇从路边蹿出，大摇大摆地跟在我们身后。我们吓得四处躲闪，这时，林老师一个箭步冲上去，不知道用什么方法就把蛇给抓住了。女学生都被蛇吓得直哭，他连忙安慰道：“没事没事，你们看蛇已经死了，咱们先回去吧，明天再来砍柴。”然后趁大伙不注意，悄悄把蛇放进包里。

回去以后，我们都上床休息了，他跑到厨房把蛇洗剥干净，做了一大锅汤。做好后他端进屋里，招呼大伙喝汤：“今天大家都累了，起来喝点汤，补补身子，来来来，每人喝一碗啊。”由于他把蛇肉切成了片，蛇头也去掉了，大伙都不知道是什么肉。我问：“这是什么汤啊？”他迟疑了一下，对我说：“这……这是鸡汤啊，我打的野鸡。”大家也没多想,就大口大口地喝起来。那个汤味道很好,非常鲜美,我们一口气把汤喝了个精光。

没过多久，我对面房间的那条蛇又出来晃悠了。于是林老师每天都到那个有蛇的房间里转悠,东瞧瞧,西看看,心里似乎琢磨着什么。一天,我问他瞎转悠啥,他指了指墙角的一个小洞说:“那条蛇肯定在这洞里,我得想办法把它抓住。”正说着,那条蛇突然从洞里窜出,说时迟,那时快,林老师一把将蛇头按住,把蛇逮住了。

这天正好公社杀了猪，村干部让我们下放干部把肉票全部拿出来换肉。公社照顾我们,给了我们一大块肉。这天正好轮到林老师下厨,所以他又把蛇洗剥干净,和肉一起炖,大家津津有味地全吃光了。

过了半个多月，有一天林老师问我:“什么时候咱们再到山上去呀?”我说:“山上有蛇,我们都吓死了。”他说:“你们第一次喝汤感觉味道怎么样?”我说:“很好啊,很鲜,吃了以后感觉蛮舒服的。”他笑着说:“我现在告诉你啊,那天我们在路上抓到的那条蛇被我们吃了。”我惊道:“啊?我们吃的是蛇肉?你骗人,我们没吃出蛇味来呀,蛇肉怎么可能这么鲜?”他继续说道:“蛇肉是很鲜呀,下次有机会我再做给你们吃。哦,还有,上回社里杀猪吃猪肉的时候,我把赵老师家的那条蛇也一起炖了,味道不错吧?”

听了这话，我不禁毛骨悚然，心想要是当时知道是蛇肉汤的话,我肯定打死也不会喝的。不过现在想想,蛇肉汤的味道确实挺鲜美的。

12. 在学习班遭遇批斗抄家

1969 年冬的一天,我到公社去,公社一个干部告诉我,财贸干校的一个调查员要来调查我和王弘远。我想,我们都已经下放了,还调查什么。

调查员找到我们,说调查我们下放的表现。我说:“我们下放后表现不坏呀。”他说:“你们要做好准备,不过请放心,我不管你在原单位怎么样,你这老同志表现还是很好的,我们还是把你看作好人。我来这里的目的是告诉你们要做好精神准备。”听了这话,我就知道要变着法子整我们了。那时提出要“斗私批修”、“从灵魂深处爆发革命”,但调查员认为我们还没爆发。不久就通知要我参加学习班。这个学习班实际上是一次小的政治运动,我和王弘远都叫它“小文革”。

过了几天,上级通知我们从新溪大队赶往金水大队集中。金水大队有一个客运汽车招呼站。那天,我拿着行李就在那等车。因为那时买布都需要布票,而我的布票在第一次抄家的时候就被抄没了,所以衣服、裤子都是补丁上面又打补丁,可是上学习班又不能穿着打补丁的裤子。于是我就给远在东北的弟弟写信,叫他寄些布票过来。弟弟没有寄布票,而是直接寄来了一种叫“小襟青”的布料,我用这“小襟青”做了一条像样的裤子。这条新裤子又黑又亮,很扎眼,王弘远看到后对我说:“李琳呀,你怎么变得又黑又亮了?”这句话是一语双关,我也笑着说:“老王呀,我们已经是黑了半截了。”王弘远话锋一转,悲切道:“我们这次估计是凶多吉少了。”说完就上车了。

到了黄墩公社，我们被安排在一个中学里打地铺，地上铺着稻草，女同志住一边，男同志住另一边。第二天进行入学教育，我和王弘远就被点名了。学习班领导说："开办学习班的目的是进一步深挖细找，但有些人对这个学习班不理解，说什么'黑了半截'，又说什么'凶多吉少'，把矛头直指学习班。"会后分组学习，我和老王不在一组，领导要我们交代思想问题。我当然不会把心里的真实想法说出来，你们不是要整我吗？我就不吭声。我说："我家里给我寄来的就这种布，这种布穿在身上就是又黑又亮。"他们把这事上升为政治问题，三番五次地批斗我们，前后折腾了差不多40天。在这期间，学习班领导还背着我派人到我住的新溪生产队抄家。说我是"带枪下放"（那个时候有枪就是"反革命"，假如你带了枪，不枪毙也是无期徒刑）。抄家的时候，他们把门关上，要我的孩子把家里箱子打开。我二儿子当时不是特别介意，心想"文革"这么多年我们也没有枪，就把箱子打开给他们看。但我女儿就非常敏感，指着抄家的人说："我妈妈不在家，你跑到这里来抄家，真是一点良心也没有！"这抄家的人原本是我们家的好朋友，姓吴，也下放到金水大队，身体不好，患有心脏病。有一次我们队杀猪，我就做红烧肉，叫孩子们带一份给吴叔叔吃。后来只要一有什么好吃的，就经常送他一份。老吴听了小琳的话，也面露愧色，说道："小琳啊，你不能这样讲吴叔叔，我是来看看，你们家要是有枪交出来就没事了，要是有枪不交马上就挨捕。"老吴回去后也不露声色。后来领导找我谈话，说："第一，你始终没和你爱人划清界限；第二，你对'文革'始终是不满的，始终没和毛主席站在同一条战线上；第三，你始终没和王弘远划清界限。"我反驳道："你说我和我爱人没划清界限,你认为怎样才叫划清界限?我相信党组织,但到现在我都不知道他在哪,怎么划清界限?你提个标准来,说怎么才算划清界限。”他有些生气,说:“你不能威胁组织!”我继续反驳道:“我不是威胁组织。要不就这样,我离婚,你敢批我就敢离!”领导怒道:“你还威胁组织?这个学习班对你没作用!”可我始终没有屈服。

在学习班期间,我下放的新溪队的排长汪炎新,是劳改局的下放干部,他这个人很正直。他听说我在金水学习班被批了,很不放心,就跑来看我,还送了一床被子。他给我鼓励打气道:“你要经得起考验,我们相信你。你的孩子我们帮你照顾,你是个老党员,一定要相信党。”这话让我深切感受到同志的温暖,眼泪不禁刷刷往下流。

13.“割资本主义尾巴”

我被任命为田塘大队副书记后不久,农村开始了“割资本主义尾巴”运动。当时公社为响应“割资本主义尾巴”的号召,召开小队长会,由小队牵头,先把公社内普遍存在的两条大“尾巴”割掉:一个是缩小各家自留地,另一个是取消砖瓦厂。后来“割尾巴”运动愈演愈烈,连家庭手工业也不许搞了,老百姓家鸡鸭不准养,在房前种的蔬菜都要摘掉,因为这些都是属于“资本主义尾巴”。

我对这个运动非常不理解。当时农民生活困难,把农村自留地缩小取消,那老百姓不和你拼命啊?再说人家种的南瓜、丝瓜,你给别人揪掉，这不是太狠心了？当时的大队书记“左”倾思想太严重，他想出一个“绝招”：你们下放干部是接受贫下中农再教育的，是来接受改造的，所以就让你们这些人去“割尾巴”。我一眼看出了书记的用心，自己不想得罪村民，就让我带领知识青年走家串户去祸害老百姓，让我们当替罪羊，那我们还不被老百姓打死呀？

大队书记还以我是大队副书记为由，要求我带头。我灵机一动，提出要书记挂帅，我说：“你是书记，你挂帅，做出样子来我们跟着你干。”他被我说得没法反驳，猛拍桌子，大声对我说：“你要注意你的身份！”我那时候也很理直气壮，说：“我的身份很简单，我是中国共产党党员！”他说：“你是党员就要带头！”我反驳道：“我是党员，你是书记，你是党员的带头人，只要你做出样子，我就跟着干！”他恼羞成怒，大吼道：“你是被改造的，有什么资格教育我？”那时候我们辩论都喜欢用毛主席语录，于是我就念了一句：“毛主席讲过，严重的问题是教育农民。”他背不过我，被我说得哑口无言。我趁势继续说道：“今天大家都在这里，现在都强调书记挂帅，群众才能跟上，你要不亲自割尾巴，我们还怎么割？”当时各生产小队队长都不太赞同书记的做法，所以都不吭声，而我作为副书记，当即表态坚决不能这么“割尾巴”。书记拗不过我，“割尾巴”运动也就不了了之了。由于我维护了大家的权益，村里的贫下中农都特别拥护我、支持我。

14. 朋友情

王弘远从海南军区的宣传科长职位上转业到江西财经学院，

担任政治理论教研室副主任，后来任教务处长。他人聪明、性格坦率，琴棋书画都能来一手，很早就研究《资本论》，在业务上是比较强的。

他讲课非常幽默，学生很喜欢听他讲课。把他揪出来有两个原因：一是当时提出“工业学大庆，农业学大寨，全国学解放军”。对全国学解放军，作为教务处长的他提出了一些不同的看法，写了一篇一万八千字的文章向省财贸政治部反映。当时给他扣的帽子就是“反对学习解放军”。二是林彪当时提出“毛泽东思想是当代的顶峰”。王弘远敢于提出不同意见，他说：“毛泽东思想不是顶峰。毛泽东思想是在革命实践中不断发展起来的。”组织上批他不严肃，是反对毛泽东思想，把他揪出到学院队去批斗，要求各个队轮流批。

我当时是政治指导员，在思想上是不太理解的。但我不知道详细情况，不能公开反对，只是在我这个队不像别的队那样理直气壮地批斗他。王弘远在思想上想不通，他就不吭声不发言，有些训练队拿铁钳子撬他的嘴巴。当时有个笑话，因为他身体不是很好，胃下垂，住了一段时间医院。出来没多久，在批判他的时候有人就说：“你反毛泽东思想是顶峰，你又胃下垂，既然你胃下垂那你肠子去哪了？你天天说你有病，好像你反毛泽东思想很积极。”我当时对他批判时采取文斗，没有像其他队那么上纲上线。我作为领导就受到牵连了，说我们队在阶级斗争方面不是那么坚决，认为我对王弘远存在“温情主义”。

1969 年我从学习班回来后，精神上受到刺激，王弘远两次去看我，给我做了大量的思想工作。1970 年我一个人在生产队参加劳动。王弘远的爱人因为他而受牵连,下放到武宁县商业局当政工组长,也带了孩子。我那个时候处境非常困难,我的爱人没有解放还在劳改队。我两个孩子还小,刚转到县城中学读书。我就把我的两个孩子托付给王弘远的爱人,我说:"我现在遇到了人生中最大的困难,孩子不能再耽误学业了,你们帮我照顾一下我的两个孩子,等到双抢结束了,我再来处理好这事。"那个时候他伸出了援助之手,在生活上、教育上给予我孩子很大的帮助。

15."狗崽子"的由来

巧的是,接到小琳来信时,正好看到《争鸣》杂志上有篇文章:《不堪回首的狗崽子生涯》,里面提到了什么是"狗崽子"。

"狗崽子" 就是特殊时代对一些特殊人群子女的不尊重的称呼。他们包括阶级敌人:地(主)、富(农)、反(革命)、坏(分子)、右(派)分子,"走资本主义道路的当权派"和"三查"对象的子女以及所有被揪出来的人的子女。"狗"是指他们的社会地位猪狗不如;"崽子"是指他们年龄小。"狗崽子"的努力目标是,老实改造,"脱胎换骨","划清敌我界限"。

"狗崽子"不是天生的。1966 年 5 月"文化大革命"开始后,提出要揪"走资本主义道路的当权派",李鹏也被扣上"反革命修正主义分子"、"假党员"等莫须有的罪名被揪出来,并被抄了家、游斗、"群众专政"、关"牛棚"等,受到残酷斗争、无情打击。这之后,我们家三个年仅十几岁的孩子一下子成为 "黑五类"、"黑狗崽子”，开始了“黑狗崽子”的苦难历程，下放、被揪斗、不准上学，生活在“红色恐怖”之中。

（注：“三查” 运动是江西省从 1967 年 9 月起，在全省开展的“查走资派的幕后活动、查叛徒特务、查地富反坏右的破坏活动”之简称。）

16. “钵”与“笨”的悲剧

我们家本应是干部家庭，李鹏是抗战时期的，我是解放战争时期的，我家的孩子是根正苗红的。但是“文革”一来，孩子们就被划为“黑五类”，成为什么“走资派”的子女、“牛鬼蛇神”的子女，又叫“可以教育好的子女”。

女儿该上初中一年级了。当时规定，属于“黑五类”的子女不能到正规的中学去，要到戴帽中学（注：在小学挂个初中就叫戴帽中学）。戴帽中学离我家七八里路，早晨去下午回来，还得走一小段山路。女儿就跟着一个邻居贫下中农的儿子一起去上学了。读了没多久不行，一个语言不通，老师学生上课都讲方言，她不懂；再一个课程应该是初中的，要开六七门课，他们只有两三门课，还是小学的；还有一个重要原因，就是走山路很不放心。最后我就跟上面提出要求，给孩子换个学校。后来二儿子和女儿就去了金水中学。

我家孩子有个特点，上保育院时我们都会给他们订些报刊，孩子的知识面要比农村孩子宽一些。有一次，老师在上课时，把生字写黑板上，那时候讲苏联修正主义，说“走资派”要继承苏联修

1973 年与李鹏在德安合影

正主义衣钵。不知是方言还是认错了字,老师把“钵”念“笨”。我女儿认识这个字,就念“钵”,因为她讲的是普通话,大家听得很清楚。老师就说你站起来,我的女儿就讲这个字读“钵”,两个人就这样顶上了。老师说读“笨”,我女儿还是念“钵”,老师就火了,骂我女儿:你笨蛋!我女儿不服就骂回去:你混蛋!老师最后也不上课了,就拿着讲义去贫宣队告状,说“走资派”的子女大闹课堂我没办法讲了,这是阶级斗争的反映。贫宣队就把我的女儿叫去了,说要承认自己的错误。我女儿说:“毛主席说可以官教兵也可以兵教官。老师错了,我这个兵也可以教官。”但贫宣队不管这些,说你要老实一点,你还敢骂老师呀?老师念笨就是笨。结果贫宣队就拿教鞭往女儿身上打,打了还不行,要她在全年级斗争大会上低头认罪。我女儿当时很镇静,她说:“我提两个要求,第一,先查字典,看看这个字是念钵还是念笨。如果是念笨,我跪下来认罪都可以。第二,老师在课堂上骂我笨蛋,那我骂他也是一种自卫,你凭什么当着这么多学生的面骂我笨蛋,我不认为我是笨蛋。”当时女儿是“黑五类”,哪还会给你查字典讲这么多,就说这是阶级斗争的反映。我女儿就争辩:“我是阶级斗争的反映,那老师也是阶级斗争的反映,你念错了字还不让别人纠正。”贫宣队不管这些,强逼我女儿在全年级大会上低头认罪,还写了大标语“打倒李小琳,李小琳不投降就要她灭亡!”还在她名字上划了一个大叉。她就这么站在那里,就是不低头。有些学生把她的头按下去,她就说:“人不能低下高贵的头,只有怕死鬼才乞求自由。”她一说大家更来气了,你还背诗呀。小琳又说:“我相信历史会宣布我无罪的,谁笑到最后谁笑得最美。”最后我女儿又被打了一顿。

批斗小琳时,我的儿子被支出去随全班上山砍竹子。后来他知道了就跑到生产队找我说:“妈,不得了了,小琳被打倒了,全年级斗她。”一听小琳被打了,我急忙赶到学校去,等我到了学校,他们已经批斗完了,我就把女儿带回来了。看到女儿身上的伤痕,第二天我就去找公社书记理论。那时候有高校 60 条,小学也有 40 条,已经提出了不能对学生采取极端的做法。我说:“这个问题要引起重视,我的孩子身心受到了很大的创伤。这个字无论谁对谁错,都是可以沟通的,为什么用这么极端的做法?又是红色包围圈,又是因为一个字就打出不投降就灭亡的标语。”他们如此对待 12 岁的还没有成年的孩子,令我刻骨铭心。

17. 三大件的故事

在 70 年代,社会上最流行的三大件是自行车、缝纫机、手表。当时国家物资缺乏,买东西要凭票,特别是自行车、缝纫机,手表当时还好买些。

1973 年我已经在德安中学工作了,我住的地方离学校差不多两三里地。别人给了我一张凤凰牌自行车的票,这个牌子的自行车是当时的名牌。我就高高兴兴地把自行车买回来了,花了 150 块钱。正好这个时候,爱人江苏老家二哥的儿子来了,他们认为我们在外边是当领导的,可以找关系给他买两部自行车,要永久牌的还要载重的。他们要自行车是想把它作为运输工具,把农副产品运到镇上去卖。那时农村很难搞到自行车票,有一部这样的载重自行车那是宝上加宝。怎么办呢？我专门跑到南昌，找我以前在商业部门工作的熟人，要他们帮助我，谁有票支持我一下。结果一个朋友送了我一张永久牌自行车票，我兴高采烈地在南昌买了一辆载重自行车。再想要一部就没办法了，我就把自己买的那辆凤凰自行车给了他，但不是载重车。把这两辆车都给了他，满足了他们的要求，挺好，我还是每天不管刮风下雨走两三里路到学校上课。

在这期间，人家给了我一张蜜蜂牌缝纫机票，这是名牌。当时我们非常需要缝纫机，家里经常要缝缝补补，都是我用手工做。有了缝纫机就快了，脚一踩就好了。

手表我买了一块上海牌的女式手表，花了 50 块钱。这样，我家三大件都有了。

18. “高山顶上炼红心”

李鹏到 1969 年 2 月离开集训队后，回到省外贸局继续“靠边站”。直到同年 10 月，又到江西师范学院参加省革委学习班，期间还到农村搞社会调查几个月，1970 年 7 月才结束。组织上对李鹏既没宣布解放，也没宣布平反，结束后不分配工作，而是通知他下放。李鹏临行前，省委组织组事先已经给德安县委组织组打了电话，要求将他下放到最艰苦的地方锻炼，不结合不带职，到公社一级协助工作。人还没下去，电话已经一级一级通知下去了。

到县里以后，县委组织组组长向李鹏介绍了当地的情况，征求他的意见到哪个公社。李鹏问哪个公社最远最艰苦，得知是塘山公社后，他就毫不犹豫地选择了塘山公社，还风趣地说："高山顶上炼红心嘛！"他跟我说，塘山是先进公社，是学习的好机会。虽然只是要求他在公社协助工作，但并没有要求他参加劳动，可他却主动和贫下中农一道干农活。

这位为党的事业奋斗几十年的抗战干部，经过抗日战争的战斗洗礼，竟然被如此对待，令我难以理解！

19. 大家叫我"矛盾师傅"

我到塘山公社之后，本来应该插队落户，但公社对我不错，没让我插队落户，让我在公社担任政工组长。公社政工组长也不是什么职务，是个临时说法，没有这个机构和编制。政工组管什么事呢？公社有直属单位：商店、税务所、储蓄所、学校、知青点，我的任务是负责这些单位人员的学习和政治思想工作，经常了解他们有些什么情况。有时候上边布置任务我就去做，没有事的话我就主动去公社旁边的生产队参加劳动。

这样工作一段时间，就发生了个有趣的事，大家称我为"矛盾师傅"。那时候上级布置学哲学，学习毛主席的《矛盾论》《实践论》《关于正确处理人民内部矛盾的问题》这三篇文章。那时从上到下掀起学习哲学的高潮，还要请人辅导。我们那个地方是山区，离县城很远，不能随时请到人来讲。他们说我是财贸学校下放的，就让我来讲。这样一来我就被"逼上梁山"。我安排大家学习了一两个月，经常把这些直属单位的干部召集来辅导。我虽然文化程度不高，但毕竟是在大学工作过，在党校也学习过。我辅导他们运用毛泽东的观点结合实际分析、解决问题，很受欢迎。因为我不是讲空头理论，而是把自己下放后所见所悟的心得讲出来，所以受到大家欢迎。后来大家见到我的时候，就叫我“矛盾师傅”。

20. 兄妹雪夜坟山惊魂

全家下放到武宁以后，一个周末的下午，江源和小琳两兄妹从学校步行回家。当时漫天大雪，能见度很低。从学校走到家里，要走 5 里公路，还有 10 里小路，而且一路上没有人家。走到半路，发现小桥被连日来的大雨冲垮了。他们想重返学校，但对面的大队书记喊着让他们一直走，说是可以绕着从别的小路回家。这时天色已经暗下来了，除了漫天大雪，看不到一个人。走着走着他们就迷路了，竟然走进了乱坟岗！江源说，举目望去，一座山全是大大小小的坟墓，只有一条小路穿坟而过。最大的坟墓当地叫“太公坟”，比他人还高，小路必须经过此坟。

当时江源不过 14 岁，小琳才 12 岁。江源牵着小琳的手走，妹妹吓得头都不敢抬，握着哥哥的小手也吓得直哆嗦。江源说当时他也很害怕，但如果他流露出来的话，后果不堪设想。他只好硬着头皮拉着妹妹的手，尽量不让妹妹抬头看，有时还要挡住妹妹的视线，害怕引起她的恐慌。一片坟山，漫天大雪，天色又渐渐黑下来了，两个小孩子孤零零地在坟山中穿行，艰难地寻找出路。那种场景,我听了都感到后怕。万一他们走不出来,迷了路在里面兜圈子怎么办?而且无人知道。好在最后他们总算走出来了,到家时天已经完全黑了。这件事给他们兄妹俩留下了刻骨铭心的记忆。

正因为有过这段同甘共苦的经历,兄妹俩之间感情非常深厚。小琳说,如果二哥有事,不管她在哪里,立马就赶回来!

21. 顶住“反潮流”歪风

1973年下半年后,“反潮流”运动也波及德安。这股潮流来势凶猛,就感觉“文化大革命”要达到高潮了。“反潮流派”写大字报点名批判县委班子。而且这些人到各单位串联,说现在“文化大革命”被一些“当权派”否定了,要“反潮流”。这些“反潮流”者原来都是些“造反派”的头头,现在又出来兴风作浪。

这样一来,各单位都非常紧张。当时我也吃不下睡不着,非常担心。德安中学是县里的大单位,学生有上千人。如果学校一乱,满城都是学生,怎么办?所以我当时就想着一定要把形势稳住,学校不能停课。

怎样才能做到不停课?我就深入调查。我住在学校,发现九江来的“造反派”来学校串联,就密切注意他们的举动。“造反派”接触过的人我就找到他们,问那些“造反派”来干什么。他们就如实地告诉我:“他们要我们学校成立反潮流战斗队,和他们呼应,一起到县委去闹。”我听了先不动声色,了解清楚后就采取了果断措施。我想,既然组织上派我在这里负责,我就必须抛弃私心杂念,在大是大非的问题上一定要立场坚定。我就把这些老师找来，下了一条死命令：哪个人停一节课，把学校秩序搞乱，一切后果由他承担。我说，关键时刻要听党的话，要听组织的话，不能再乱了。

“反潮流”那些人组织报告会要我们全校老师学生去听，我说我们应该听县委的，听从县委的指示，坚决不参加。就这样，由于我态度坚定，顶住了“反潮流”的歪风，稳住了学校的形势。

22. 为老师们平反

我到德安中学上任时，学校还有六七个老师没有解放。当时根据上边的精神，要落实知识分子政策。如果知识分子政策不落实，学校秩序就很难稳定，人心就不服。所以我上任后就抓落实知识分子政策，去的第一个地方就是学校农场，有一批老师在那里劳改。

在这件事情上我受到的阻力很大，而且受到了一次小小的冲击。因为我一到农场去，学校的“造反派”就不服，说我一来就接近“牛鬼蛇神”。我一说要给这些老师落实政策，他们就认为是否定“文化大革命”的成果，这顶“帽子”就给我扣下来了。我召开了一个全校职工大会，提出关于落实政策的问题。第二天早晨，这些人就跑到县里告我的状了，说我否定“文化大革命”的成果，站在“牛鬼蛇神”一边。

我把那些整老师的所谓罪行材料调出来，想看看究竟有什么证据。“造反派”的头头就跳出来拍桌子说：“你否定‘文化大革命’的成果，是站在‘牛鬼蛇神’一边，不配在这里当校长。你究竟是个什么人物？”他们认为“造反派”揪人是对的，我这样做是违反他们的意图。有些“造反派”把一些老师的家属都打得精神失常了。“造反派”头头还在学校里，还想结合到班子里，谋个一官半职，是有野心的。

他这么一闹，给我的压力很大。但我认为是正确的就要坚持到底。第二天早晨，我到县委找县委副书记，说：“我前些天在学校召开了一个落实知识分子大会，根据‘两校’（注：指北京大学和清华大学）经验，应该落实知识分子政策，这样才有利于教学的开展，有利于稳定教育形势。但是我现在遇到了阻力，人家给我拍桌子，甚至撵我走，说我不配待在学校，说我否定‘文化大革命’的成果，说我站在‘牛鬼蛇神’一边。我的态度很清楚，你们要是相信那个人，那我就回塘山。你认为我这样做不合适我就回农村去。”

县委副书记说：“放心，我们绝对支持你。你是很有经验的，你干。”我说：“我干可以，但是你要把这个‘造反派’调走，他伤害了很多同志。他不调走，干扰太大。”我这样一说，县里马上就把那个“造反派”头头调出学校了。树倒猢狲散，他底下的爪牙也就不敢动了。

最后，我把那些整老师的材料都拿出来重新审查，把这些黑材料全部当众销毁，为这些老师落实了政策，让他们回到教学岗位上。这些老师后来干得都非常不错。这是我在中学里干得比较得意的一件事。

23. 逼上讲台

“文革”后期，学校教学秩序刚恢复了一年多，随着“批判教育黑线复辟”运动的开展，刚刚稳定下来的教育战线重新陷入混乱。学校里的政治课，老师都不敢上了，生怕说错话，又被打成“反革命”。英语课被视为“封资修”，也处于半停顿状态。怎么办？政治课又不能停。在这种情况下，老师们提出要领导带头，他们说：“你是负责政治的，那你应该带头上讲台。你被打倒了，我们被打歪了，大家都一样，还可以一起干。”没办法，我就硬着头皮带了高中两个班的政治课，每周四节，这一带就是好几年。当时虽然没有教材，但我曾在党校系统学习了两年半的政治理论，有一定基础。于是我从马列主义基础理论讲起。我讲课不是背提纲、讲一些空洞的马列主义理论，而是给学生讲一些革命故事，帮助他们理解。因而我的课很受欢迎，学生们都很喜欢听。比如我讲两万五千里长征，就讲红军从江西赣南出发，一路上遇到了各种艰难险阻，历经磨难，最终到达陕北吴起镇。毛主席评价长征，说它是“宣传机”、“播种机”。课后我给学生布置的作业，题目也是开放式的，就是根据我讲的革命历史写心得体会。

改革开放后，邓小平提出要整顿教师队伍，提高师资力量。德安中学有了专职政治老师，我才没讲政治课了。通过教政治课，我不仅和学生增进了情谊，而且感到十分自豪。我一个只有小学文凭的人，不仅能给高中生上课，而且还在大学工作过。这一方面是党培养了我，让我有这样的工作机会；另一方面也是我能够适应工作环境，不断学习，努力提高自身素质的结果。

24. 军民友谊花盛开

德安中学对面山头的解放军某部80分队全体指战员发扬军爱民的光荣传统，长期以来，他们一面执勤，一面热情地宣传毛泽东思想，关心学校的教育事业，同我校广大师生结下了亲密无间的战斗友谊，有许多感人的故事。

故事一：冒雪抢修自来水管。1971年2月6日，由于接连几天风雪交加，学校的自来水管冻坏了，教职工们只好用积雪化成水饮用。解放军指战员们了解这个情况后，找到水井，抬着一桶桶井水送到学校食堂。战士们冻得手发红，但没有人叫苦。后来，战士们协助扒开积雪，帮助抢修自来水管。在他们的配合下，水管很快抢修好了，保证了大家的正常用水。教师们说："军民鱼水情深啊！"

故事二：冒雨抬产妇。1971年2月17日，天下大雨。县医院来电话，我校一位女教师产后要出院。我到附近的轮胎厂借了一辆吉普车去接她。可雨大路滑，吉普车在坡道上打滑，开不上去。天下着雨，十分寒冷，产妇在车上冻得发抖。怎么办？正在焦急之时，正在吃饭的战士们闻讯拿来了担架，将产妇抬在担架上，又取来军大衣给产妇盖在身上，将婴儿包在军大衣里送回家中。产妇一家含着感激的泪花连连说："你们真是学雷锋的好战士啊！"

故事三：深夜救病孩。学校程老师不在家，只有三个月大的小孩突然发高烧，家中的婆婆急得团团转，想送县医院又天黑路远，而且还下雪。这时，副指导员卢洪学带着卫生员小陈来给小孩看病，给孩子注射退烧针，一直守护到小孩退了烧、病情好转后才回营房休息。

故事四：全连参加建校劳动。在自力更生、勤俭建校的号召下，全校师生投入了建校劳动，各班级都分配了任务。这时，刚野营归来的营教导员郑建喜、连长李治福带领全连同志参加我校的建校劳动。他们专拣硬活干，挑的挑，挖的挖，你追我赶，干得热气腾腾。天气寒冷，但指战员们脸上的汗水不停地往下流淌。全连指战员和师生一起并肩劳动，很快就完成了任务。同学们高兴地喊着："向解放军学习！""向解放军致敬！"

25. 在校园悼念周总理

1976 年 1 月 8 日周总理逝世，那时我正在九江地委党校培训学习，一早起来听到校园广播传来哀乐，说周总理去世了，我的眼泪马上就出来了。当时的心情好像天都塌了半边，校园里师生哭成一片。学校在礼堂组织悼念活动，大家身佩白花，手臂缠着黑纱，怀着悲痛的心情前往礼堂悼念致哀。人们对周总理是非常热爱的，大家都觉得，他的一生都献给了党、献给了祖国的解放事业和建设事业。他受到了人民的衷心爱戴。

回到德安，我们学校也同样举行了悼念活动，表达对总理的深切怀念。我家里有个小黑白电视机，我们在家看十里长安街送总理的动人场景，边看边流泪，动情地哭。这些都表达了对周总理的怀念之情和对“四人帮”的不满。

对周总理的悼念和回忆，一直持续了很久。后来发生了清明节“天安门事件”，开始是把群众悼念周总理的行动说成是“反革命”活动，是“反革命”政治事件，并诬陷邓小平为天安门事件的“总后台”。后来平了反。

当时社会上偷偷流传着天安门诗抄，我偷偷地在日记中记下来了：

> 欲悲闻鬼叫，我哭豺狼笑。洒泪祭雄杰，扬眉剑出鞘。
>
> 黄浦江上有座桥，江桥腐朽已动摇。江桥摇，眼看要垮掉。请指示，是拆还是烧？

当时有很多知识分子相互来往，他们告诉我这些诗。我们那时没那水平说那几个人是“四人帮”，但是知道人民对那些人不满了。

26. 在唐山大地震的日子里

1976 年 7 月 28 日唐山发生大地震。消息传来以后，我既震惊又恐慌，这么大的地震，范围又广。我周围的群众也感到恐慌。德安县各单位都成立了抗震领导小组，做好抗震准备。成立抗震领导小组后采取的第一个措施，就是动员大家搬到户外去住。我在德安中学，我们就搬到学校操场上住。那时候正好是暑假，学校没学生。学校住的老师都把床搬出来，挂上蚊帐，一家一家挨着睡，大概有 40 多个人。当时社会上比我恐慌的人还多着呢,有的人把家里东西都包装起来了。像江源在汽车队做修理工,有的人家把东西都搬到汽车里了,一旦有什么情况马上就离开。我跟爱人说:“我们人是搬出来了,如果地震了我们还有活着的,那家底怎么办?”爱人还没反应过来。他说:“什么家底?”我说:“我们身上得有钱呐。我们的存折得拿出来。”他说:“哦,你说的是存折。”那时候是爱人管钱,我们存的钱也不多,大概千把块。我爱人回家又把存折拿下来。夏天我的裙子没有口袋,存折就一直在他兜里放着。再拿两套我们的换洗衣服,我们就在外面住上了。

在外面住了几天就出现问题了。一家一家满操场都是,有些带了小孩子的,孩子晚上哭闹;还有些人打呼噜,我们根本睡不好。爱人讲,我们把床挪远点,但也还是吵。还有就是蚊子多,咬的一身包,有蚊帐都不行。在操场睡了差不多 20 天,我实在熬不住,半夜起来以上厕所的名义回房间睡了几个晚上。我爱人说:“那不行呀,要是地震了,我们在外面住的就活着了。”我说:“要是地震了,你活着身上有存折有钱花。如果没钱了,以后你还要靠政府救济。”

后来,学校要开学了,我们也很疲劳,白天我们就回家去,但不敢老在家待着,所以有时还是坐在操场上听听广播里的消息。我爱人有时候给我开玩笑:“李琳呐,你可真有意思。是你命要紧,还是钱要紧?在关键时候你还想到要我把存折随身带着。不过你讲的也有道理,有点钱在身上也好。”

江源住在工厂里。有一天晚上,“嘭”的一声,一个工人的鸟枪突然走了火。听到响声,有的司机以为是地震了,开着汽车马上就冲出来了。后来发现是鸟枪走火,虚惊一场。那个时候人人恐慌,把家里东西搬出来,像准备逃亡一样。

27. 两次放弃加工资

从1971年10月开始，我在德安中学待了10年，其中遇到2次加工资。当时规定是40%的名额，所以争得很激烈，有的单位都争得拍桌子了，还有的单位职工为此事打架。加工资的标准是德才兼备，但这样的标准弹性很大，因此群众的关注度很大。我在学校分管的是思想政治，这项工作归我抓。

所以在两次评工资的时候，我和爱人就商量好了，表态放弃。为什么放弃？我下放后，发现基层干部和基层教师工资确实很低，以前在省直机关还没有低到那样的程度。我印象特深的就是当时大多数老师工资都在最低限，34元5角。我考虑到如果自己要加，兴许大家会同意，因为我也20多年没提工资。但是我调一级，就要占老师的两级，两次就要占4个人的指标，这样的话就少4个人加工资。我爱人当时工资很高了，每月120多块钱。我工资也不低，每月80多块钱。我说我是诚心诚意的，考虑大多数教职工在第一线工作还是挺累的，而且工资这么低，这么多年没调过，所以这40%的指标全部用于老师。我们学校这两次调工资都很顺利。

到我离开学校的时候，县委特批我加一级工资，说我在德安两次调工资都主动放弃，并且肯定我为德安的教育事业做出了贡献，几次大的运动我都稳定住了学校的形势，没有造成混乱，是有成绩的。

再创新业

（1977—1991）

“文革”十年动乱结束，我们的国家、民族在反思中迎来了又一次新生。

她和千千万万老干部一道，被再次委以重任。在新的工作岗位上，她像当年南下一样，激情澎湃，开始了人生新的征程。

三中全会让我们头上的紧箍咒松开了 1978年12月23日

党的十一届三中全会召开,我感觉这是我们党和国家命运的一次重大转折。昨天晚上我听到广播,今天报纸登了,我一下子买了四五份报纸,逐字逐句反复地看。我有三个突出的感受:第一,我们党重新确立了马克思主义的思想路线、政治路线和组织路线;第二,果断地停止使用“以阶级斗争为纲”这个口号,否定了“文化大革命”中提出的所谓“无产阶级专政下继续革命”,以及“文化大革命”今后还要进行多次等“左”倾错误观点;第三,作出了把工作重点转移到社会主义现代化建设上来的重要战略决策。

从现在起,取消关于“无产阶级专政下继续革命”的口号。原来这个口号是天天讲,现在明确提出不以阶级斗争为纲,我们头上的紧箍咒一下子松开了,大家的思想一下子感到解放了。

胸怀大度,团结同志 1979年10月8日

我校教师谭坚的入党问题,在群众中产生了很大的分歧。许多人认为他平时喜欢“放炮”,性格直爽,敢说敢讲,生活上不拘小节,不同意他入党。

但我觉得他可贵的是身上有正气,敢于碰硬。县里某局长的儿子经常不上课,还有偷摸行为。谭坚老师是班主任,他多次向学

校反映情况，并对该学生严肃批评，目的是为了帮助他改正缺点和错误。他的出发点是正确的，应该保护谭坚老师对工作认真负责的精神，否则正气不能上升。

可事情进展得并不顺利。听说谭坚要入党，那位局长认为丢了面子，对谭坚有不满情绪。当我们研究谭坚的入党问题时，他提醒校领导说："要慎重。"不难看出是要阻碍谭老师入党。

我理直气壮地说："不能这样对待一位有正义感的教师。"我建议派人到赣南去调查他在"文化大革命"期间的情况，主要看他在大是大非问题上的立场表现。对一些具体事情要具体分析，不能无限上纲，不能再搞"左"的那一套了。

还有一件事，是谭坚担心我会报复他。事情是这样的：李鹏下放到德安县塘山公社后，将二儿子江源转学到德安中学高中读书，是住校，谭坚是班主任。1970年底，江源想当兵，当时招收小兵，李鹏在塘山公社给他报名了。消息传到学校后，谭坚老师不同意，也不给江源批假回塘山。后来还是李鹏去学校找了校长，才勉强同意了。

真是巧合，几年后我到德安中学工作，成了谭坚老师的上级。他对此心事重重，唯恐我会报复他。后来我做孩子的工作，不要计较此事，并找谭老师谈心，让他放下思想包袱，使他看到我的诚心。后来他成了我的朋友，我成为他的入党介绍人。

书籍是我们家的财富 1980 年 10 月 18 日

我信手打开女儿的书柜，已是人去柜空，书已被搬出来打包，并编成目录了。女儿非常爱书，读起书来如饥似渴，她坚信“书山有路勤为径，学海无涯苦作舟”。江源兄妹一直用李白的诗句鼓舞自己，那就是：“天生我材必有用”。

“文革”时期对教育战线的冲击很大，可作为教育工作者，我们很明白，没有文化的青年一代势必是愚蠢的一代。国家要发展，科技在进步，没有文化怎么能推动社会前进？

1977 年 8 月 1 日德安中学全家留影
左起：李江琳、李琳、李江淮、李鹏、李江源

我们千方百计满足孩子们学习的需要。在工厂停产闹革命时，我叫小琳停掉工资，请假在家自学，不要那29元的学徒工资。江源所在的化肥厂也停产，他在厂里自学。小琳在不学外语的大环境下开始自学英语，我将她送到江西大学（今南昌大学）找熟悉的徐以敬老师，她是外语教师，请她为小琳辅导英语。我还买了当时最好的收音机，让小琳听外语广播，托熟人找关系买英汉词典。他们不管严寒酷暑，日复一日、年复一年地在书的海洋中遨游。他们兄妹在书中吸收了大量养料，也终于迎来了教育战线的春天。1977年恢复高考，他们双双迈入高等学府，这是他们执着追求的结果。

我在书柜中发现不少绣花线。读书之余，女儿还以灵巧的双手绣出美丽的图案。真是“人面不知何处去，桃花依旧笑春风”。我小心地把书捆好，然后提笔给女儿写信拉拉家常，“满腔热情注笔尖”。

爱书吧！它是知识的源泉，它会给你智慧和力量！

到新单位开始新创业

1981年10月2日

长达半年的马拉松式的调动，艰难曲折，几经起伏，今天终于画上了句号。定的单位是九江市保险公司，这是恢复筹建的新单位，属于市人民银行直属管辖。组织部的陈科长和小汤同我简单地谈了话，就立即办理了组织手续：介绍信、党组织关系。我的职务是副经理，批文已到了。

对我来说，任什么职务、享受什么待遇不重要。当时提倡干部能上能下，我"文化大革命"之后一直在下，从插队社员、大队副书记、公社政工组组长到中学副校长，我都乐意去干，干得都还不错。现在年龄也大了，重要的是我能继续为党的事业再工作几年。工作才是美丽的、快乐的。"文化大革命"的动荡岁月已经破坏了社会的正常秩序，干部政策也乱了套。我 1956 年就是正科级，现在已经没有了级别，只要工资级别不动，保持原级别就够了。

面临新的挑战，我有足够的思想准备。环境变了，职业变了，人际关系变了。但不管是狂风巨浪，还是艰难险阻，我必须勇往直前。回想当年南下时所经历的种种艰辛，只要有坚强的革命意志，就能战胜一切困难。我在九江没有任何社会基础，一切都要从头开始。

艰难与勇气并存，才智共理想齐飞！

我相信自己的信心和勇气，把握有限的时光，做出更好的成绩。

到保险公司上班第一天很失望　1981 年 11 月 11 日

今天我到九江市保险公司报到。市保险公司有 21 个人，全在一个大办公室办公，每个人的凳子都是破的。地区保险公司和市保险公司共用一个电话。行长宣布李琳同志是从文教部门调来的，大家要好好团结共同努力。当时心里有点失落，想想这里毕竟是个机关单位，自己连个单独的办公室都没有，来个客人谈话的地方都没有。我心里冷了半截,但又不好说,因为是我自己要求要来这里的。我回到家,爱人问,新单位怎么样?我说别提了,破破烂烂的都不像个单位,凳子都没有,来个人都没有地方坐。爱人就说:"你不能今天报到明天就回去。越是困难你越要上,这样才能显出你的水平,你要干下去。"那就干吧。

陪检查组赴庐山

1982 年 1 月 10 日

上午,陪南昌来的检查组一行五人,赴庐山人民银行、农业银行两个代理处检查工作。今日天气特别好。冬天的庐山,山上覆盖着白皑皑的积雪,放眼望去,景色依然迷人。我一路上介绍庐山的情况:它的神话故事,历史沿革,人文典故。大家的心情也十分舒畅,在一路的欢声笑语中汽车到了牯岭街了。

代理处的殷行长介绍了农行代理业务的情况, 代理处是 1981 年 4 月 25 日成立的, 通过信贷的杠杆作用开展保险工作, 虽然有难度,但他们有决心干下去。丁文坊行长也介绍了情况。

下午我们游览了大天池、圆佛殿、龙首崖、花径、仙人洞。

大天池景色壮观,这里有一个千古之谜。相传王阳明曾在此看见了佛灯,并有诗流传:

老夫高卧文殊台,拄杖夜撞青天开。

撒落星辰满平野，山僧尽道佛灯来。

描写大天池气势磅礴的诗篇很多，其中一首：

夜半山腰震雷起，白龙下饮天池水。
俄然吐作山下云，疾风化雨三千里。

据记载："庐山有僧夜坐，见光大如斗，附地而流。莲花三峰，见火如灯，盛于天池。"

朱元璋大战陈友谅时，也曾躲难于大天池。朱元璋胜利后，给天池寺更名为报国寺。现在的大天池仅剩下残垣断壁了。天池塔、文殊台尚存于此处供游人参观，一些名胜古迹在"文化大革命"中被破坏了。

检查完工作，我陪他们粗略地看了花径、仙人洞，然后就下山了。

开发旅游前途广阔

1982 年 1 月 31 日

看《经济学文摘》第 11 期，有文章论述旅游对发展地区经济的作用，引起了我的兴趣。九江市曾提出开发旅游业，这里有以庐山为主体的丰富的旅游资源，保险公司也可以开发旅游保险业务，这既是一种收入，也可以为游客提供人身安全保险。

庐山地区有几千年的历史和灿烂的文化，既有美丽壮观的山川河流，又有古代文人墨客留下的大量诗词、歌赋、文章、书画，形成了自然风景和人文瑰宝交相辉映的奇观。因地制宜地开发旅游景点，增加、完善服务设施吸引游客，而旅游又能推动周边经济发展，可以逐渐形成以旅游业为主导的产业链，拉升当地的经济发展。有这么多好处，何乐而不为呢！庐山、秀峰、九江市、星子温泉……这一片地区的景点有上百处之多，只要宣传到位，交通和服务设施配套完善，开发旅游是有广阔前途的。

包饺子接待日本留学生

1982 年 2 月 4 日

今天我们家接待了一位日本留学生坂元弘子，她是日本东京大学的研究生，已取得硕士学位了。去年她到北京大学留学，中文底子不错，中国话说得挺流利。她 1976 年就在东京大学学习，外语一是英语，二是德语，三是汉语，四是朝鲜语。在北大哲学系就读期间，正巧和我二儿子江源是同学，因此结识了。

一见面感到她很朴素，穿着中式的灯芯绒上衣，外罩天蓝色的鸭绒外套，戴着近视眼镜，剪着短发。她的年龄比江源大几岁，人挺随和大方。既然来了，我还是满腔热情地接待她。我尽量控制自己的情绪，因为想起日本人，脑海中就浮现了我们全家和同胞们在伪满洲国的那段悲惨日子。时代不同了，弘子是无辜的，对她应该友好。江源有时开玩笑地说:“我父亲是抗日的。”弘子睁大眼睛望着李鹏点点头。对于日本的侵华历史弘子了解,但真看到抗日的游击队员就在她的面前时,她感到惊异!

她说喜欢中国文化,说中国文化博大精深,她来中国留学想更多地了解中国,学习中国,和中国人民友好相处。她说得很诚恳,有学者的风度。

我以中国北方的传统礼节包饺子接待她。当我将面和好,馅也拌好,和江源、李鹏共同包饺子时,弘子也跟着学捏饺子,而且她很快就学会了。

李江源与日本留学生坂元弘子合影

胡局长劝我回教育战线 1982年1月12日

下午到南昌开会,住洪都宾馆。在宾馆巧遇九江地区文教局的胡元茂局长,他来南昌参加共大会议、教师调资会议。老友相见,格外亲切。我俩相谈甚欢。谈话主要有两个内容:

一是他劝我归队。他认为我有20余年的教龄,业务熟悉,人缘关系又好,同志们留恋我。现在教师要调工资,不归队损失太大了。二是劝我改变爱“放炮”的习惯。他说我直爽诚恳,热情对人，无害人之心，但是喜欢打抱不平，这对自己没有好处。

我一直认为，共产党员就要襟怀坦荡，光明正大，无私无畏。可现在这样的人不受欢迎。我知道自己害人之心没有，可防人之心也没有，思想上少根弦。

我离开教育系统以来，九江地区文教局的刘局长和胡局长再三重申，对我的土政策是来去自由。如果感到保险工作不好干可随时归队，他们欢迎。我很感激文教局的领导和同志们对我的厚爱，但我表态不想归队了，既然已经出来了，不管遇到什么困难我都要沿着这条路走下去。保险行业是陌生的，但它随着国民经济的发展，人们保险意识的增强，前景是美好的。

送李鹏赴党校学习

1982 年 2 月 18 日

时隔 27 年之后，李鹏在花甲之年再度入学，赴省委党校学习四个半月。这是他一生中最后的学习机会了。50 年代他曾在武汉中央第五中级党校学习一年。现在通知他学习，有人分析是精简机构、快到离休的时候了。老干部退下去，新干部提上来。

李鹏在“文革”后期白白浪费了好几年时间，后来再想为党干点事又快到离休年龄了。他性格过于老实，不会走上层路线，更不会吹牛拍马。能上能下的时候他绝对是下；能官能民的时候他一定是民，多年来都已得到证明了。他老实巴交地什么都认了，党叫

与李鹏结婚 20 周年纪念

干啥就干啥，不愧为老“布尔什维克”。当前的风气是，善于钻营的人永不吃亏，总是上升的。这不少见，我身边就有不少。

在下放武宁时，上面就提出“就高山不就平地，就远不就近”的分配原则。有的同志只身一人下放，不拖儿带女，本可去山区，却强调很多理由，讨好领导，结果分在公社附近的生产队，交通方便，市场方便，消息也灵通。可李鹏老实服从分配，拖着儿女分到距县城 100多里的地方，子女上学要到县城，孩子大人各在一方，明显是老实人吃亏了。

李鹏虽然吃亏，但他总是固执己见，咬牙倔着说：“总要有人吃亏么！”这是自得其乐。他的政策迟迟不能落实，是掌握组织大权的某人从中作梗，这人在“文化大革命”期间甚至签字同意开除李鹏的党籍。这样的人品质极坏,可往往得势。李鹏“文化大革命”以后的工作待遇很不正常,下放,调动,闲居等等。这样一位久经考验的老党员受到如此不公正待遇,但却默默地承受着这一切。只要有工作他依然全身心地投入,不记个人得失,甚至不顾个人安危。如在德安化肥厂的日子里,他搬到工厂和工人“三同”(同吃、同住、同劳动),不顾年高,危险时刻他冲上前去,避免重大事故发生。化学味的刺激,还让他患上了气管炎。县委书记在全县干部大会上表扬他,风趣地说:“年过五十五,干劲一再鼓”。

送李鹏去党校回来的路上,我独自坐在车里,苦苦地追忆着……

苦口婆心跑保险

1982年3月20日

动员企业参加保险,我们千言万语地说服动员,反复跑路,苦口婆心地做通思想,以诚感人。你的商品再好,顾客不了解其性能,他就观望不买,只有了解它才会去买。

经过我们一年多的工作,地区商业局系统召开了所属各公司经理会议,人民银行信贷科配合,和商业局联合下发了关于参加保险的通知,对保险业起了推动作用。紧接着我们趁热打铁,主动热情上门服务,取得了好成绩。现在,地区食品公司、肉类加工厂、副食品公司、盐业公司、浔阳区委等都参加了保险。总计收保费7881.84元。大家的辛勤汗水,换取了丰硕成果。

送别老范同志

1982 年 3 月 23 日

接到通知，范甫同志不幸去世了。我闻讯赶到灵堂。灵堂庄严肃穆，周围放满了花圈，挂满了条幛。我站在范老的遗像前默哀，他的夫人赵淑玲守在灵前哭成了泪人。我看见他的子女将覆盖在他身上的红绸布掀开，他像生前一样紧闭双眼，眉头紧锁，他不放心遗下的妻子儿女们……

自 1966 年起，范老经受了“文革”风暴的迫害，健康受到了严重的损害。他成为被痛打的“落水狗”，被诬陷为“范记黑店”老板，和他在一起工作的大批同志都被打成“范记黑店”的“黑帮”、“黑线人物”，株连了一大批干部。1968 年下放时他身患腹膜炎，拖着病体到武宁县大洞公社插队落户，一直到 1974 年才将他调到九江地区生资公司任第二把手。他是 1938 年抗日战争时期参加革命的老干部，原财经学院的副院长，行政 13 级，这种安排对他是很不公平的。范老到生资公司工作后，依然兢兢业业，一干就是 8 年。但是落实干部政策一直与他无缘，阻力很大。可他不去找上级组织申诉，也不去走后门，他相信组织，对党忠诚不渝，直到离开人世。

想到几天前我遇到范老时，他站在马路边和我足足聊了两个多小时。讲到“文革”，讲到给他平反，他很坦然。他说：“我根本不是‘黑店’老板，我执行的是毛主席的革命路线。”想不到几天后他突发脑溢血离开了人世，带着遗憾永远地走了。我和李鹏送了花圈，参加了追悼会。我的泪水不停地流淌着，为我失去了一位好同事，为党失去了一位好干部而悲伤。

当选市第四届党代表会议代表 1982年6月1日

我今天参加九江市直机关党委召开的党代会，有147人参加会议。会议的主要内容是选举出席九江市第四届党代会代表。会议提出了候选人名单，出乎我意料的是有我的名字。大会以无记名投票的方式，共选出党代表45人，我以131票当选。这是我政治生活中的喜事，我一定认真参加大会，领会会议精神，以实际行动完成市党代会提出的各项任务。

九江市帽厂门市部突发大火 1982年10月3日

晚上我已睡熟，忽然听到急促的敲门声。我急忙穿起衣服打开门，王小平同志焦急地说："市帽厂门市部突发大火，我们得去现场处理。"

我们赶到现场，映入眼帘的是一片火海。因为该厂的产品是

1988 年 12 月 12 日李琳与王小平参加全省保险系统办公室会议的合影

鞋帽,易燃烧,等消防队赶到时已经是一片废墟了。厂内女工们哭天抹泪,场面十分混乱。

王小平同志是保险班毕业分到九江市保险公司的,以后又多次上学深造。他为人正派,工作认真负责,反应敏锐。他冒着烟熏火烤一直在火灾第一线帮助组织施救工作,并认真仔细做好现场勘察工作。在理赔工作中,他坚持不以赔谋私。经核查,这次大火使帽厂损失约 7 万余元。该厂参加财产保险没几天就发生火灾,但由于我们及时赔付使得该厂迅速恢复了生产。厂里为了表示感谢,要给我们送鞋子和帽子,我们坚决谢绝。保险工作决不能以赔谋私,要树立好廉洁从业的好作风。

看电视节目的争执

1983 年 5 月 2 日

每天晚上中央电视台的新闻联播节目是爱人必看的,其他的像焦点访谈、时事评论等这些节目他也是一个不落。我喜欢看一些文艺节目,看些京戏。每次我打开电视调到频道,他立马就换台,要不就把电视关掉。他说:"港台歌曲哼哼唧唧的不知道唱啥,京剧结结巴巴、慢慢吞吞的看着着急。"为这事我们经常闹得不欢而散。

家里使用的还是刚刚改革开放时凭票买的 12 英寸黑白电视机。今天我买了一个 18 英寸的彩色电视机,这样我们不用为看哪个电视节目而争吵了。

到赤湖农场水灾现场勘察

1983 年 12 月 30 日

九江县赤湖在洪水的包围之中。我和熊师清今天驱车前往距九江县 60 公里的赤湖农场,调查水灾受损的情况,同时也体现我们对投保户的关心,增加保险公司的信誉。

到农场一看,首先映入眼帘的是赤湖浩瀚的水面,整个农场在大堤中间,板鸭厂、啤酒厂、中小学,全部处在洪水的包围之中,情况十分危急。我和熊师清同志登上啤酒厂大楼登高远眺,湖面水位已经高出农场 2 米。被水淹没的大树露出水面,像一簇簇水草在水面上摇曳。有的房屋只露出房顶,许多树枝上挂着群众的生活用品。

很多群众看到保险公司的领导和同志来勘察实情,都期待我们尽快做好理赔,能让他们重建家园,恢复生产。

山村民风折射国家发展

1984 年 2 月 6 日

下午 3 时,我和司机小涂冒雪开车从都昌到彭泽去检查工作。雪越下越大,挡风玻璃已结了厚厚的冰。不过,一路上所见所闻十分有趣,我很爱看山村的民俗民风。

坐在车上,透过车窗看到迎面来了一伙迎亲队伍。一群小伙子举着小红旗,女孩穿着水红色的棉袄,和地上积的白雪相辉映,十分耀眼。新娘披着鲜红的绸布,飞舞着的雪花洒落在新娘的身上,红白分明。有趣的是,新娘是新郎用自行车推着走的,新娘子稳稳地坐在自行车货架上,两只穿着花鞋的脚晃悠着。前后拥着送亲的人群,敲敲打打,吹着喇叭,引起人们的好奇而观望着。

接着又来了一部东风汽车,车头系上了一大朵红花,驾驶室内坐着新娘。她不蒙盖头,而是头上戴着红花,穿大红衣服,表情自然。而车厢里是迎亲人群加上乐队,吹吹打打,一溜而过了。看来,汽车迎亲比自行车先进多了。

我还看到,沿途出门拜年的人群川流不息。我粗略地算了一下,从都昌到芙蓉公社有80多人,而且大家都是手提竹篮子,上面盖着红布或红纸,里面装着米团子或鸡鸭,人人都是喜笑颜开。村落中的青砖瓦房也比以前多了许多,偶尔也有一幢幢三层小楼房,不再是过去那种穷乡僻壤了,给人一种兴旺发达的感觉。同时家家户户门上都贴着鲜红的对联,形成了一片红。小溪畔盛开着报春的红梅,鲜艳的红衫,红的春联,红的窗花,新娘羞红的脸,小河的流水映着这红红绿绿。车子绕村而过,一路上都是蹦蹦跳跳、冻红了小脸的孩子们。

接连不断的自行车奔驰在公路上,这是和城市不同的地方。没有交通规则的约束,任意在山间小道、公路上骑着跑。有的可称夫妻车,男的骑,女的坐后边,两只手紧紧抱住男方的腰,稳稳地在后面坐着;还有的可称彩车,车龙头上扎上一朵大红花,可推着披红挂绿的新娘,代替了花轿;有的当货车,鸡鸭笼子托在货架上去农贸市场卖。过去那种独轮小车少了,拖拉机、手扶拖拉机在田野里行驶着。

这真是:国富民强四海春,天增岁月地增辉!

招干风波

1984年2月10日

我们保险系统打算在九江彭泽县招两个干部,明文规定在高考未录取的人员中,按照从高分到低分的原则招收。公司派人前往办理招生事宜,但是阻力很大,原因是县委副书记的女儿、某局长的儿子都要进来,结果这个工作按原定计划就进行不下去了,公司派去的人溜了回来。

我是负责这项工作的,公司就让我去了。我很清楚,如果我坚持原则就会得罪人,放弃原则就失去了公平,让高分的百姓子女失去就业的机会。我下决心抵制这样的歪风。我是外地干部,和当地没有什么关系,我定了张底牌,如果不按原则,我宁愿放弃指标也不让个别人以职谋私。我抱着"来者不善,善者不来"的态度,心也就安定下来了。

今天我和县人事部门联系,坚持原则不能变动。我对他们说:"如果你们不同意我就放弃在彭泽招干,把指标调走,这一切后果你们自负。"他们看我这么坚持,最后主动找我,同意我的方案。然而,县委副书记威胁我说:"你招干,不听党的话,不按党的要求。"我说:"你代表不了党。你是代表党的利益还是个人的利益?为了你的女儿,你明摆着不执行党的政策,反而说我不听党的话。"他被我说得哑口无言。最后,我按原定原则把这事定下来了。

观看国庆35周年阅兵

1984年10月1日

全国各族人民欢欣鼓舞,共庆中华人民共和国成立35周年。我们全家围坐在电视机旁观看首都举行的盛大阅兵式。解放军穿着笔挺的军服，在雄壮的军乐配合下步伐整齐，足音铿锵有力地叩击着大地。观礼台上发出阵阵掌声和欢呼声。英雄的人民解放军是人民共和国的钢铁长城，是人民的保卫者！

浔阳城火树银花，成了不夜城。浔阳的国庆之夜，五彩缤纷的烟花腾空而起，人们云集在烟水亭、昂首翘望天空，欣赏多彩多姿的烟花，笑语欢声。江淮也放了烟花。整个城市烟花声、鞭炮声此起彼伏。街上人流如注，都在观看烟花。这说明改革开放以来，人民情绪振奋，心情舒畅。国庆是与江淮一家同度的，虽然江源、小琳不能回来，有他们在身边，我们也感受到天伦之乐了。多年来，我们总是离多聚少的。

挽联折射社会心态

1985年1月13日

今天是星期天。上午我到老战友、九江市商业局局长赵双惠同志的家去玩，她热情地接待了我，我们聊得很开心。

回来的时候，我路过一间小平房，那里正在办丧事，一位老人去世了，门口搭起了木棚子。因为房子挺小，在人行道上摆上了几桌酒席，看来十分热闹而隆重。不知何时兴起了用医院的白大褂当孝服，孝男孝女们都穿着它。我停步注目看看，使我感兴趣的是挽联耐人寻味："万贯家财难买死，灵魂已上西天游。"墙上还有一副："坐在身旁不知孝，何须死后哭灵坟。"

这说明人的社会心态，对老人生前要孝顺，不要活着不孝，死后乱叫。我们国家是文明古国，自古以来就有尊老爱幼，孝老爱亲的传统。这种传统需要我们现代人继续保持和发扬。

游真如寺

1985 年 9 月 14 日

上午陪外地的同志前往云居山参观著名古刹——真如寺。

真如寺所在的云居山方圆有 230 平方公里，主峰海拔 1143 米，山势雄奇，风景秀丽，山高林茂，气候宜人。该寺建于唐宪宗元和三年，距今 1176 年。

一路烟雨一路朦胧。汽车在不平的山路上颠颠簸簸。这是云山垦殖场修建的土路，灰尘很大，汽车行驶在路上带起一溜尘土。在寺庙大门口看到一幅有趣的楹联：

过此门莫管他五眼六通
到这里不许你七颠八倒

我们沿着小路环顾四周风景，青山如屏，田畴似锦，飞瀑流泉，潋滟寺门；三面平田，峦盘曲曲，云田月湖，风光迷人。特别是云居山的雾更具特色，动如烟，静如练，薄如絮，厚如毡，软如棉，阔如海，白如雪，光如银，白云如龙滚滚舞来，使云居山增添了几多魅力。该寺历史悠久，人文景观不胜枚举，白居易、苏东坡、王安石、朱熹等先后来此作诗。

如今真如寺香火甚旺，已是著名的道场和旅游胜地，国内外的僧尼居士纷纷来此朝拜。

记得姥爷笃信佛教，旧时每逢初一、十五都会拿着香火去拜佛，而且经常带我去磕头求佛保佑。可到庙里看见四大金刚呲牙咧嘴的样子，我很害怕，总是战战兢兢地揪着姥爷的大衣襟不敢乱动。在我的印象里，庙里阴森得很可怕！不过，我对大肚子弥勒佛很感兴趣。他的脸慈祥可爱，笑得眼睛眯成一条缝。以后多年我都爱买弥勒佛像。姥爷说他能容天下难容之事，是很大气的慈善佛，长大要学习他的宽容慈善之心。

重登山海关

1986年7月26日

7月10日，公司决定派我和司机张明南前往大连提油罐车。到达大连后，由于要排队等车，只好住了几天。回来时，今天正好路过山海关。利用车子保养的机会，我和小张登上了“天下第一关”的城楼。我们在城楼上的通道上走来走去，这就是关里关外的分界线了。

1949年我和战友南下时曾经登上山海关，那是向南方进军的途中。当时我和同志们一路上放声高歌，大家激动不已，豪情满怀。当年我是尚没脱掉稚气的小青年，37年后的现在重登此关，已是年过半百之人了。

所不同的是，当年欢送南下大军的群众提着鸡蛋往我们背包里塞，烧好的开水挑到跟前给你喝。军民同乐、鱼水之情我至今记忆犹新。

我漫步在城墙上，遥望北方，思念亲人。有趣的是，我望着城外就是关外；望着城里，就是关内，分界线就是这样划分的。

在毛坯办公楼过元旦

1987 年 1 月 1 日

今天元旦，我和一部分人提前进入还在建的保险大楼。这个大楼内部还没装修，还在施工，设施还没有完善。我们提前进入大楼完成后续工作。我对大家说："这里的条件很艰苦，一无水，二无电，三无地方大小便。我们今天加班，每人买点东西带来，在这过元旦。"这样过元旦也是非常有意义的，我鼓励大家说："为了大楼的安全，为了大楼的建设，为了保险事业的发展，我们一起努力。"

正在这个时候，公司韩凤林总经理、李砚副总经理来了，这给了我们很大的鼓励，也使我们感动。领导都没休息，和我们一起过元旦。

老伴突发痛风

1987 年 2 月 10 日

王紫光同志今年 1 月由部队副团职转业到省保险公司担任秘书工作，他给我最初的印象是个儒雅、稳重、敏锐、充满朝气的年轻人。经过一段时间的共事，我感觉他工作很细致，考虑问题很周密。在政治上经过部队多年的锻炼很成熟，工作能力很强，没有高干子女的优越感，作风上平易近人，能密切联系群众。

今天上午，老伴突发痛风，脚跟不能沾地。我的子女都不在身边，我十分着急。我急忙打电话给王紫光，他马上和曹永诚赶到我家，小曹背起老伴，紫光搀扶着把老伴背下楼。老伴身体高大肥胖，他们把老伴送到医院已累得汗水淋漓，我和老伴非常感谢他们。

韩总交代：不能收礼

1987 年 10 月 30 日

我和韩凤林总经理前往景德镇市，韩总是陪外省公司的领导到景德镇来参观学习。我们听了景德镇市保险业的开展情况。

我们离开时，景德镇保险公司要送我们一套餐具。韩总就交代我说："我们不能拿，从省公司开始以后层层拿，那风气就坏了。"

他十分重视干部的思想作风建设，不准以赔谋私，给干部树立了一个好作风。

我对“人缘”的理解

1987 年 11 月 23 日

有的同志总夸我有好人缘。我的理解是:人缘其实就是正确地处理人际关系。一个人生活在社会之中,构成了人与人之间的联系,在工作单位、生活环境等方面都会接触到形形色色的人物。如何处理好和朋友、同志、亲友、同学、战友等的人际关系,会直接影响到你的工作和生活,会影响到自己的思想能否舒畅。实践证明,人缘是一个人在社会上安身立命的支撑点。有了好人缘办起事来很顺畅,否则会受挫,甚至寸步难行。

怎样做到好人缘?

首先要能容人。我看见很多庙里都有大肚弥勒佛,两旁的对联很有哲理:“大肚能容,容天下难容之事;开口便笑,笑世间可笑之人”。母亲教育我处好人缘就是对人要诚心。俗语说得好:“火要空心,人要实心。”人生在世,不如意的事常有,人们之间也会因琐事纠缠。我在九江市保险公司工作期间,有人一直拉拢一些人对我进行排挤,对我百般挑剔,甚至利用一些人攻击我。对其所干的一切我是了解的,但是在他怀疑有癌症时,我还是不计前嫌,真心地全力帮助他。同志们看到我的真诚态度后,对我的看法就慢慢改变了。

第二条就是做人要厚道。在处理人际关系时以诚相待,不能刻薄、奸狡。要有宽宏大量的气度、仁厚诚实的品格，以及火一样的情怀。要用自己的心，去赢得别人的爱。

老伴写信挖讽我

1988 年 5 月 15 日

李鹏终于少有地提笔给女儿写信了。可令人啼笑皆非的是他将我描绘了一番，别有情趣。他说："你老娘现在我们家庭来说，是领导服装新潮流，现在连你在内三女一男都给她买衣服和布料，而她也真可以说来者不拒，多多益善。不论什么料子，也不论什么花色一概照做不误，能穿就穿，否则就压箱子。这次小张从北京给她买了一只金戒指，每天戴在手上，如获至宝。我现在观察她有点返老还童或者说人老少心，既想吃，又想玩，又爱穿。当然你要说她，她不但不承认，还要骂你个'狗血淋头'。"

我阅后又笑又气，感到老伴真风趣。他总是"新三年，旧三年，缝缝补补又三年"，老传统不变。

北上出差

1988 年 6 月 21 日

我和王紫光、钟延惠三人前往黑龙江参加北京总公司召开的会议。我们坐上 K86 次特快火车前往上海集中，和上海保险公司的同志同赴哈尔滨。办公室的同志平时相处得非常好，虽然我们离开几天，可王小平、曹永诚、李辉、梅萍他们都前来送行，依依不舍地和我们告别。

我们上了 11 号车厢 20 组，王紫光很快把我和钟延惠同志安排在下铺，自己则爬上了上铺。

小年送灶王爷

1989 年 1 月 31 日

今天是小年。回想童年时的这一天，觉得故乡的风俗很有趣味。

传说灶王是玉皇大帝派往人间，管理各家各户吉凶祸福的神。他是常住在家的神，定期于每年农历腊月二十三日(有的地方为二十四日)上天向玉帝报告一家的善恶行为。所以民间非常注重祭灶仪式，以便讨好灶王爷。

在腊月二十三日也即小年的这天晚上，供在灶头上的灶神——灶王爷、灶王奶奶将要升天了，家家都要举行一些仪式。先是买来大块糖(麦芽糖)贴在灶王爷、灶王奶奶的嘴上，目的是让灶王爷和灶王奶奶黏牙糊嘴口难张，在玉皇大帝面前汇报时只好含糊其辞。所以还有《祭灶谣》唱道："灶王爷，本姓张。骑着马，上上方。见玉皇，奏本章。好话多说，坏话别讲。灶王灶王请吃糖。"

接着是烧香、上供品、焚烧用高粱秆扎的车、马、小人，再把画像小心翼翼地揭下来烧掉。在烧画像的过程中,全家在院子里跪在地上,虔诚地念着:“灶王爷爷奶奶上西天,骑着白龙马,背着紫金丹。……上天言好事,下界保平安。”

人们把一年的希望和祝福都寄托在灶王老爷对玉皇大帝的态度上。只要能保佑我们,就万事如意了。父亲常常领着全家人遥望晴空,说看见灶王爷骑马上天的形象。我和弟妹仰着脖子望天空,可我什么也没看见。父亲则说:“心诚则灵!”

带孙子在井冈山参观

1989 年 8 月 6 日

晚饭后,带着五岁的小孙子李越漫步在井冈山的林荫道上,顺便登上了红军烈士墓。在墓前我讲了红军牺牲的故事给他听,他目光天真地仰着小脸问我:“奶奶,怎么都是死的红军?没有活着的呢?”确实,他参观的小井红军墓、红军医院、历史博物馆里,陈列着许多牺牲的红军英雄画像和遗物,雕塑园的塑像也是如此。我跟他讲,现在的解放军就是以前的红军。他连连点头。我和他参观红军遗址或红军墓时,他总是小手合在一起三鞠躬,他说要给英雄敬礼。他的小心灵中已经知道爱英雄、敬红军了。这次来井冈山,他印象最深的是红军根据地,红军是英雄,毛主席是领袖。

看《开国大典》欢度国庆

1989 年 10 月 1 日

老伴约我同往老干部活动中心看电影《开国大典》(上、下)。在纪念国庆 40 周年的今天来看这部具有历史意义的画卷，对我很有吸引力。为了有个好的位置,我俩中午 11 时吃饭,11 时 30 分已到了老干中心。这时广场人潮如涌,热闹非凡,我俩在人群中穿行过去。这时老干中心没有几个人,我俩占好两个位置。下午 2 时 10 分开始放映,我俩提前了两个多小时。

40 年已过去,弹指一挥间。时间会冲淡人们的一些记忆,然而有些记忆却是历久愈新,永志难忘。开国大典这一决定 20 世纪后半叶中国命运的伟大时刻,是永远不会被中国人民忘却的,这是历史的丰碑。

中华人民共和国成立的 40 年，是中国历史发生翻天覆地变化的 40 年,是经历艰难曲折、战胜种种困难、不断发展进步的 40 年,是中华民族扬眉吐气、独立自主、在国际事务中日益发挥重要作用的 40 年。

今天我离休

1989 年 10 月 13 日

今天,我拿到了省老干局颁发给我的离休证。证是红色的,上面是国徽,下面有两排字,分别是“中华人民共和国”和“老干部离休荣誉证”,发证日期是1989年10月12日。

看到这个离休荣誉证,我感慨万分。我为新中国的诞生毕竟贡献了自己的微薄之力,也见证了年轻的共和国一步步成长壮大。遗憾的是由于年龄的原因,我不能再为祖国继续工作了,但我仍然还是可以找到发挥余热的地方,继续为党和国家尽力,直到生命的终结。

看着离休荣誉证,不由得联想到小时候曾经看到过的父亲的所谓“良民证”,而那个证是伪满洲国当地警察署颁发的,是屈辱性的。和我现在手中持有的离休荣誉证相比,完全是两个社会两重天!

难忘的离退休干部欢送会

1990年1月6日

今天公司领导主持召开了欢送离退休老干部座谈会,公司各处室和机关党委有关领导都参加了。首先由李砚副总经理讲话。她肯定了保险事业在恢复发展时期,离退休的同志为保险事业的发展做出了贡献。尤其是经过1989年政治上的非常时期,经受了考验,完成指标2.86亿元,形势大好,经受了考验。

会上,领导们希望老同志退下来以后,继续发挥余热,关心保险事业,保持晚节,健康长寿。孙安银处长在会上宣布党组决定成立老干科,专门服务老同志。会上大家互相赠诗表示自己的情怀。我赠给韩总、李总一首《离休抒怀》:

少小随军下江南，卌载弹指转瞬间。
昔日上下称小鬼，如今左右谓老年。
一生经历双时代，纵横对此两重天。
历尽坎坷终不悔，不甘伏枥奋加鞭。

我赠王紫光处长的诗：

一生光阴知几许，风华正茂恰是期。
接好革命事业班，第一主要数学习。
红花怒放终将谢，莫待黄昏暮阳斜。
学富五车堪何用？仲永伤在不使学。

蔡文逸副总经理给我的赠诗：

辛苦革命几十年，勤勤恳恳作贡献。
光荣离休献余热，健康长寿度晚年。
黄昏霞照依旧明，更使夕阳满江红。

深入保险企业厂子了解情况 1990年2月21日

南昌市保险公司曾经理带我们前往保险企业了解情况。

我和侯江平前往的第一个企业是江西汽车集团公司，生产江西五十铃汽车。

接待我们的是吴厂长。他首先表示支持参加保险,为企业提供保障服务。集团参加了企财、人身、家财、汽车项目的投保。他介绍了生产情况,使我们了解了厂里各方面的情况。

下一个参观的是麻纺厂。接待我们的是郑总会计师。他对我们的保险工作很认可,并向我们介绍了厂里的相关情况:该厂现有职工 5400 人,1989 年计划产值 4000 万,实际产值达 5000 万,生产麻袋、麻纱、麻布。建厂 30 年来利润总值达 1.8 亿元。现在厂里的主要产品是麻袋,省内麻袋生产厂有 18 家,全国有 300 多家,原料上涨 2.10 元,麻袋单价 2.90 元,现在出现滞销,今年订货 1000 万条。目前厂里资金困难,已保险黄麻 1000 吨,麻 100 吨,产品是易燃产品,以预防为主。多年来,厂里保险宣传工作较好,会定期不定期召开安全大会,建厂至今尚未发生火灾,但汽车事故频发,需要保险公司积极赔偿。

下午,我们前往洪都飞机制造厂。崔总会计师待人诚恳热情,说话十分风趣。他介绍了该厂的历史发展情况:该厂原为国民党的航空修理站,人们称老飞机场,是和意大利合资办的。但是,一架飞机都没有修理过。建国后,空军的军工厂迁部分人员来此,1951 年 5 月 11 日,由邵式平任筹备主任,正式建厂,同时在社会主义建设时期逐渐成长壮大。新中国第一架飞机是这里制造的,是全国五大飞机制造厂之一,生产强击机。

该厂占地面积 5.1 平方公里,现有员工 20745 人,离退休人员 5000 人,家属企业 9700 人,加起来 30000 余人。

在保险工作方面,目前厂里状况是“有困难、有办法、有希望”。现已投保90万,全部保是有困难的。崔总会计师说,上次一条龙的保险很好,保险公司在现场办公,受到欢迎,工作比较细致。厂里防灾工作抓得很紧,宿舍有专人看门,支出达2万元之多,全厂各单位都要求必须安全生产,层层把关,抓好安全工作,力争达到增效减灾的预期生产效果。

关于写日记

1990年6月18日

18岁成了托尔斯泰夫人,1862年9月她是克里姆林宫的医生。“她得天独厚,才华出众”,她绝非平庸之辈;她有过人的智慧,独立自主的性格,旺盛的精力,异常的勤奋,具有多方面的才干。她写过中篇小说《娜塔莎》……

我虽然没有托尔斯泰夫人的才华,但她那种几十年如一日的精神给了我力量和勇气。我应该学她那种不满足安逸生活的精神:欣赏音乐、读书、娱乐。我最害怕最后一种道路,鼓起精神自我完善。她做到了这一点,给后代留下了巨大的精神财富。研究托尔斯泰文学价值是很大的。

幸福的人生属于我们,欢乐就孕育在心里。我们内心深处有个欢乐之泉,它无所不包:奋斗、曲折、友谊、爱情、成功、失败、对自然的爱、对家庭的爱、对子女的教育、对美好人生的向往……

我坚持写日记是从50年代学习文化开始的,鸡毛蒜皮、点点滴滴记录自己的生活、工作情况。但是“十年动乱”以“四旧”之名付之一炬，我惋惜、失望，没有了信心。“文字狱案”的阴影笼罩在心头。我看见不少被揪出来批斗的“反革命”分子，其罪名就是从日记中摘抄出来的，我自然也就不敢公开写日记了。

十一届三中全会以后拨乱反正，我又鼓起了勇气，在点点滴滴平凡之中记起日记。它包括了我生活的全部：我的尊严、我的信心、我的战斗、我的欢乐。

当我不顺心时，日记给我以娱乐；当我气馁时，日记给我以信心；当我遇到困难时，日记向我展示出它的关怀、朋友般的信任，还有党组织对我的关怀，温暖着我的心。写日记就这样成了我生活的习惯，又成了一种自我教育、一种自娱和对以往的回忆。通过日记能经常看到自己过去的足迹，听到过去的声音，感受过去的情怀，它又能唤起我神圣而庄严的情思。

日记，充满温馨祥和，充满坚忍不拔，充满欢乐幸福。

我们是处在社会主义建设、深化改革开放的大好时期，应该是在一个喜剧的人生舞台上开展自己的人生。把这些人生中可纪念的事件记录下来，当然是乐观的、向上的、关怀的和感动人心的。它可以重温旧事，唤起美好的回忆，给我们力量和欢乐；可以使我们的精神永远健康，永远充满朝气。

我认为写日记的好处太多了，尤其老年人离退休之后，感到无所适从，闷闷不乐或烦躁易怒，这就是心理不健康的表现。只有自己调节精神生活方式，才能使自己充满欢乐。我经常抽出时间写写日记，编织毛线衣物给自己增添乐趣，我生活上是快乐的、美好的。

读《名人教子要略》 1990年8月31日

《名人教子要略》一书很吸引我阅读。对子女的教育问题，是关系到社会的一项系统工程。现在我们国家独生子女多，家长“望子成龙”心切，但要培养子女成才不仅要有良好的愿望，还要有科学的教育方法。子女教育有很深的学问，是一门较高的艺术，古今中外有很多名人，留下了许多教育子女的诗词、书信、箴言、家训等。有一个

李琳和长孙李欣于1979年8月29日德安留影

海外留学生写给母亲的诗写得很真诚：

几度坎坷走人生，历尽艰难意未沉。
喜读少年凌云志，只求微力报国恩。
万里西行观异域，倍觉东方祖国亲。
愿回故里酬知己，耻作他乡负义人。

对远在异国的女儿我也不断地教育她，不忘自己是中华子孙。

亚运会即将开幕

1990年9月1日

盼望已久的亚运会即将开幕了。上午亚运圣火传到南昌市了，广场上举行了盛大的欢迎仪式，“团结、友谊、进步”的标语醒目地挂在广场上空。亚运会是我们国家政治、文化生活中的盛事。中华民族在腾飞，“东亚病夫”的时代一去不复返了，中国已成为世界体育大国之一了。

亚运会能在北京举行，中国体育健儿能在亚运会上一展雄威，为国争光，我们心情非常振奋。

举世瞩目的亚运会开幕了

1990 年 9 月 22 日

同志们无心集中思想开会了，围坐在电视机旁观看壮观、盛大的北京亚运会开幕式，个个心情激动，那股子欢欣鼓舞的劲头，难以言表。

这是振奋人心、振奋民族精神的盛会。我们的民族是伟大的民族，今日早已不再是被歧视的“东亚病夫”了，中国的体育取得了举世瞩目的辉煌成就。团结、友谊、进步是亚运会的精神。

同志们边看边谈论。谈亚运，展未来。人们从来没有像现在这样振奋喜悦。

豁达看待人生衰老

1990 年 12 月 31

李鹏又病了，脚趾、脚背红肿。正值放假之时，我劝他去看病。他说：“休息期间，不好去麻烦别人。”他遇事总是先想到别人，他胸怀坦荡、刚正不阿，革命一生，两袖清风。

“红花怒放终将谢”是江源写给我们的诗句。从青壮年进入老年，就像春天进入冬天，生命也没有往昔多姿多彩了。

衰老是人生的必然，我们已进入到老年期了，李鹏也患有老年病。现在不是血气方刚、踌躇满志的时期，应该静观反思。我们对自己的生命角色和生存价值需要理智的、认真的调整。

人到老年，看到后来人接替或超过了自己，自己就有了“失落感”、“落差感”、“自卑感”，这不是正常的好现象。

我们已纵览了生命的长河，无须和后辈人比拼搏，因为我们在人生的大舞台上表现过了。在这大舞台上我们问心无愧。

晚霞无限美

1991 年 5 月 3 日

爱美是人的天性，但不是人人都能美，时时都能美。就我这一辈人来说，新中国成立前家里温饱都成难题，哪有什么条件美？童年的时候看到同学们穿新衣服、新裙子，而自己却烂衫拖地，受人讥笑的时候，幼小的心灵都蒙上了阴影，抱怨自己命苦。参加工作时身着军装不能美，到了 50 年代发统一的灰色干部服、列宁装，到了六七十年代不敢美，否则就会被批为“资产阶级思想意识”……

到了 80 年代，被长期禁锢的爱美之心才壮着胆子随着改革开放的浪潮奔放起来，终于能美、敢美了。

可惜的是青春岁月已逝，我已是花甲之年了，体型也变了。而那些美时装的设计者，只把目标瞄准窈窕淑女，像我们这样的肥胖体型者则无法买到称心如意的服装，我只能买布料去裁缝店做，而且又慢又贵。但为了追随美，我宁愿这样做。

在长春扭秧歌

1991年6月18日

我和王紫光、唐和平同志前往长春出差。早上起床我们到广场散步，一看广场上聚集了黑压压的一群人，男男女女都化了妆，个个穿红戴绿，彩扇频摇，在声声唢呐的伴奏下，一组组的在扭秧歌。

我出神地观看着，扭到我跟前的一位老太太一把拽住我说："老妹子，一起来扭吧！"我不由自主地就跟着秧歌队扭了起来。因为我没有化妆，在她们之中非常显眼，引起人们的注目。有人就对我说："看来你会扭秧歌，是哪来的？"我说："黑龙江的。"她笑着说："可不咋的，扭得真像那么回事。"

我已经几十年没扭秧歌了，记得还是在1950年庆祝海南岛解放时扭过一次，现在扭起来仿佛又回到了以前的青春岁月。秧歌与时俱进，一改过去的习俗。如今的秧歌变成了秧歌剧，有的扮演超生队员，身前身后都背着孩子，宣传计划生育；有的宣传交通规则，让大家在欢声笑语中接受教育。

不忘国耻日

1991年9月18日

日本侵略中国,发动了九一八事变,那是1931年。之后日本关东军占领了东三省,成立了伪满洲国。在那腥风血雨的日子,东北三省人民成了亡国奴,这一段历史我们永远不能忘记。依稀记得有首民歌在群众中传诵着:

> 蒋介石把国卖,人民遭了难,
> 建立伪满洲,"康德"做皇帝。
> 吃无吃,穿无穿,受苦十四年。

东北人民在中国共产党的领导下开展了抗日游击战,许多抗联英雄奋战在白山黑水之间抗击日寇。著名的有杨靖宇、赵一曼、周保中、夏云杰等。他们为捍卫国家领土、保卫中国人民而死,他们的爱国精神依然鼓舞着我们。

我印象最深的是14年血战在松花江畔的抗联之歌:

> 江水绿来江水长,平静江水掀起了大风浪。自从鬼子占了东北,铁蹄踏遍了松花江。男女老少当牛马,家家户户遭祸殃。大家起来干,擦干眼泪扛起枪,东北的老百姓要反抗,血债要用血来偿。共产党领导抗日联军,十四年血战在松花江。赵尚志还有李兆麟,为民远战在松花江。赵尚志为民族血战死,英雄成名万古扬。李兆麟领导抗日

联军，配合红军把东北解放。

这些有战斗意义的歌曲，一直鼓舞着一代代中国青年继承和发扬先烈的遗志，在解放战争、抗美援朝的战争中为祖国而战，献出了自己的青春和力量。

1949年，我在诸多的歌声中和同志们一道，高唱着《没有共产党就没有新中国》《我们是东北青年》等等歌曲投身革命，把我们的青春献给了共和国的黎明。“发已千茎白，心犹一片丹。”革命意志坚，信仰永不变。无论漂泊有多远，我的心永远和故乡在一起。在黑色的沃土里，有我先辈们一代代血脉相连的根。

【口述实录】

1.春风化雨

从1968年10月开始下放农村，到1977年近十年动荡生活的结束；从“红五类”到“黑五类”；从政治上的压抑、下放、失学，再到参军、复员、工作，江源度过了自己的青少年时代。可贵的是，无论政治如何变幻，生活如何艰辛，江源始终没有放弃学习。功夫不负有心人，1977年，随着邓小平同志提出恢复高考，教育战线的春天

李琳儿女合影

左起：李江淮、李江源、李江琳

终于到来。消息一出，广大有志青年欢欣鼓舞，多年求学梦想终可实现，他们饱含喜悦的泪花，积极报名投考，一展才华。

江源和小琳同时报名，并且都取得了优异成绩。江源三科成绩分别是：政治 71 分，语文 99 分，史地 103 分；小琳的成绩是：政治 74 分，语文 90 分，史地 99 分，外语 93 分。最终江源被北京大学哲学系录取，妹妹则被复旦大学英语系录取，一时成为当地教育界的佳话。“宝剑锋从磨砺出，梅花香自苦寒来。”兄妹二人梦想成真，双双进入大学，他们的人生轨迹也就此改变。江源在北大如饥似渴地学习了 4 年，知识面开阔了，思想也更加成熟。

兄妹俩同时考入名牌大学，在县里影响很大。但也有人说闲话，怀疑兄妹俩走了“后门”，对此，江源写下两首小诗作答：

失题二首

体检通知已下，余兄妹皆名前孙山。小城大哗，众论纷纷。亦有妒者，旧目瞻新，仍疑同前。故口吟小诗二首，虽非驴非马，亦为回答。

积累脑海辞海，方称学多识多。
平日七混八混，怎入文科理科？
锥萤勤学苦学，方有真学实学。
平日该学不学，莫想这学那学。

正所谓“腹有诗书气自华”，一个人的学习、成长与其“少而好学，如日出之阳；壮而好学，如日中之光”的精神是分不开的。

2.首创旅游保险

九江地处长江中下游,庐山是著名的旅游、疗养胜地。我们意识到:随着改革开放后人民生活水平的提高,庐山旅游事业会有很大的发展空间。经过调查研究,我提议推出旅游保险。这个提议在我们市保险公司达成了共识。

1982年2月,我公司组织业务骨干,有计划、有步骤分两批从山下、山上同时行动。山下同志主要是和九江旅游公司、交通局等相关部门联系,宣传、动员游客参保;山上同志由我带队,与王小平、沈国我到山上和人民银行、农行、庐山旅游公司、宾馆、旅社等部门联系为游客办理参保手续。

初春的庐山,气候寒冷,云雾漫漫,细雨霏霏,街道行人稀少,正值旅游淡季,有些部门正处休整时期。我们无心观赏大自然的美景,每日穿梭在相关单位,有时遭到白眼,冷言冷语,甚至闭门不见。还有人公开说我们千方百计到处捞钱,嫌办理旅游保险麻烦、琐碎、费事、利少等等。尽管如此,我们锲而不舍,耐心说服,终于得到大家的认可。为开办此险种,我们九江市保险公司的同志克服了种种困难,有时甚至吃不上饭,睡不好觉,不管晴天、下雨还是天气严寒,往返庐山20余次,终于完成了预定计划,和有关部门达成协议,并设立了21个保险代办点,在1982年的4月1日正式营业。当年保费不足2000元,保费是每人1角钱,保额是每人1000元,全年没有发生理赔事件。险种虽小,但为后来的旅游保险打下了基础。同时,相继带动了庐山的财产保险、奶牛保险、企业财产险等。保险的影响扩大了,人们进一步增强了保险意识。此项工作也受到了当时省公司和总公司的重视,总公司还来人了解旅游保险的情况。为此,我写了一篇文章,刊登在保险杂志上,题为《九江市首创旅游保险》。

3.坂元弘子来九江做客

据江源讲,他是在听一门选修课的时候无意中和坂元弘子坐在一起的。当时江源不知道她是日本人,只是发现她做笔记时写不了几个字,还常常问他,休息时方知她是日本留学生。看她吃力的样子,江源就把自己的笔记借给她。但是她看不懂,因为记得太潦草了。于是江源隔一段时间就到她那里,给她讲解,由此两人相识。

1982 年冬天江源毕业,北大安排留学生去云南。于是江源便邀请弘子回来时顺便来九江玩,她高兴地答应了。当江源告诉我这个消息后,开始我有些担心,因为家里并不宽敞,让一个外国人住进来是不是合适?而且那时生活条件也并不好,煤气也没有。但是既然答应了人家,我想还是尽可能热情接待好吧。

弘子在这住了一段时间,我想她来一趟不容易,尽量使她在这玩得痛快。在她来的第四天,江源陪她参观游览了庐山的秀峰和白鹿洞书院,还去了星子温泉疗养院泡温泉。

元宵节这天我买了糯米粉和馅,动手做汤圆。弘子说日本没有元宵节。我向她介绍了元宵节又叫上元节，是团圆的意思。煮好汤圆后每人一碗，大家高高兴兴地吃起来了。弘子马上拍照，将吃汤圆的情景摄入镜头。弘子爱中国文化。她告诉我她在东京大学已学了 6 年中文，翻译的一本书已出版了。从她的衣着看来她很像中国人，讲一口比较流利的中文。我们对话不困难，偶尔慢说几句日语我还懂，挺有意思的。几天接触下来，她给我的印象是很温

坂元弘子来华合影　左起：吕莉、吕玉（大儿媳）、坂元弘子、李江源、李江琳

和善良的,她受过这么多年的高等教育,文化知识丰富,文学的修养造诣很深。

弘子要走了,我们想了很久,最后决定送她景德镇的九头茶具,以及她喜欢吃的米粉、豆腐条、冻米糖等。她对我们的热情款待深表谢意。我们给她买好了三等舱的船票,江源送她上船前又煮了面条鸡蛋。我再三嘱咐江源好好照顾她,今后见面的机会很少了。

4. 让学生们撤离到安全地带

1983 年底九江县发生洪水后,我们乘着帆船到赤湖农场的各生产队察看灾情。曹厂长、彭科长、万书记带着我们详细察看防洪措施。这天天气不错,湖面上有许多渔船,还有成群的野鸭在游动。湖边周围都是倒塌的房屋,一片惨状。

下船后,我们到了学校。学生们脚穿着雨鞋上学,老师按正常时间上课。教室的泥巴地面已渗水了,老师脚踩在泥巴地里上课。教室墙外筑起了一米多高用草袋围起来的堤坝。教室墙外渗水,学生们在课间用脸盆将水舀出,个个成了泥人。

看到这样的险境,为了保证学生们的安全,我坚持停止上课,让学生们撤到安全地带。经过一天的水上勘察,虽然很累,但是想到灾民、想到学校的学生,再累都是值得的。经过研究,保险公司迅速支付了一笔款项,帮助他们重建家园,这也就体现了保险的补偿作用。这是我经历的一笔大额赔款。此案结束后,我们的表现受到上级的表扬。

5. 李砚廉政故事

李砚副总经理组织成立考评工作组，参加的有人事处、人险处，计划处，连同我和司机一行七人到达抚州地区公司及临川县公司，考察工作情况。在考察中，我对李砚同志的工作作风感受最深的有四点：

一是她非常注意廉政、节约、不摆阔气，和普通干部一样。开始到抚州时，我们给她安排比较好的宾馆，她不去，和我们工作人员一样住在客房。抚州公司的办公楼中的客房都在六楼，每天爬上爬下很累，她也以她实际的行动给干部作出了榜样。

二是考察工作结束后，抚州公司给我们每人一套绣花被面，在当时既时尚又漂亮。李砚知道后，当即叫我退回去。

三是不到外面餐馆吃饭，不准喝酒，不准搞接风活动。在当时吃喝盛行的情况下，李总能这样做受到了干部们的赞扬。

四是不准游山玩水。临川是著名的才子之乡，王安石、汤显祖纪念馆都在这。我对文学十分感兴趣，想借此参观一下，但是李总特别强调不准工作期间借机旅游。

6. 重回故乡

上世纪 80 年代末，我曾重回故乡。在去上海的火车上，有意思的是钟延惠同志从没出过远门,上车后对子女放心不下。王紫光看出她的落寞,半劝半玩笑地说,还没出家门就想孩子啦!而我的心情则十分激动,这是一次故乡之行,离别故乡 40 余年,内心却有“旧路青山在,余生白首归”的感叹。

我坐在窗前,伴随着车轮发出锵锵的响声,我的心早已随之飞向北方。王紫光看到我们俩各想心思,就说我们吃点东西聊聊天吧!他想得很周到,从背包里拿出很多适合我们年纪吃的小零食。我在哈尔滨有战友、亲戚,我带了些南方的特产、礼品放在背包里,我的旅行包东西最多、最重。王紫光领着我们,身上挂满了行李,累得他满身大汗。

下火车后,上海保险公司接待员接待我们住在上海音乐学院招待所 510 号房间。钟延惠是第一次到上海,而我是多年没来过,我俩像是“刘姥姥进了大观园”,分不清方向,路也不熟,想出去走走又不认路。紫光一天非常辛苦,我们也不忍心再麻烦他。

他看到我们俩在一块叨咕,就问我们在叨咕啥?我就说,我和钟延惠想看看上海百货商店卖衣服的地方,想买点东西,但是我们不认得路。他说,怎么办呢,只有我领你们去了。到了一个理发店,我俩理发,紫光坐在外面台阶上守着我们理完发。出来后他说,你们俩都变样了,像个南方的女干部。之后他带我们逛商场,吃午饭。第二天我们离开上海,乘飞机到哈尔滨报到。

我到哈尔滨后,打电话告诉我的朋友,我的朋友一个个都跑到开会地点来看我,免不了影响开会。王紫光理解我,主动地看材料、整理材料、汇报材料,不愧是位称职的秘书。

临走前,友人盛情接待我们前往马蒂尔餐厅。这是哈尔滨有名的外国餐厅。这里面包的种类很多，有法国风味、英国风味、苏联风味等。这是我第一次到这里吃西餐，我吃不惯，感觉这个面包咬不动、泡不开，结果我也没有吃饱，开不了洋荤。

7. 爱读书的一家人

我们一家老小都喜欢读书，闲暇之余，祖孙三代就喜欢围坐在家中，品读经典。

李鹏小时候上过私塾，读了 11 年的古文，四书五经烂熟于心，肚子里装了不少儒学经典，原来一起工作的同志都戏称他为“学究”。

离休后，老伴依然喜欢看书。有段时间他很喜欢林语堂的书，就给在外地出差的我和江源打电话，让我们帮他买林语堂的《中国人》。我和儿子跑了好多家书店，最后好不容易买到两本盗版的《中国人》。带回家后，老伴带着老花镜，捧着书，津津有味地读起来，边读还边跟儿子、孙子们谈读书感悟。

家里的孩子们从小受到家庭文化氛围的熏陶，都有爱读书的好习惯。孙子李欣每次到奶奶家，就一头扎进书房，翻看各种杂志、报刊，一坐就是一上午。孩子们看书时如痴如醉，有时上厕所都要捧一本书坐在马桶上看，为此，江淮还专门在卫生间安了一个一百瓦的大灯泡。李末回国后，也受伯伯和哥哥们的影响，才三四岁，每次上厕所都要带上一本小人书看。

孩子们视书如宝，每次上街，我问他们要买什么，他们总是毫不犹豫地回答要买书。李末虽然年纪小,但每次到新华书店都嚷嚷着要买《白雪公主》。每次买完书回家,孩子们就挤在书房看新书,李末缠着哥哥们给她讲故事,不讲就又吵又哭。小外孙女聪明伶俐,一个故事给她讲两遍她就能对着图画熟练地讲起来,我们都感到很惊讶,不停地夸赞她聪明,她自己也颇为得意,每次记住一个新故事就马上讲给全家人听。因为小外孙女喜欢看书,等她回美国时,我还特地买了几本小图书送给她。

8. 老伴抵制戴金首饰

1988 年 1 月 2 日,女儿给我来封信说:“我近期要回来,买了一条金项链送给你。”那时候很流行戴首饰,女儿说,“既然别人的妈妈都戴上了金戒指,咱们的老太太也该有条金项链,非要把人家镇住不可。金项链我已在香港买好,让老妈的脖子灿烂一把。如果你愿意在耳朵上打两个眼,我愿意再买一对金耳环,再加一个金戒指,这样给你凑足三金。”

金项链带回来了,确实很漂亮,我都没看过。老爷子一看,狠狠地把我讽刺了一顿。他把嘴一撇,说:“你想想你脖子上戴个金项链,耳朵上戴个金耳环,你不就像是过去的阔太太,还有没有革命干部的风度?你算了吧,啥也别灿烂了,你把它给大媳妇。”

女儿一走,老头就发言了,我很尊重他,他既是一家之主,又是老大哥,还是革命战友。他对儿媳妇说:“吕玉呀,你妈准备把她的项链给你,是小琳在香港买的。”儿媳妇一看,说:“哎呀,真漂亮，让老妈戴嘛。”老伴说：“你妈一个老革命干部，戴这像啥样子。”

儿媳妇戴上给她同事看。她同事都说：“你真有个好婆婆，自己不戴给了你戴。”说老实话，不是我不喜欢戴，那是被我爱人逼的。前几年我的孙子结婚，我大媳妇当着大家的面，把这个项链给了我孙媳妇，说：“这是你奶奶给的，我都没戴几次，现在给你了。”去年我女儿在印度给我买了一个戒指，我也艰苦朴素惯了，过去年轻的时候都没戴这些，现在金光闪闪还引人注目，所以也没戴。我爱人过生日，老大、老二每人给他买了个金戒指，亲自给他戴在手上。吃完饭，他把两个金戒指一个孙子给一个，说，这是爷爷给你们的永久纪念。

9. 讲解滕王阁成了“教授”

滕王阁是“西江第一楼”，也是饮誉江南的三大名楼（洞庭岳阳楼、武昌黄鹤楼、南昌滕王阁）之一。

到省公司后，我研读了不少关于滕王阁的资料，以便给外地同志更好地介绍滕王阁。

记得 1995 年 9 月，我和同事小韩陪 10 余名河南省保险公司离退休干部参观滕王阁，我当导游。当我讲解的时候，不仅河南的老干部听得很认真，还凑过来不少游客，连在一旁摆摊拍照的人也听得津津有味，还有两个小战士一直跟着我们听讲解。出于对解放军的热爱之心，我还给他俩补讲了一下。他俩疑惑地看着我说:“你是教授吧? 你的历史知识很好! ”河南的同志去买书,服务员以为其中的一位女同志是我,夸奖她说:“你讲解得真好! ”那位女同志赶紧指着我说:“是她不是我! ”另一位老同志说:“咱们不买了,光听你讲就很吸引我们了。”

10. 与世无争,与书相对

我时常买书。出差外地,我总是忍不住要去当地书店。上次一到临川——全国有名的才子之乡,我就到书店买了《千家诗》和《唐诗三百首》;去山东孔子故里,在满是书摊的阙里街中,我终于找到了梦寐以求的《四书五经》这沉甸甸的大部头书。不顾上下火车的拥挤,我终于把书搬了回来。

面对这些流芳百世的佳作,我的敬意油然而生。我在童年的时候,父亲总是教我读写古诗词,他不是教我死记硬背,而是把每首诗的内容说成通俗易懂的故事,帮助我理解。在此基础上,我很容易就能把诗背下来。

白居易 35 岁作《长恨歌》,写出杨贵妃与唐太宗的凄美爱情故事,细腻的情感描写,曲折多变的故事情节,流畅优美的行文,匀称和美的韵脚,委婉情深、有声有色、可歌可泣,具有极高的艺术魅力。随着年龄的增长,理解能力的增强,我又读了唐史,了解了当时的历史背景,理清了安史之乱的历史脉络。为了加深对诗文的感悟,我还亲自去了位于西安附近的马嵬坡,参观了杨贵妃之墓。

我认为在人类浩繁的物质产品中，最令人叹为观止的无疑是书。

书是人类精神之火。它给我们的精神送来了温暖与光明，慰藉着我们的人生之旅，照亮了我们的人生之路。

我常把书中记载描述的一些寻常物象揽入怀中。童年记忆中那个繁华的竹帘小镇，那清澈灵动的松花江水，那长满荒草的野甸，那牛背上嬉戏的伙伴，那所有朴实而善良的人们，都还静静地摇曳在我的心里。

我现在已进入花甲之年了。与世无争，再不为繁杂的人际关系困扰，我可以集中精力，多学习些历史知识，充实自己的精神生活。中国是拥有5000多年灿烂文化的文明古国，多读些历史书有助于增强热爱祖国、热爱中华民族的感情。

我已经读过隋唐五代、宋辽金元部分的历史，自感收获很大。过去对历史知识了解甚少，现在要抓紧弥补了。

肆

夕阳正红

（1992—2014）

作为一个始终充满激情的战士，离休并不是工作的终点站。她满怀热情与真诚，尽心为社区服务，又用智慧点亮艺术之灯，一幅幅精美的布贴画，让她成为民间艺术家。

绚丽的布贴画漂洋过海，展现东方魅力，为祖国赢得荣誉。

离休了，生活方式要转变

1992年1月28日

从今天起，我正式告老还家了。虽然在1989年10月办了离休手续，但由于工作需要，单位上又留用我2年多。今天我才彻底回家休息了。

几十年的工作，尤其是在省保险公司这几年负责事务性的工作，忙忙碌碌，东奔西跑，可谓是"上蹿下跳"。现在由动到静，退下来，是我人生的一个重要转折。

一是身份的转变。从干部到百姓，可以自由支配时间了。我可以陪伴老伴，过去我俩各自忙工作，少有时间相依相伴。

二是生活方式的转变。我要回归家庭，担起妻子和家长的角色，照顾好老伴，颐养天年；教育孙辈，学习知识，练字背诗。

三是日记的内容也要转变。过去在工作岗位，记录了很多工作上的事和感受。现在退下来了，以后日记要记什么？我想，除了继续认真读书、阅报，了解国家大事外，怎样使自己的退休生活更丰富，更充实，也使自己的日记有新的内容可记，是我需要认真考虑的问题。

"毛泽东热"的思考

1992年2月25日

孩子们购来了《红太阳》录音带，汇集了30多首歌颂毛主席的歌曲，其中有《太阳最红 毛主席最亲》，还有《十送红军》。这些歌曲听起来感到亲切。而这些歌曲是一个时代的标志，现在唱起来能激发对那个时代的怀念，勾起对自己青春岁月的回忆，因为在毛泽东时代我们彻底翻身，当家做主人了。尽管"文革"给我们带来了痛苦和灾难，但这些歌曲的主旋律是好的，毛泽东是个伟人。

现在社会上形成的"毛泽东热"反映了人们的心态，和过去的所谓"三忠于"、"四无限"有着本质区别。这是人们自发的，不是指令性的。这更说明毛泽东思想深入人心，也从一个侧面看出现在社会风气和党风令人担忧和不满。

（注："三忠于"是指忠于毛主席，忠于毛泽东思想，忠于毛主席的无产阶级革命路线；"四无限"是指对毛主席、毛泽东思想、毛主席的革命路线要无限热爱、无限崇拜、无限信仰、无限忠诚。）

参观毛主席纪念馆

1992年5月18日

这里是中外驰名的革命纪念地——韶山。多少年来我都向往着这里，想了解一下韶山的历史，尤其是毛主席的家庭和他在韶山的革命活动情况，今天终于如愿以偿。

当我走进毛主席纪念馆，首先映入眼帘的是他一家为革命献出宝贵生命的6位亲人的照片：杨开慧、毛泽民、毛泽覃、毛泽建、毛楚雄、毛岸英。看到这6位烈士的照片时,我心里感到难过,同时也受到了极大震撼。多么可敬的同志啊!除了毛岸英之外,其他5位同志都是在革命年代为党和人民抛头颅、洒热血,献出年轻生命的。他们没有看见新中国的成立,但我们今天的美好生活都是他们这些先烈用鲜血换来的。

毛泽东是韶山的骄傲,韶山是毛泽东成长的摇篮。

韶山给了一代伟人山一般的坚强、水一般的柔情、土一般的朴实、火一般的激情。

韶山的山山水水给了毛泽东睿智、勇气和胆略,给伟人涂上了中国元素的底色。

李末来南昌

1992年7月10日

今天"洋"外孙女李末由他爸爸从美国送到南昌来了。女儿前段时间来信说她忙于写论文,照顾不了末末,想让我们帮助带一年。

末末3岁。她回来之后受到全家的喜爱。她尤其喜欢大舅妈吕玉,看到大哥哥叫吕玉"妈妈",她也跟着叫"妈咪"。

女儿来信忆当年

1993年3月5日

收到小琳的来信,她希望我去美国一趟。在信中还回忆起她和江源当年在金水中学读书时的情景:“往返30里路上学,12岁被迫离家住校,跻身于一群充满敌意的陌生人,以‘黑狗崽子’的身份受到监督。在遭受欺负和冷眼的岁月里,二哥实际上是我身边唯一的亲人。我12岁时从娇小姐一下子变成‘狗崽子’,从不会自己梳头到一下子承担全部家务,在不到两年的时间里完成了从孩子到‘主妇’的转变。特别是刚离家住校,年龄是全校最小的,天天晚上又冷又怕又想家,常常躲在被子里哭。”

“妈妈时常去办学习班,一走十天半月,扔下我们小兄妹相依为命。我永远忘不了一次大风雪里回家在乱坟堆里迷路,我吓得直哭。二哥拉着我的手,用身体挡住一个个坟堆不让我看见。当年在武宁最困难的时候,我和二哥一同度过。那段坎坷经历,对青少年时期的心理影响是无法改变的。”

生活之感

1993年1月14日

学校放假,孩子们和孙子辈的3个小家伙都集中在我家,每天吵吵闹闹,成天有许多事要办,生活中没有安宁,感到负担太重。有人说得很形象:辛苦几十年,老来混个炊事员。白天伺候“造反派”,晚上迎接“还乡团”。

门球乐

1993 年 6 月 19 日

打门球已成为我的主要锻炼项目了。门球运动以其简便易学、安全经济、运动量小并有趣味性和娱乐性等特点,越来越受到老年人的喜爱。我的体会是,打门球是广泛联系群众的好机会,因为门球是群体活动,5 个人一队,10 个人一场,可以发挥集体的智慧。但是要真正打得精、稳、准是不容易的,要下功夫苦练基本功才能入门。

有人认为打门球的好处是在广阔的门球场,负离子数量比室内多,有更多的机会接受负离子的沐浴,等于接受空气中的"维生素"。

泪洒虹桥机场

1993 年 12 月 27 日

吕玉、张惠萍送我和末末赴上海虹桥机场。走前因为我不懂英语,一个人带着一个不到 4 岁的孩子心里不踏实。孩子们就请懂英语的人,写了一大堆日常用语做成纸条,方便我与他人交流。

办好了行李托运、登记等手续,我牵着末末往里走。她刚开始以为带着她出去玩几天就回南昌了,后来意识到这次将要分别,她隔着玻璃张开手臂哭喊:"舅妈,你要跟我来,你骗我,我不要去纽约。"哭得我们十分心痛。当我们走到通关口时,末末扭着头仍然在抽泣着。我将出境证和护照一起交给海关人员检查,之后我拉着末末随着登机的人群上了飞机。

我坐的是南航 1642 次航班,于中午 12 时 45 分起飞。当飞机广播说我们已经离开中国国境时,我从窗外俯瞰着我们祖国辽阔的领土,心中回想着爱人走之前对我说的话,不知道为什么眼泪禁不住往下流。我感觉自己此刻就如浮萍般脱离了自己的根,心里想着不管可以在美国待多久,我也要尽快回来。我的根在中国,在美国我只不过是一个过客。

杂忆端午节

1994 年 4 月 17 日

今天是端午节。在这一天,人们要吃粽子,赛龙舟,挂艾叶,胸前挂香包,这是我小时就记得的风俗。

记得童年时端午节的早上,太阳还没有出来,妈妈就催我们起来到西门外的草甸子去走百步,用野草上的露水洗脸,这样可以免灾。为什么要走百步?就是走一步抓一把草,将捋下的露水往脸上搓一把。一共走一百步,洗一百下。

我和村里的小朋友们成群结队地在场地里捋草上的露水,大家嘻嘻哈哈,边数着步子边洗脸,看是不是走了一百步。说着笑着,也就忘记数步子了。我感觉这是最好玩的,偌大的草甸子到处是成群结队的大人、小孩,孩子们穿着花花绿绿的衣服,嘻嘻闹闹,追追跑跑,宁静的草甸子也沸腾起来了。回来时,我会采上一把野花。

母亲的手很巧。节前就用花布角做成香包,在香包上绣出漂亮的小动物,如小老虎、小猴子、小鸡、小狗等等,里面装上香料,挂在孩子们的脖子上。因为做得好看,左邻右舍的大姑娘小媳妇和小孩子都来要。挂在脖子上不时闻闻,就能闻到一股清香的味道。

端午节(我们小时候叫"五月节")的历史久远,内容十分丰富多彩,远远不止以上几项活动。端午祭祖在周朝就有,后来随着时代的变化有些活动逐渐淡化了,可有些祭祖活动已经深深地扎根于民间了。我看到一份材料,讲述的是在五月节的祭祀中曾经有四位古人,我为之耳目一新,因为在我的印象中只是纪念屈原。

一是介子推。春秋时,晋公子重耳避内乱而流亡诸国,介子推等人随同。流亡生活很苦,没有食物,介子推割股肉供重耳食。后来重耳复国,称晋文公。当他赏赐群臣时,独忘了介子推。介子推随母避在锦山。晋文公发现后请他出来,但介子推坚决不肯。文公于是下令放火烧山逼他下山,介子推却抱木而被烧死。后人为此在五月节祭祀他。

二是伍子胥。春秋时,伍子胥有大功于吴国,但因反对与越国议和,被奸臣陷害,又遭吴王阖闾勒令自杀。后来阖闾又命人将伍子胥的尸体装入皮囊之内,沉入江中。这一天正是五月初五,所以吴国人为了纪念他,就把五月初五作为忌日,用以纪念伍子胥。

三是孝女曹娥。曹娥是浙江上虞人。汉安帝二年(108)五月初五，曹娥父于县江迎伍君神，不幸溺死，不得其尸。曹娥年14岁，沿江号哭，昼夜不绝七日，投江而死。故浙江人每年五月初五哀之而祭她。

四是屈原。他的名声最大，影响最深远，世易时移，人们就长祭屈原了。

粽子——随着时代的前进，从古至今，随着人们生活水平的不断提高，粽子的吃法亦多种多样了。粽子，故称“角黍”，有锥形，秤锤形，菱角形，枕头形等，用的是粽叶、箬叶。我童年吃的都是碱水粽子，而现在粽子里有火腿肉、赤豆、绿豆、鲜肉、红枣、咸蛋黄等等。更方便的是市场随时有卖，不限于过节，想吃就吃。

原来的老保姆罗家婆的儿子送来了40个红豆馅的粽子，我很喜欢吃。老伴回赠100元，以示关心老阿姨过节的生活。感情是不能用钱来衡量的。

改革春风进我家

1995年1月27日

这两年我们全家喜气盈门，政治、经济、生活上都有明显变化。

首先大儿子江淮一家有不少变化。一是他在单位获得了科技进步奖，发表了4篇论文，其中有2篇是专业论文；二是大儿媳吕玉被评为二级先进，评上了经济师职称，还分了新房。

二儿子江源去年下派萍乡市湘东区当区委副书记，这是一个很好的锻炼机会，使他在感情上更理解农民、工人、知识分子等各阶层基层老百姓的生活情况。他也分到了一套三室一厅的住房。

而我和老伴今年的身体都很好，老头一年没有发病，精力、精神甚好。在经济上我俩都提了工资，生活上有了较大改善，住的地方不仅宽敞，而且装潢得很舒适。我们穿得漂亮，吃得营养。这一切是改革开放带来的好处。

抚河散步遐想

1995 年 4 月 27 日

早上，我和李鹏在抚河江边散步。在南昌生活多年了，目睹改革开放给南昌带来了巨大的变化：昔日河边低矮破旧的房子已经拆迁，一幢幢高楼拔地而起。引人注目的是人民银行的高层公寓，工商银行、农业银行、保险公司的办公大楼，为这一带增添了不少景色。河边的绿草地，给人们提供了休息、锻炼的场所。不远处，滕王阁瑰伟卓立，“高阁依然枕碧流”。

滕王阁名声大，历代登阁的文人墨客不计其数。著名的有：唐代的杜牧、白居易；宋代的欧阳修、曾巩、王安石、苏东坡、朱熹、文天祥等等。该阁有幸名垂千古，是因为号称“三王”的王勃、王绪、王仲舒及韩愈均登阁挥毫。所以说，滕王阁是著名的文化殿堂。

每当我眺望滕王阁时，都会不由得吟诵起王勃的诗句“滕王高阁临江渚，佩玉鸣銮罢歌舞。画栋朝飞南浦云，珠帘暮卷西山雨。闲云潭影日悠悠，物换星移几度秋。阁中帝子今何在？槛外长江空自流。”王安石二弟王安国在《滕王阁感怀》中也有“胜地几经兴废事，夕阳偏照古今愁”的诗句。

今天，滕王阁吸引了许多国内外游客前来参观游览。早上，我和一些老年人在绿树荫下锻炼身体，我总是伫立江边，发古人之幽情。脑海里浮现出白居易的《钟陵饯别》：“翠幕红筵高在云，歌曲一声万家闻。路人指点滕王阁，看送忠州白使君。”

人到暮年，要有点精神

1996年7月1日

人生是短暂的，从少年到老年也就几十年的光阴。人的一生仅仅是历史长河中的瞬间，微不足道。

在历史的高峰上虽然没有自己闪耀的身影，但是聊以自慰的是，我走过的路是堂堂正正的，我只求生活在一个清白的世界里，做一个心地善良、正直、诚实的人。我认为这才是人生的真谛、生命的意义。

人到暮年，要有点精神。学习、读书、写点个人生活经历，人活一天，就应该保持健康、快乐的良好心态，积极面对生活、面对现实，拥有广阔的胸怀，平和的心境，丰富自己的晚年生活，提升精神追求和人格品位。

列宁曾说过：“只有用人类创造的全部知识财富来丰富自己的头脑，才能成为共产主义者。”

德安巨变

1996 年 9 月 30 日

清晨，我漫步在德安县城，从城中心一直走到南门，亲眼看见了县城的巨变。德安城如今真是旧貌换新颜：昔日破旧的茅屋、狭窄的街道消失了，一栋栋新房拔地而起，错落有致；泥巴路变成了水泥路，道路四通八达，一直延伸到新火车站；广场修成了街心花园，每天清晨，到花园中练气功、跳舞、打太极拳的人比比皆是。过去抽一支烟就能转遍德安城，如今走 40 分钟还到不了城内的火车站。

德安位于江西北部，地处昌北工业走廊中段，依匡庐，傍鄱阳湖，东接赣水，北襟长江，素有“赣北通衢”之称。京九铁路、昌九高速公路、105 国道、316 国道纵横境内，与九江机场、南昌机场共同构成了现代化立体交通网络。得天独厚的地理优势，便利的交通条件，京九经济带、长江经济带、昌九工业走廊和鄱阳湖地区经济辐射作用的拉动，使德安的区位优势尤为突出。德安资源丰富，昌九工业走廊矿产储量极大，种类繁多，经济产值较高，已成为江西发展的明星，有“赣北明珠”之美誉。江泽民、乔石、朱镕基等党和国家领导人都曾到此视察工作。

德安沐浴在改革开放的春风里，综合实力位居全省十强。在县委领导下，德安人披荆斩棘，开拓奋进，大力发展全县经济，人均收入持续、稳步增长，社会事业全面进步。

目前，德安县政府已引资 3000 万元修建德安大市场；投资

1000万元修建德安宾馆；宝塔经济开发区建设项目已全面启动，一个新的建设热潮已经到来。这一切,为德安带来了千载难逢的发展机遇,德安的腾飞,指日可待。

“城中树密千家市,天际人归一叶舟” 1996年11月8日

清晨,漫步在新建成的中山桥横路抚河公园,河边的树木已长成大树。林荫道边,小草坪中都是中老年人晨练的地方,其中练气功的人占大多数。为了吸引更多的人练功,气功爱好者们专门划定“领地”,在树上挂起“气功辅导站”的小牌子。练气功为了强身健体是好事,但有的人把气功说成“包治百病”,那就是封建迷信了。我看到一些人把某“香功”大师的小相片摆在花坛边,说有病时就对着照片默念咒语,病就能不治而愈,真是荒唐可笑。

除气功外,还有各种“功夫”的小牌子挂在树上,什么“佛教功夫”、“中华知易功”等等,真是无奇不有。开始都说是免费义务教授,当你入门之后,各种坑蒙拐骗之事就会接踵而至:买磁带、印资料、听讲座,还要定期出资捐助印制各种宣传品、小报,让你难以脱身。这种伪科学的做法,让我对各种气功都失去了兴趣。

我们家住在抚河边,离滕王阁很近,我常常站在中山桥上仰望高耸伟岸的楼阁,怀古之情,油然而生。多少文人墨客在此留下不朽的绝唱,真有“城中树密千家市,天际人归一叶舟”之感。

老伴喜欢独自散步，东望西望随便走，快步慢步自己定，不喜欢受人管束。所以我俩常常在散步路线选择上出现争执，不过争来争去，他还得听我的，按照我选择的路线走。退休之后，能和老伴颐养天年，看东方既白，溪山如黛，真是惬意。

小书房，情自乐

1996 年 12 月 17 日

我将家里一个房间作为小书房，有了它，我的精神就有了寄托，生活更加丰富多彩，晚年岁月也更加充实了。没有干扰，没有喧闹，一本书，一支笔，看看书，写写文章，谈谈感悟。

我每天晚上 7 点开始看央视《新闻联播》《焦点访谈》《九州神韵》和各省市电视台新闻，了解国内外新闻大事。之后如果没有好看的节目我就不看了，现在的电视频道越来越多，可有趣的节目很少，“拳头加枕头”的电视剧太多，相比之下，我对《长征》《香港百年》等有教育意义的节目更感兴趣。

没有好看的节目，我就会坐进小书房，在这平静、温馨的港湾里，拂去尘世的喧嚣，点燃心灵的烛光，自由自在，遨游于知识的海洋，真有“坐地神游八万里，纵横上下五千年”之感。

书是人类的精神财富。读些优秀的历史、文学类书籍，可以不断提高自己的知识水平，陶冶情操，提高修养。我的晚年时光越来越少了，必须抓紧时间学习，用知识充实自己的头脑，丰富晚年生活。

三八节思念母亲

1997年3月8日

今天是三八妇女节。我想起了五六十年代曾流行的一首歌颂三八妇女节的歌："全世界被压迫的妇女，在三八喊出了自由的吼声。从此我们永远打破摧毁人的牢笼。苦难使我们变得更坚定。旧日的闺秀变成新时代的主人……"

我已体会到两代妇女的不同命运。我母亲短暂一生的遭遇，就是旧社会的缩影。每思之，心寒之。旧社会的封建制度吞噬了她这样一位才貌双全的知识女性，她是怀着对旧社会的恨，对封建制度的怨而过早地结束了悲情的一生。纪念三八，思念母亲。

还记得童年时，常在热炕头上，点着一盏小豆油灯，妈妈边纳鞋底边教我猜字谜。记得有：

春日人走日游飞，村庄老木化成灰。
镇殿将军无真主，运粮将军摘了盔。（谜底：三寸金莲）

言边主下月，二人土上蹲。（谜底：请坐）

上有天花宝盖，下有八字分开。
中间有块好土，你买我不卖。（谜底：窦）

你是房中女子，我是房中男子，
与你平起平坐，何必用脚勾我？（谜底：好）

还记得小时候妈妈在晚上经常哼一首歌《苏武牧羊》。这首歌不知传唱了几百年，内容是歌颂苏武坚贞不屈的精神和至死不渝的气节，风格苍劲，意境深沉，现在民间尚存此曲调。我还记得歌词：

苏武留胡节不辱，雪地又冰天。
穷愁十九年，渴饮雪，饥吞毡，牧羊北海边。
心存寒社稷，旌落犹未还，历尽难中难。
心如铁石坚，夜在塞上有时笳声入耳痛心酸。
转眼北风吹，雁群汉关飞，白发娘望儿归。
红妆守空帷，三更同入梦，两地谁梦谁。
任海枯石烂，大节不稍亏。
终叫匈奴心惊胆碎，拱服汉德威。

参加工作后，这首歌时时在我的耳边回响，唤起我对母亲的怀念。当年妈妈义无反顾地冲破封建势力的阻碍，大胆支持我参加革命，她把改变命运的希望放在我的身上。支持我离家是要有勇气的，她不可能预料我今后的命运如何，却把唯一的女儿放出去，说明她是下了最大的决心。她对我的嘱咐很朴实："跟着共产党就好好干，如有啥不测别怪妈妈。"因为解放战争已经开始，她知道有战争就有危险。她顶住了村里的闲言碎语，和我共同顶住了压力，毫不动摇。但在感情上她对我是难以割舍的，所以我现在常常思念母亲，感谢母亲。

全家欢度香港回归夜

1997 年 7 月 1 日

昨晚开始，我和老伴、江源、张悠玲（二儿媳）一起围坐在电视机前，收看香港回归祖国交接仪式的现场直播，全世界的目光都聚焦在香港，等待这一世纪盛况的到来。6 月 30 日深夜，当看到中国政府代表团进入香港会议展览中心时，我们全家热泪盈眶，心情非常激动，我仿佛又听到了毛主席庄严宣告："中国人民从此站起来了！"仿佛又听到了邓小平同志铿锵有力的声音："唯有主权问题是不能谈判的！"

我看到英方代表查尔斯王子板着面孔，神情严肃。面对日益富强的中国，他们已经无法再像一百多年前鸦片战争时那样颐指气使了，只能无条件将香港归还给中国。

李鹏坐在电视机前聚精会神地观看，就连洗澡、上厕所都要让我向他"实时汇报"，生怕错过了这历史性的时刻。当交接仪式开始时，他让江源拿出照相机，将这伟大的时刻记录下来。

1997 年 7 月 1 日零点整，激动人心的神圣时刻到来了：中国人民解放军军乐队奏起雄壮的中华人民共和国国歌，中国国旗和香港特区区旗一起冉冉升起。国家主席江泽民向全世界庄严宣告:中华人民共和国对香港恢复行使主权,中华人民共和国香港特别行政区正式成立。

夜已深,但小区里家家户户灯火通明。当香港会展中心的米字旗缓缓降落,五星红旗冉冉升起之时,外面鞭炮齐鸣,烟花腾空而起,朵朵绽放在夜空。人们欢呼雀跃,比过年还高兴,整个南昌市一下子成了“火树银花不夜天”。

此刻,我的心情无比激动,香港终于回到了祖国的怀抱,我即兴赋诗填词各一首,表达内心激动之情。

庆香港回归

百年血与泪,一页辛酸史。今朝香港归,雪我中华耻。

三台令·庆香港回归

舌战,舌战,主权不容谈判。昔日痛失含悲,今朝喜庆回归。归回,归回,神州吐气扬眉。

离乡 50 周年纪念日

1998 年 4 月 10 日

今天是我离乡 50 周年的纪念日。我随军南下到了江西,在艰苦环境下得到了锻炼,入了党,成了干部,受过磨难,迎来了改革开放。我虽然是平平淡淡地度过了一生,但无怨无悔。共产党员四

战友情　左起:李琳、崔铭、冷莹、赵德惠

海为家,服从组织安排,到祖国最需要的地方去。我的路走得很正确,没有党的培养就没有我的一切。

心中那一片骄傲的黑土地

1998 年 7 月 21 日

我是生长在黑土地上的孩子,黑土地深埋着我的根,在这里我度过了童年时光。不管我走到天涯海角,这故乡之根是什么力量也斩不断、挖不掉的。在那块黑色的沃土里,埋藏着一代接一代的血脉相连的根。

我踏上黑土地，不仅心情舒畅，而且逐渐激荡起来。啊，我日夜眷恋的黑土地！我特地将广袤无垠的黑土地用相机拍下来，记录下我对黑土地的情愫。想起当年我和我的朋友们尽情在草甸上嬉戏，我忘记了自己已经是年近古稀的老太太，仿佛大家又回到了无忧无虑的童年。

构思唐诗意境画

1998年9月20日

我们中华民族有数千年的历史，拥有光辉灿烂的古代文化，其不仅对中华民族的形成和发展产生过重大影响，而且对今天弘扬爱国主义精神，促进社会主义精神文明建设仍具有重要意义。这些宝贵的精神财富，也是世界文化宝库的重要组成部分，这是中华民族的骄傲。

唐诗在中华民族文化中占有重要地位。李白、杜甫、白居易等人，都是诗人中的杰出代表。我从小受到父亲的启蒙教育，可以背诵不少经典诗句，几十年来我一直将背诗作为业余爱好，脑海中积累了大量名篇佳句。

现在，我想以唐诗为创作素材，做几幅意境画，从而更好地表达唐诗的精神境界。因为我不是画家，我只能先从简单的绝句入手创作。

布贴画:《养在深闺人未识》

布贴画:《在天愿作比翼鸟》

今天我将两首绝句拼在一起,做成一副意境画:

牧童归去横牛背,
短笛无腔信口吹。
春风得意马蹄疾,
一日看尽长安花。

接下来我根据白居易在庐山写的《遗爱寺》,做另一幅布贴画:

弄日临溪坐,寻花绕寺行。
时时闻鸟语,处处是泉声。

这幅画我已经开始剪贴了,我利用一切时间,全心全意地投入到布贴画创作中,已经到了“废寝忘食”的程度,老伴常常劝我这不是赶任务,不必太拼命。

我现在要努力提高自己的布贴画创作水平,争取参加老干部书画展览活动。

布贴画：《飞鸣声念群，谁怜一片影》

——纪念下放农村30年联谊会

1998年10月17日

早晨8点，我乘8路公交车前往江西造纸厂参加纪念下放农村30年联谊会。“文革”下放是我终生难忘的一段蹉跎岁月，从1968年至今，转眼间已经过了整整30年了。当时我们干部下放比知青下乡晚了一周，我于10月25日随财院教职工们一起下放到武宁县横路公社新溪大队。

俗话说得好：人生能有几回聚。当年正值壮年的干部、教师们，如今都已白发苍苍，有的甚至老态龙钟、步履蹒跚，无法再和同志们相逢叙旧了。

王弘远、陶永立、戴士根、何明标、徐尤来、曹松森、辜广华、辛红、吕一平，还有当年一起下乡到新溪、田塘大队的知青们以及一些不熟识的同志们，大家欢聚一堂，忆往昔，看今朝，无所不谈。在当年“极左”路线的影响下，每个人都走过了一段苦难历程，留下了许多难忘的故事。

参加联谊会，我的心情十分激动。在那个是非颠倒的苦难岁月，我几乎看不到什么未来和希望。但无论遭受多少磨难，我还是咬牙坚持了下来。今天能和这么多老同志再相聚，真是感到无比幸福。这正如歌中唱的那样：“阳光总在风雨后，乌云上有晴空”。只要永不放弃，美好的生活终会到来。

将发表的文章寄给亲人

1999年2月5日

江源带来了《老年之友》杂志，上面发表了我的文章：《50年人生追求——写日记》。

这篇文章编辑进行了修改，但文章内容没有发生太大变化，依然保持了我原有的文字风格。我很高兴能在杂志上发表自己写的文章。

韩毅同志总希望我写写小文章给他看看。我们是童年的小伙伴，参加革命后几十年天各一方，期间有15年失去联系，最近10年也极少联系。但是人的记忆很奇特，纵然几十年过去，童年时代和小伙伴同住一栋老屋，一起玩耍的点滴往事竟还能存积在脑海的最深处。

韩家土改之后分了当时大地主家的两间房子，从此搬到了竹帘镇的东村。如今，家乡竹帘镇的四间茅草屋已经倒塌了两间，这两间房恰恰是当年韩毅家借住的西屋，剩下的东屋两间房除了外部框架没变，屋内原来的南北大火炕已改成了两个小土炕，大哥和嫂子住一个，他们的儿子媳妇住另一个。此外，屋内还添置了现代化电器，小时候我在家乡连电灯都没用过，现在电视、电扇、电冰箱、洗衣机样样齐全。

我寄给韩毅一本杂志和一封信，信中简单谈了谈我的近况。几十年过去了，不管身在何方，相距多远，童年的友谊是永存的。我对他晚年的不幸寄予深切的同情和关注，人到晚年，都是掐着指头过日子，回望自己的生命历程，总是充满着眷恋。

大姐和姐夫对我十分疼爱，我今天也给他俩寄去一本《老年之友》，让他们也看看我写的这篇“豆腐块”。大姐念叨自己年纪大了，很想亲人，我理解她对我的思念。

我来不及给大姐写信，给她打了个电话，简单交谈了几句，让她留意查收杂志。

（注：韩毅曾任黑龙江省公安厅副厅长，当时身患肺癌，爱人已成植物人。）

新旧社会两重天——论过年

1999年2月13日

旧社会过年穷人是“过难关”。今日李鹏难得谈起旧社会过年的往事。

旧社会有一句顺口溜:“一年十二月,月月都受愁。唯有腊月愁得很,正月自在半个月。”

李鹏说他小时候家里很穷,每到过年,他的父亲常常向亲友借上一斗麦子(大概有20来斤),然后磨成面粉,再用一种名为“马齿苋”的野菜(每年夏天,村里人都会采这种野菜,采来后用开水一烫,晒干,存放在阴凉处)做馅料,包成包子。这就算很好的过年主食了。

而如今,随着改革开放后市场经济的繁荣,超市里商品真是琳琅满目。现在过年,什么鸡鸭鱼肉、山珍海味,在超市都能买得到。可以说,现在我们的生活,好像天天都在“过年”。随着生活水平的提高,人们对饮食自然有了更高的要求。以前过年都是大鱼大肉,七大盆八大碗, 现在人们都怕发胖,吃年夜饭讲究健康、清淡,少而精,不再做很多油腻的“大菜”了。过去吃年夜饭都是在家里,现在越来越多的人到饭店去吃年夜饭,全家到饭店吃饭,既省时省力,又潇洒自在,吃完饭直接放下筷子,交钱走人,什么都不用收拾,真舒服。饭后,全家人还可以一起去唱“卡拉OK”,跳跳舞,回来聚在一起看春节联欢晚会,真是其乐融融。年真是越过越丰富,方式越来越多元化。

记得小时候过年,有许多风俗和规矩。大年三十晚上,北方地区正值数九寒冬,屋外黑漆漆一片,伸手不见五指,老人们喜欢吓唬小孩，说晚上诸神都下界了，要处处小心，不能乱说乱动。吃过饺子后，我们就跑出去接神仙，在屋外点一把火，双手合十，保佑来年平平安安。听说保佑的时候会有野鬼混入神仙当中，所以就需要在门上贴一幅钟馗像来镇住妖魔鬼怪。每当祈求保佑时，我和弟弟妹妹都小心翼翼，不敢乱动。还有在大年初一时是不能倒垃圾的，说是会把财气倒掉；从农历腊月到正月期间不能理发和洗头，到二月初二“龙抬头”时，才可以整理头发。

参加金融系统迎澳门回归书画大赛 1999年12月17日

为迎接澳门回归，江西省金融系统老年人诗书画大赛今日正式开幕。我在开幕大会上做了发言，谈了创作布贴画的灵感来源及唐诗意境画的构思情况。我的发言简单明了，不到10分钟就结束了，但我的讲话反响很好，大家都说我有文学素养，思路敏捷。

人们对布贴画兴趣斐然，反响热烈。很多人都认为布贴画参展给今年的比赛带来了一缕艺术的清风，令人耳目一新。观众们对布贴画巧妙的构思、鲜艳的色彩、精细的做工都赞不绝口，专家评委们也认为布贴画制作很不容易。

江西师大的美术教授在看过我的作品后，除了赞赏我大胆创新的精神外，还给我提了几点建议：

一、不宜用金边画框，有喧宾夺主之感，影响画面整体效果。

二、不一定一律用白色作画底，可根据意境和画面需要进行灵活配色。

三、牢记远景小，近景大，掌握构图比例。比如画中塔身下面小上面大，就成“蘑菇”了；白居易人物像做小了，庙又做大了，比例失调。

这位教授的建议很中肯，对我日后创作有很好的启发和指导作用。

我在大赛中荣获最高奖——创新奖，这给我增添了制作布贴画的信心。

关注南联盟

1999年6月21日

1999年3月24日，对全世界爱好和平的人们来说是个黑色的日子。北约绕过联合国向南联盟施行空中打击。从此，这个倔强的民族牵动了全世界的目光。火光冲天，残墙断壁，平民伤亡。每天打开电视机，我最希望看到的是停战的消息，哪怕是一线微弱的和平曙光。呼吁和平，反对战争，必须捍卫人类这两大美好主题。

这场战争使我更加清楚地看到美国的所谓“人权”实际上就是霸权，而且已经显得十分露骨。我国大使馆的被炸，更加深了中国人民对美帝国主义的认识。帝国主义就是战争的代名词，落后就要挨打。我们必须发奋地建设我们的国家，让我们的国家更加强盛起来。中国人民是不可辱的。

观看共和国旷世大典

1999 年 10 月 1 日

我随共和国走过半个世纪，今日迎来了共和国 50 岁的生日。50 年前的这一天，我在农村开展剿匪反霸、减租减息的工作。那时永新县解放不久，情况十分复杂。我们是第二天听到中华人民共和国成立的消息，当时我和战友们欢呼雀跃，但只能是以完成基层政权的建设工作来庆祝这个伟大的日子。今天，我坐在电视机旁就能观看北京的节日庆典。

当我看到江泽民主席检阅三军部队的情景，感到无比自豪和激动。我们的祖国强大了！受阅部队中，地面方队有 17 个徒步方队、25 个车辆方队，空中梯队上升到 10 个。42 个威武雄壮的军容整齐、装备精良、精神抖擞的人民解放军陆海空三军和人民武装警察部队、民兵预备役部队组成的方队和由战车、火炮、各种导弹分别组成的方队依次走过，浩浩荡荡地通过天安门广场接受祖国和人民的检阅。以空军航空兵为主体的陆海航空兵联合组成的 10 个空军中梯队低空飞过天安门广场，拉出一道道绚丽的彩烟。铿锵有力的步伐、勇往直前的英姿、钢车铁马的轰鸣，令我目不暇接，感觉真是太壮观了。我们的军队真是文明之师、威武之师、胜利之师！受阅部队空前的阵容和一流的训练水平，展示了我军的风貌，展示了共和国钢铁长城维护国家主权和安全、促进世界和平与发展的坚强决心和强大力量。

在自豪欢快的《歌唱祖国》乐曲声中，群众游行队伍也精神抖擞地向广场走来。鲜艳的服装、自豪的笑脸，各省具有特色的彩车，使天安门广场宛如彩色的河，流动的画，如诗的歌，绚丽的海。令人振奋，令人自豪！

我们坐在电视机旁，观看各地庆祝50周年多彩多姿的活动。华夏大地各族人民都在欢欣鼓舞地庆祝国庆50周年，神州大地一片欢腾景象。

我除了看电视，还做了几幅布贴画：《童年的梦》《万紫千红》《椰林别墅》等，共7幅。

金婚留念

前排左起：李琳、李鹏；

后排左起：李江琳、李末

伴君白发度夕阳

2000年6月30日

历史的记忆久远而又深刻，我和老伴相依相伴走过了50年的风雨人生。不仅走过了清朗的早晨，也度过了暴风雨的黄昏；不仅走过芬芳的草原，也走过泥泞的沼泽。

我们欣逢盛世，生活富裕，子孙成才，儿女孝顺。我萌发了庆祝金婚的想法。把这想法和老伴讲，他嘴一撇说："搞什么金婚，这么大岁数了，亏

金婚全家留念
前排左起：李末、李琳、李鹏、李欣、李越；
后排左起：李江琳、吕玉、李江淮、李江源、张悠玲

你想象丰富！”我调侃说：“当初我嫁给你的时候啥也没有，你是托了共产党的福，白捡了一个姑娘。当时结婚连个床都没有，都是用松树板子拼起来的。现在50年过去了，做个金婚纪念等于是弥补过去的不足呀，你不看看现在好多老一代人都重披婚纱。”

他看我一直坚持，就说我你忘了“兴无灭资”的事吗？原来他心有余悸，我说就这么办吧。

谈手表

2000年7月14日

早上起来找不到昨天戴的手表，只好另找了一块戴上。

说起手表我感慨万分。旧社会手表是高档用品，一般百姓甚至城市中的一般平民都是望而却步的。童年时候常看见姑娘订婚要彩礼时提出要块手表为条件，但往往是实现不了的。

50年代我参加工作之后是供给制，根本买不起手表。李鹏从东北南下时就有一块老旧的怀表，50年代中期一位朋友调到湖南时向他告别，把那块老怀表要走了。我们改为工资制后，有计划地存了点钱，我先买了一块“英纳格”的瑞士表。直到60年代初李鹏才买了一块时髦的“大罗马”表，一直用了几十年。

现在钟表到处都是：墙上挂的电子钟，床头柜上摆的小闹钟，台灯上还有一个电子钟。手腕上的电子表，我们两个人就有七八个之多，随时都能看到时间。现在基本上由电子钟表取代了原来的机械钟表，这种钟表便宜、好看，但没有机械钟表耐用、高贵。

仅从这点就折射出生活水平的提高，手表不再是奢侈品了，已进入寻常百姓家，甚至小孩子也戴上了手表，让他们掌握时间上学。

首次化妆拍金婚照 2000年7月16日

昨日举行完金婚仪式，宴请宾客其乐融融。今天孩子们都鼓动我们老两口去拍几张金婚照片。老伴开始不愿意去，在大儿媳吕玉和女儿的劝说下总算同意去了，拉拉扯扯地到了胜利路照相馆。

吕玉很有审美眼光，主张按中国传统经典式化妆拍照。她给李鹏选了一件中式开襟大红缎子花的衣服。老伴不穿，媳妇、女儿把他拖到内间，一个人给他套一个袖子硬是给他穿上了。我挺胖的，挑来挑去没办法，到最后只好挑了一件大红色的中式衣。衣服过小扣不起来，只好把衣服反过来穿，后面是开膛的。

后来听到摄影师说还要化妆，李鹏把头摇得像拨浪鼓一样，扭扭捏捏不肯化。我也从来没化过妆，化过妆后觉得很不自在，觉得还是本色的比较好。吕玉给李鹏描了一下眉毛，女儿小琳又给他涂脂抹粉，把他按在椅子上。他一照镜子便说："看你们把你老爸整成旧社会老财主，把你妈整成了地主老太婆。"我们一听都哈哈大笑。

金婚纪念照

买烧饼的故事

2001年3月24日

李鹏看到保险公司后门的路边有一个卖烧饼的小摊子，那里是一个风口，每次出入，都感到很冷。为了生计，摊主用一个大铁桶制成烤炉，顶着寒风在这里烤饼。我上前去花两块钱买了4个烧饼，摊主可能觉得我一下买4个饼，照顾了他的生意，就多送了我一个，用小塑料袋装了5个饼。摊主也是做小本生意的，今天风又大，还夹杂着小雨，挣几个钱真是不容易，多给我一个饼，我实在于心不忍。于是我又掏出4角钱给他，对他说："优惠一角钱就行了。"摊主很感动，露出了感激的微笑。

现在社会上下岗工人很多，我每次买菜、买水果，碰见那些下岗再就业的小摊贩时，一般不和他们讲价，他们生活不易，每一分钱对他们都无比重要，而我又不缺那几分钱，所以没必要为了这些小利和这些穷苦人讨价还价。正是因为这种心态，我也从来不扣钟点工的工资。

北京申奥成功

2001年7月13日

今天是2008年奥运会申办城市公布的日子，晚上，我和老伴坐在电视机前,心中既焦急又忐忑不安。此刻,全世界的目光都聚焦在莫斯科,等待申奥结果的公布。

我一直在看加拿大代表团的陈述。多伦多也是个美丽的城市,可我出于民族感情,嘴里不停地跟老伴叨咕着,一个劲儿给北京加油。

北京时间晚上 10 点,当看到国际奥委会主席萨马兰奇宣布 2008 年奥运会将由北京承办时,我兴奋得举起双手大叫了一声:“北京成功了!”百年奥运梦想终于成真,这是中华民族的骄傲!此时,中央一台马上把直播信号转回北京,播放了北京市民欢呼雀跃,载歌载舞的欢庆场面,人们都沸腾了!

北京申奥成功,是中华民族历史上的又一件大事,标志着中国国际地位的巨大提高,综合国力的增强。作为一个发展中国家,中国能够击败加拿大、法国、日本等发达国家成功申奥,确实令人激动不已。

2008 年,我们相约北京!

球友来家玩

2001 年 9 月 13 日

李萍是湾里中学的英语教师。退休之后和我在一起打门球而相识,我们关系很好。她非常喜欢文学艺术,对人十分热情、诚恳。

这天她到我家玩,看到家里挂出的布贴画,简直惊呆了。她说:“我从来没看到你做,也没听你说过这事。”她对我的布贴画非常感兴趣,挑选了几幅带回家了,说是要给她的丈夫看。她丈夫是南昌市民俗博物馆的原馆长。

主张高雅的生活方式

2002 年 5 月 17 日

我认为,一个人的生活作风和他的生活情趣有关。退下来以后常常听到人们说,退下来了不就是玩玩乐乐吗?尤其看到周围一些人年纪不到 50 岁就在机构改革中下岗了,或者是退养、买断工龄。这些同志身体和精力都很好,可他们和我在一起闲聊时说,现在不玩就没时间玩了。他们每月还拿一千多元,我们单位退养下来的同志比我们离休人员的工资还高呢。可他们有的每日生活的主要内容就是养狗,把狗当成自己的精神寄托了,千方百计地给狗调节伙食,养狗的费用超过了一个人的生活开支。有时间、有精力、有钱为何不做点社会公益事业?一生之中还有很长的路要走,任时光白白流逝太可叹了。

我们单位退下来的 15 个人中有 4 个人玩股票,有的另外想法子赚钱,有的玩麻将,有的练写字。我选择的是读书作画,我主张高雅的文化娱乐休闲方式。

培养自己积极向上的生活情趣,要靠树立正确的世界观、人生观和价值观。要逐步提高文化素养、文化品位,分清生活方式的健康与庸俗,择善而从。拒绝庸俗,追求高尚。

老伴每日四两酒

2002年5月25日

老伴喜欢喝酒,几乎顿顿吃饭都要小酌几杯。为了照顾他,每顿饭我都会给他做一两道下酒菜。饭桌上有了酒,他就边饮边食,在餐桌上耗费近一个小时才算吃喝完毕。好在他对菜要求不高,有时一把花生米下酒,他也能喝得津津有味:酒杯一举、两眼一眯,喝完再深深地吐一口气,真是逍遥洒脱,悠然自得。

他饮到高兴时,也会感叹旧社会老一代人的苦难岁月。他说他的父亲生前也爱喝酒,可家中贫困,平时不可能有酒喝,只有过年时才能买些烧酒,喝几杯。他父亲60岁就过世了,临走之前没能见到李鹏最后一眼。每当说到老父亲时,老伴总是十分歉疚,抱怨自己没尽到孝心。

李鹏是在"文革"时学会喝酒的,现在已成为习惯。不喝酒就浑身不舒服,酒杯一端精神抖擞。

说到酒,自然就要说说中国历史悠久的酒文化。从古到今,遍览文坛,有不少写酒的名篇佳作:曹操的"对酒当歌,人生几何……何以解忧,唯有杜康";李白的"花间一壶酒,独酌无相亲";苏东坡的"明月几时有,把酒问青天,不知天上宫阙,今夕是何年";李清照也有"三杯两盏淡酒"、"浓睡不消残酒";郑燮的"看月不妨人去尽,对花只恨酒来迟。笑他缣素求书辈,又要先生烂醉时";毛主席的"吴刚捧出桂花酒"。这些写酒的名篇,为中国酒文化增添了一抹绚丽的色彩。

做了一幅《鸟鸣山涧》布贴画

2002年6月4日

读王维的诗《鸟鸣涧》有感而发。

人闲桂花落,夜静春山空。
月出惊山鸟,时鸣春涧中。

这首诗写了春山夜静,月出鸟鸣的景象。前两句是写了桂花坠落来烘托春山月夜的幽静的景色。后两句月出而使得山鸟惊鸣,进一步刻画了春山月夜的幽静的景色。这是写给友人的诗,构思巧妙,颇具诗意。

受到诗的感染,我产生了创作一幅《鸟鸣山涧》布贴画的冲动。

开始制作树时,我感到很难剪裁。后来我灵机一动,用一块有两种颜色的布头来裁剪,就做成功了,但只能远观才更有情调。我依照布的花纹剪成的农舍,很巧妙地体现了农舍的独特风俗。北方气候冷,不能将伙房放在外间;而南方则在主房边建成伙房,这样主房不受烟火的烘烤。伙房建在外间,吃饭休息更舒适宽敞。

我生命中的四个生日

2002年7月1日

我一生中有四个生日永记心中:

一是党的生日。没有共产党就没有我的一切,同时,1950 年 7 月1 日是我生活中重要的日子,这是我和老哥(指爱人李鹏)的结婚纪念日。选择这一天是党组织的决定,意思是革命夫妇携手跟党走,为党的事业奋斗终生。

二是 1949 年 8 月 1 日入党纪念日。那天我永难忘怀。当时在吉安地区,我光荣地加入中国共产党,成为一名共产党员。

三是我的生日 1932 年 1 月 27 日。我的父亲母亲给了我生命,我一辈子忘不了他们,他们从小教我学文化,教我做人。

最后一个是 1949 年 5 月 22 日我随军南下,离开了黑土地来到了红土地。这里是革命老区,是我的第二故乡,我在这里得到了锤炼,成长为革命干部。

两位博士喜欢我的画

2002 年 7 月 18 日

今天，两位复旦大学博士生赖志凌和她的朋友罗春兰来了。她们两人一个是学哲学的,一个是学中文的。江源陪她们一起来,他说两个博士喜欢你的画,并且要带到上海去,赠送师长。

她们对我的画给予了极高的评价，对画面的分析也很深刻。如根据陶渊明“采菊东篱下,悠然见南山”的诗句创作的布贴画,她们认为很有意境,层次分明,有立体感,有回味;《北燕南飞》很有故事性,少妇的神态很美,很有意韵。

布贴画:《历代仕女图》

日本学者坂元弘子书著勒口选用李琳布贴画作品

最后小赖和小罗各拿了7幅，有《果盘》《蔬菜篮》《青春少女》《万里人南去》《爱犬》等。她们跟江源说，还“偷了2幅”，因为实在是太喜欢了。她们对我拿出来的每幅画都爱不释手，又不好意思多拿，就只能“顺手牵羊”了。她们非常赞赏我的人格魅力。古稀之年能有此成果，令她们赞叹不已。

在酒店吃年夜饭

2003年2月9日

今年春节，全家在“天地桃园大酒家”吃年夜饭。“天地桃园”起源于《三国演义》中“桃园三结义”的故事，给人提供了一个忠义团结的气氛。

我们选择在酒店吃年夜饭打破了旧的风俗。按照老规矩，除夕守岁是不能出户的，要拜神、接灶王爷。

今天的年夜饭，我们订了饺子宴表示吉祥。在北方，过年如果没有吃饺子等于没过年。

对伊拉克人民深表同情

2003年4月9日

最近几天，一直在电视上看美国打伊拉克的实况转播和相关报道。坐在电视机前，看到伊拉克人民在战火中的悲惨境况，再联想到当年我所亲眼目睹的日本侵略者在中国犯下的罪行，对伊拉克人民深表同情。

防范非典

2003 年 4 月 23 日

今日我参加烟筒巷社区会议，内容是关于加强“非典”防治的问题。当前全社会都在积极行动，做好“非典”防治工作，保证人民生命安全。我给社区提了两点建议：

第一，加强居民思想教育，开展宣传，深入居民小组做好工作。

第二，对阳光工作室加强管理整顿。取缔赌场，开展有益健康的精神活动。

“非典”问题已引起党中央的高度重视。中央指示：沉着应战，措施果断，依靠科学，有效治疗，加强合作，完善机制，“非典”是一定能够战胜的。现在全世界都在研究攻关，加紧研制“非典”疫苗，我们要有信心，相信在党和政府的领导下能取得战胜“非典”的胜利，全民打一场没有硝烟的战斗。现在我们要深入到居民中做好调查研究，逐户了解有无外来人口，注意人口的流动。这是一场硬仗，不能忽视任何一个小细节。

江淮今天给我送来药水，我们一起动手打扫家中所有易生细菌的地方，全家行动起来战胜“非典”。

重整日记

2003 年 6 月 26 日

今天我开始提笔写回忆录。在结构上我是这样考虑的，第一部分写身世经历，第二部分写参军南下经历，第三部分写“文革”，按这样的顺序写下来。

这个想法我在 3 个月前就有了，因为我的爱人病重，我在医院陪着他，在他治疗期间我也没什么事情，就准备把那些失去的日记内容尽量回忆补充回来。这是我给子孙留下的一点精神遗产，让他们知道我和他爸爸这一代是怎么走过来的，也是给后辈们一个历史的交代。

我把我以前扣人心弦、引人入胜的事情，把经历的各个重要历史时期的感受、体会实实在在地写出来，记录我如何从生命的稚嫩时代走到了生命的鼎盛时期。我的第一篇回忆就从颜专员鼓励我写日记写起。

回忆颜专员

2003 年 6 月 27 日

我的日记整理到颜专员指导教育我学习工作的部分，这位为党奋斗一生的老红军于1977年6月22日逝世了,年仅64岁。据介绍,他1928年15岁参加革命,1930年入团,1932年加入中国共产党。曾任湘赣苏维埃劳动部科长,辽阳市委书记,鞍山市委宣传部长,吉安地区行政督察专员公署专员,华南分区统战部副部长,西安市委书记等职。“文化大革命”中,因受林彪、江青反革命集团的迫害,他受尽折磨,身患重病。

我想起在吉安时在他的直接领导下工作的那段岁月。正是他的谆谆教诲,使我在社会主义革命和建设实践的锻炼中逐渐成长起来。半个世纪过去了,他的音容笑貌永远铭刻在我的心中。

李鹏不幸患癌

2003年7月10日

晴天霹雳,将我震懵了,我头脑一片空白,泪水不停地流淌着。我没有预料的结果已经成为现实了。检查出老伴有癌细胞了,吕玉告诉我时叫我挺住,不能在老爸面前表现出来,否则也影响李鹏的情绪,争取让他配合治疗。我清醒地知道这种病意味着什么,是无法治疗的绝症,叫我如何面对这残酷的现实呢?

我真悔恨自己,去年在江西医院没有彻底检查清楚就出院了,对他的病情没有引起足够的重视。我深深地责备自己,误了他的治疗时机,现在没有后悔药吃了。当时感觉他住了一个月院,精神和身体都很好,他又坚持回家,我们就同意他回来了。想不到埋下祸根，大错特错了。

我真是千悔万悔，怎么会想到他得此病，天哪！天哪！

淡化处理医疗事故

2003年8月25日

今天，医院发生了一起医疗事故：给我爱人注射的时候用错了药水。这是我发现的，因为我每天都在医院，知道这种药水要吊一个星期。我看到今天的药水不是昨天那样的颜色，我怀疑药不对，就去找护士长，结果她们发现用错了药，马上换了，没有造成严重的后果。如果我没有看到，那真的会引起很严重的后果。

科室很重视这个问题，马上开会调查是哪个护士注射的。这个护士我认识，是新来的实习护士，如果这个事情闹大了，她就要下岗。我考虑这个事情不能弄得太大，不能因为一次失误使这个孩子丢了工作。我就说："你们护士都戴着口罩，我也不认识，而且我当时去上厕所回来之后才发现的。"科主任、护士长也找我到办公室谈话说："这不是小事，是一个医疗事故。"我说："这的确是一个医疗事故，今后你们在这个方面要加强管理，要给护士做好工作。是谁打的我真不知道，你们把这事作为典型，开会的时候提醒护士们注意，在打针时一定要核对好药和患者姓名，接受教训，尽量把这件事情缩小。"

这个问题我处理得很好，他们表扬我说："你毕竟是个老同志，看问题比较全面。”最后我给主治大夫做工作说，这件事不会影响你们评比，事情就算了，不要再张扬。

病房咏叹调

2003 年 9 月 5 日

早餐我给李鹏冲了一杯百合粉，朋友们说喝了润肺。接着又给他喝了一杯牛奶，吃了两片面包或者馒头花卷之类。他能吃我就放心了，他要增强抵抗力。

上午 8 时 30 分他开始打吊针了，我扶他侧坐，这样方便打吊针。我就守在旁边，注意吊针的情况，最怕的是针跑偏，药水滴在肌肤里，手背青肿。我坐在这没别的事就会打瞌睡，因为晚上他起来几次我不能安睡。我已住了两个多月了，每日守护着老伴，有时心中又十分伤感，在他面前咽泪装欢。

我拿起日记将一天的活动记下来，写了“病房一日”。晚上江源看了看，他说改成“病房咏叹调”。

病房咏叹调

迎朝霞 清晨起 沐阳光 练身体 开门窗 换空气
叠被褥 洗洁具 备早餐 选面食 易消化 吃流质 喝
牛奶 需低脂 老年人 增钙质 百合粉 冲一杯 服用后
润脾肺 洋参液 清肠胃 科学吃 营养倍 点滴时 常

注视 要观察 免出事 待空闲 看报纸 读书籍 阅杂志 好史料 有价值 多整理 广收集 感兴趣 唐宋词 心向往 神飞驰 不间断 写日记 勤思考 多动脑 躺上床 午休息 起床时 三时许 读书籍 看报纸 中西药同时吃 四时正 洗淋浴 换衣服 常清洗 晚餐后 看电视 九点整 熄灯时 每一天 周而始 病居日 何时止!

火龙果的故事

2003 年 10 月 25 日

我去超市,第一次看到一种叫火龙果的水果。我问服务员这种水果怎么吃。服务员就告诉我这种水果产自哪里,应该怎么吃。我想我们都没吃过,我就买了一个给老伴尝尝。这种水果很贵,一个就花了 8 元。

我急匆匆地赶到医院,用水果刀切开给他吃。问他觉得怎么样?他说这是什么东西,还挺不错的。我告诉他这叫火龙果,我也没吃过。我们俩就一起把它吃了。吃完后问我多少钱,我也没多想就实话实说,8 元一个。他一听立马就不高兴地说:“李琳呐,你可真会花钱,有必要吃这么贵的东西吗?以后别买了!”我说:“我们没吃过,尝尝嘛,你不是说好吃吗,我下次再买给你吃。”他说:“别、别、别买,不好吃不好吃。”他一直保持着艰苦朴素的作风。

李鹏和我说他以前的事情 2003年11月2日

今日上午按照治疗程序，项目已经完成了。他的病情不见明显好转。我想他心里已经明白自己的病情。我相信他的智慧，大家心照不宣。

他以前从来不谈自己的家事。今天他精神尚好，坐在藤椅上，穿着新的休闲衣服。我逗他说："你还是最美的老头！"他说："住院穿好的干啥。"接着主动地说："李琳你坐下来，我和你说说我家庭的故事。"加上这次他和我们共聊过两次，第一次是和儿孙谈他的经历。我和他生活了那么多年，从他的这两次谈话，我知道他这是给我们最后的交代。

1998年9月8日李鹏为李琳的布贴画题字

2002 年 8 月 10 日李鹏为李琳的布贴画题字

相识刘大姐

2003 年 11 月 10 日

刘建华大姐住到与我们相邻的江西中医院 9 楼呼吸科 05 号病房。她患的是肺癌,当时还能在儿子的搀扶下在走廊散步,不时和我聊天。

她是 1945 年参加革命的老干部,1949 年随军南下到浙江杭州,她的爱人李秀章同志是解放战争时期参加革命的离休干部,在南京气象学院毕业后分配到江西省气象台任台长，刘大姐任气象学校副校长。我们是不同地区的南下干部，刘大姐给我的印象很淳朴、稳重。她是亲身参加过战斗的游击队女战士，在抗战时期出生入死抗击日本侵略者。

虽然她重病在身，但依然很镇定很坚强，一切服从治疗，这使我十分钦佩。她毕竟是经历过血与火的考验，在治疗空隙中，总拉着我的手讲抗战时期的感人故事。

父女相逢病榻前

2003 年 12 月 30 日

父亲病重，女儿小琳今天由美国归来。她一下飞机就直奔医院。一进病房，她直扑爸爸床头抱着爸爸就说："爸爸，我回来了！"同时，泪水忍不住不停地流淌着。我怕引起老伴的情绪波动，只能强咽悲痛地说："女儿归来应该高兴，哭啥！"

这时，老伴的脸上浮现出一丝微笑。他很镇静，也很大度。实际上自住院以来，他就时常问起远在大洋彼岸的女儿。这是他唯一的宝贝女儿，他视为掌上明珠。当年女儿出国读书他是不同意的，但是看到女儿执意要去摘下学术上的明珠，也就同意女儿赴美留学了。

收藏旅游门票丰富历史知识

2004 年 8 月 26 日

在浩如烟海的收藏品中，旅游门票因集历史、地理、艺术和科学于一体，加上它范围广泛，种类奇特，数量庞大，常被人们冠以“小百科全书”的美称。我国的旅游门票文化始于50年代，80年代进入发展期，90年代不断升温。一张小小的门票，从一个侧面反映了我国旅游业在不同时期的发展进程，记录了人民群众对文化生活的渴望与追求。

我是从90年代初开始收集旅游门票的。在小小的旅游门票中，人们可以欣赏到古代劳动人民高超的建筑艺术和技艺；可以领略到大漠孤烟的粗犷和名山大川的磅礴气势；可以感受到小桥流水和渔舟唱晚的意境。欣赏这一小片瑰丽的天地，人们的情操可以得到陶冶，灵魂可以得到净化和升华。显然，这已远远超出了旅游门票最初的含义。这种收藏品在人们心目中具有特殊的价值。

旅游门票的知识性、趣味性、实用性、艺术性很强。中华民族以其悠久的历史和灿烂的文化享誉世界，我国众多的旅游景点为旅游门票的收藏者和研究者提供了大量的、极好的素材。我现在收集的旅游门票限于我去过的地方，今后打算拓宽收藏范围，请出差的熟人代我收集。

我很喜欢旅游，这也是对外部世界怀有强烈好奇心的一种探寻。我认为换个空间、换个角度、换个心情来体验、观察不同的人生，这就是旅游的一个独特价值。我很爱祖国的山山水水，也喜爱印在门票上的风景，它们可以丰富我的历史知识。

按自己的理解做布贴画

2005 年 1 月 9 日

我做布贴画有不短的时间了，想在美学理论上有所提高，于是让江源去找一些美学方面的书。他拿来一本《美学原理》，我就开始看。结果看得稀里糊涂，云里雾里，越来越难读。例如，什么叫美学？而书中的定义没有统一，学术争论也没有停止过。我看来看去，十分模糊。这些深奥的理论和我做布贴画有多大关系？对我这个自学成才的人来说，如果按照书中的说法，我简直手足无措，布贴画也做不成了。我不想钻研下去，读读诗词，看看注解，感受更为实际。我还是按照自己对色彩的理解，运用布的自然色彩，做出来的布贴画反而有一种朴素的美。

我认为，布贴画是以生命为原色，是经过岁月和生活沉淀的一门艺术。巧妙地运用布的色彩，不受任何学院派成见的影响和约束，真实地表现自己的心境，作品具有自然的力量，展现出朴素的美。当然，做布贴画从理论上提高还是必要的。

美是什么？美就是变化的统一，追求美是人类的本性。

布贴画:《睡猫》

布贴画:左《西藏女娃》;右《蒙古女娃》

布贴画:《马到成功》

布贴画:《山水人家》

永葆心灵青春

2005 年 5 月 7 日

抖掉岁月的封尘，甩掉人生的暮气，满怀豪情地歌颂新时代。我从心底发出一句话：永葆心灵青春。一生中几经风雨磨难，我有多彩的人生阅历。如今，我把丰富的阅历写在日记之中，把沧桑写在额头。感悟晚情，充满自信，潇洒地展现夕阳的魅力。

知识没有句号，追求没有终点。我已步入老年，宁静淡泊，远离喧嚣，不受诱惑，做自己想做的事，尽情地挥洒自己的智慧。沐浴着灿烂的晚霞，静心学习，阅读中华光辉的历史，欣赏美丽的世界。

我用剪刀、碎布剪贴出最美的壮丽山河，用笔记录自己不悔的人生，歌颂自己对生命的热爱，我展开双臂尽情地拥抱幸福生活，这是一个老共产党员的向往。

江源有群众观点

2005 年 10 月 27 日

江源性格虽然偏内向，但处事很有群众观点，用现代语言来说是人性化。他去北京开会，按待遇可以乘飞机或坐火车软卧车厢，可同行的处长按规定却只能坐硬卧。江源考虑到其难处，就和他一起乘硬卧,还是上铺。他偌大的个头,爬上去是很困难的。但他说这样不仅可以节省差旅费,还能和同事在一起增强相互间的友情,何乐而不为呢?他不止一次这样做。从现在的风气看,江源这种作法是"傻"。可他不计较待遇享受,我感到很欣慰。

读诗之乐

2005 年 12 月 23 日

读诗,可以从诗情画意中穿透历史烟尘,看到一幕幕的历史画面从诗歌中的字里行间展现出来。我感觉诗歌的语言文字具有陶冶情操、赏心悦目、淡化忧郁、解除烦恼的功效。

当我读到杜甫的《茅屋为秋风所破歌》时,十分感动。茅屋为秋风所破,引发出作者对劳苦大众贫困生活的同情:"安得广厦千万间,大庇天下寒士俱欢颜。"白居易的《卖炭翁》《观刈麦》,都对劳动人民表示出深切同情,也反映了唐代社会由盛到衰的历程。杜甫的"三吏"、"三别",使我仿佛看见了安史之乱造成的社会动荡;《长恨歌》中描写唐玄宗狼狈出逃的情形,途中引发军中的不满,"六军不发无奈何,宛转蛾眉马前死"的悲壮诗句,至今我仍能背诵。

我也试着"涂鸦",写出不诗不歌的几首来。不管艺术质量如何,这是发自内心的情感,自娱自乐,竟也发表了几首,亦使我感到欣慰了:

风霜雨雪过七旬，两袖清风伴此生。
一身正气忠于党，晚照夕阳总是春。
红花怒放终将谢，莫待黄昏暮日斜。
学富五车堪何用？仲永伤在不使学。

收集诗歌故事、史料，是我长久以来的情趣。

在报纸、杂志、书籍和广播电视上所见所闻的历史、文学、诗词故事，只要是感兴趣的我就背下来。如陆游的《沈园二首》《钗头凤》《示儿》等等，尤其是《示儿》这首诗，童年时父母都给我讲过。长大后我才明白故事反映的时代背景，父亲当时讲解这首诗，是影射日本帝国主义侵略中国，反映了他内心的不满：

死去元知万事空，但悲不见九州同。
王师北定中原日，家祭无忘告乃翁。

患难见真情

2005 年 12 月 30 日

中国是礼仪之邦，感恩的传统代代相传，历来崇尚。传统文化中有“滴水之恩，当涌泉相报”；“饮水思源，恩情难忘”；“佳节思亲，大恩永记”等等。

人是有感情的。“文革”中，有的人看到我们已是由人变成“狗”，被“痛打落水狗”的时候，就会远离你，和你划清界限。可有的人认为你是人，是好人，主动帮助你，甚至冒着风险来帮助你。当时李鹏被关到外贸局不能回家，整天挨批斗、扫厕所、劳动，而且吃不饱，不准与家人见面。但老红军遗孀、江西柴油机厂工会干部、东北人张淑彦却拉着我去外贸局见李鹏，并和“造反派”头目大吵一架。她说：“判刑的人还准探监，何况李鹏是没有判刑的人！”令“造反派”们张口结舌。她拉着我的手，几乎是硬闯进去的。

她的勇气，她的胆量，她的正义感，她为朋友不顾一切、两肋插刀的精神，我至今难忘。好朋友要以诚相待，几十年来我没有忘记她对我家的恩情。

在社区了解民情是一种乐趣

2006年2月8日

对我积极参加社区活动，有的人持不同态度，认为我和社区老百姓、婆婆妈妈们在一起活动，有啥意思，还失身份，认为我是南下干部，对我来说社区档次太低，等等。

但我并不这样看。参加社区活动，让我扎根于群众之中，了解民情，是一种乐趣。我不仅参加活动，还经常为社区做些力所能及的事情，因此多次被评为社区优秀志愿者。我资助了一位低保户，帮助社区文化建设，参加公益活动。目前我和社区的干部们结下

给社区居民送月饼

参与社区扶贫

了友谊，他们对我十分支持。王主任经常帮我收集各种花布作为布贴画原料，我也将做好的布贴画放在社区举办的邻里节中展出。

我认为，把自己当成普普通通的老人，经常接触社区老百姓，放下架子和群众在一起，不会孤独，不会寂寞。这是积极的生活态度。不管别人如何看，自己做好就行了。

看门球比赛有感

2006 年 4 月 19 日

很早起来，急赴门球场观看球赛。看比赛比亲自上场更紧张。球场上，竞争十分激烈，人生百态都展现出来了。往往一棒定乾坤，失误的队员悔得有的拍大腿，有的拍屁股，有的拍头……无奇不有。有的教练急得嗷嗷叫，满场跑。观众也唏嘘不已，甚至在旁边暗中指点，搞得队员在场上不知所措。胜者大喜，败者丧气。老年人也有强烈的自尊心，总想积极向上。

球场也不是一块净土。球员来自各行各业，身份地位不同，球风也不同。我认为小球场是个大社会。门球场还是思想特别开放的地方，什么事都可说，什么小道消息都能传播，还有找对象的，说媒的等等，自己心里要有定力，千万小心才是。

我基本上退役了，不参加任何比赛，这样可以自娱自乐，不受约束。

少小离家老大回

2006年5月28日

“旧路青山在，余生白首归”；“鸟在黄昏皆绕树，人当岁暮定思乡”。我已经多年没有归乡了，这次准备回去。经历多年的漂泊，才能体会到“祖籍”这个词的真谛。故乡是我出生的地方，黑土地上印着我青少年时代的脚印，有我血脉相连的根。

我乘坐在北上的列车上，望着窗外一晃而过的田野村庄，我心中默默想着：不管我走到哪里，漂泊到多远，故乡永远都和我连在一起。

穿过岁月的春与秋，走过人生的悲与欢，忘不了熟悉的黑土地。梦里乡音，期待着我的回归。

我脑海中的故乡是什么？

是我出生的茅草屋、南北大炕；

是场院里的石磙子、脱粒机、石碾子；

是母亲在灶里点燃的袅袅炊烟；

是黏豆包、窝窝头、玉米棒子、小米粥；

是猪血肠、荞麦饼子、酸菜粉丝汤；

是井辘轳、水梢，还有祖辈们肩上被压出的颤颤悠悠扁担声；

是松江平原绿油油的青纱帐；

是开满鲜花的草甸子；

是我和村里小伙伴在海龙沟子山坡上挖野菜时唱的童年春谣：

春日春山春水流，春风春草放春牛，
春花开在春园里，春鸟落在春枝头，

春天学生写春字，春日景色真可留。
故乡，是醇酒浸泡着我童年的回忆！

我的人生乐趣

2006年9月7日

人生在世，贫贱富贵，聪明愚笨，并不特别重要，真正重要的，是活着一定要找到属于自己的那份乐趣。我一生中最大的乐趣是看书学习、写日记和晚年的布贴画创作。

最近，南昌市西湖区妇联、区文明办举行了一次别开生面的"变废为宝"手工艺品展，我送出的3幅布贴画获得了全区家庭手工艺设计赛展一等奖。

这就是乐趣。所谓的乐趣，不是享乐的代名词。有人认为我市场意识不强，应该挣钱。但就做布贴画而言，我的乐趣限制在废布头上，把废物变成艺术品。我始终固守我的信念：真正的乐趣，是生命意义的体现，是人生价值的写照。我得到的不是金钱，而是精神乐趣。

心怀坦荡，欢乐舒畅 2007年1月6日

我的座右铭中有一句是“坦坦荡荡的人生”。

一个坦荡的人并非没有烦恼，只不过我们要善于抛开烦恼，学会将烦恼当作一团废纸扔掉；一个坦荡的人并非没有忧伤，只不过我们要善于把忧伤编织成理想的翅膀；一个坦荡的人并非没有痛苦，只不过我们要善于把痛苦化作前行的力量。生活中多一份坦荡，就不会为一些鸡毛蒜皮的小事劳心费力，就不会被世俗的浊浪卷来卷去，人生也会轻松许多。

生命中多一份坦荡，人们就不会为难以承受的灾难感到悲伤，就会用关怀之心代替一切苦楚，就会感到人生中温暖多于凄凉。

夜梦老伴

2007年1月27日

我常常听人们讲：人有两种生命。一种是肉体生命，肉体消亡后，一个人的生物功能不复存在，他会化作一缕烟云而消失。但一个人死后，他的亲朋好友还记得他，怀念他，他的音容笑貌仍然伴随着大家，那么他的另一个生命——灵魂的生命，就依然活着；如果有一天，连记得他的人都不存在了，那就是灵魂生命的最终消亡，那么这个人才算真正的死了。在我生命存在的时候，老伴永远活在我的心中，他那慈祥、真诚的面容在我的脑海里挥之不去。

我常常梦见他，梦见他在重病缠身之时，与病魔顽强斗争的坚强意志。他从不在亲人面前表现出悲伤，虽然他知道自己将不

李鹏墓地，2004年8月21日
老伴之火长明

久于人世，却依然谈笑风生。

我常常梦见他，梦见他在那段惊心动魄的日日夜夜，不停地在死亡线上徘徊。看到他痛苦的样子，我忧伤、惊恐、焦急，各种复杂心情交织在一起。虽然在他面前我总是表现得很坚强，但每到夜深人静时我常常在走廊里默默流泪。

值得欣慰的是，在老伴病重期间，我竭尽全力，不顾身体的疲惫，陪伴在他的左右。该做的我都做了，没有留下遗憾。他的治疗情况我都做了详细记录，还帮助他整理了人生大事回忆录，在他生命的最后时刻，我将他的记忆永远地留在人世间。

过生日的遐想

2007 年 2 月 10 日

现在的独生子女出手真是大方，讲排场、好面子，不知道钱来得不易。孙子李越过生日，请同学吃饭就花了 400 多块钱。我们老一代人童年时家中贫困，很少过生日。我只记得从小到离开家时，只有一次生日给我留下了深刻印象，让我终生难忘。

那一年过生日，冰天雪地，外面刮着“大烟炮”(即刮暴风雪)，人们都躲在屋里炕头上取暖、聊天。这时，母亲悄悄告诉我：“你是民国二十一年腊月初十生的，今天是你生日，妈给你做碗长寿面吃。”听了这话，我一下子高兴起来。傍晚，母亲将面袋中存的一点儿面粉抖出来，擀成面条，给我做了一碗热气腾腾的长寿面吃。当时日子苦，家里其他孩子没面吃，小弟看到我晚饭有“特殊待遇”，哭着叫着也要吃面，没办法，母亲又擀了些面条给弟弟吃。小弟饭量大，吃了一碗半面条还嫌不够，父亲很生气，把母亲骂了一顿，说女孩子过什么生日，搞得一家人面粉都不够吃了。由于父亲重男轻女，从此以后我就再没过过生日了。

步入老年后，儿女们孝顺，每年都会给我祝寿。但和现在的独生子女从小就过生日还是无法相比，现在的孩子真是太幸福了。

向居委会捐赠杂志

2007 年 2 月 25 日

我给居委会送去了《老友》《中学生》《高中生》《江西画报》等杂志各 4 本，这是我坚持给居委会赠书的第 5 个年头了。因为社区老人很喜欢看《老友》等杂志，为了满足老年人的需要，我愿意努力献爱心，算是回报社会。我来自于人民群众，是党培养我成才的。毛主席教导我们说：“注意每一个工作环节上的每一个同志，不要让他脱离群众。教育每一个同志热爱人民群众，细心地倾听群众的呼声；每到一地，就和那里的群众打成一片，不是高踞于群众之上，而是深入于群众之中。”

善对病痛，善对生命

2007年10月9日

生老病死，自然规律，是人生不可抗拒的。当疾病意外来临时，应当不急不躁，积极配合治疗，放松心情，乐观对待。人体好比一部机器，运转了70多年，自然要老化。

生命的每一种状况都是一种体验，生命最重要的是快乐，一个人快不快乐，只有自己清楚。快乐之源不是金钱、地位、名望，而是人对生命的热情，是自己能否理解生命、品味生命、享受生命。

回想起在旧社会时的苦难岁月，我十分珍惜现在的晚年生活。只有经过暴风雨袭击的人，才更能体会风和日丽的温暖。

世界因人而丰富多彩，人因生命而绚丽多姿。我们可能贫穷，可能富有；可能平凡，可能辉煌。但生命本身无高低贵贱之分，众生皆平等，只要所做有益，生命就会如鲜花般绽放。

过好每一天，做自己喜欢做的事，不为病痛而忧心忡忡，开心面对这未来不多的日子吧！

为庆祝十七大胜利召开做布贴画

2007年10月13日

南昌电视台的小刘，请求我为庆祝党的十七大胜利召开作画，我想了想，决定做一幅反映农村新变化的布贴画。改革开放以来,党的一系列农村政策有效实施,农业税的取消,农村医保的推行,农业科技的推广等等,给农民带来了美好幸福的生活,这也给了我巨大的创作灵感,从侧面反映我热爱祖国,拥护共产党的心声。

我决定先实地采风,拍摄几张反映山村巨变的风景照,再根据照片进行布贴画创作。由于时间很紧,我让周小强开车带我到南昌市周边村镇取景,回来后抓紧整理,争取尽快开始制作布贴画。

布贴画完成后送给电视台记者 2007 年 10 月 15 日

南昌电视台的新闻晚报栏目来访,他们来的目的是向我索要为庆祝党的十七大胜利召开创作的布贴画。幸好我做了两幅,可以留一幅在家。于是下午一点时我打电话告诉他,叫他赶紧来拿画,否则就要送人了。他急匆匆赶到我家,我热情接待了他,将我准备的那幅画送给他。说实在的,这一切都凝聚着我的辛勤劳动,既要出力又要出钱,我给他完成了任务,又表达了自己的喜悦心情,算是双丰收了。

我与小猫的故事 2007 年 12 月 19 日

在我们家属区内,有一只漂亮的流浪猫。它的头是黑色的,下巴是白色的，爪子也是白色的，我称它是“乌云盖雪”。

我和小猫相识很偶然。一天，我从家属区大院走进来，它见到我就跟在我后面跑，我停下来站着，它竟然不害怕，走到我身边用头在我鞋上蹭，然后又四脚朝天撒起娇来。我看它这么可爱，又想起家里正好有些鱼，就把小猫抱回家，喂它鱼吃。也许是太饿了，小猫狼吞虎咽，很快就把一小碗鱼和汤吃得干干净净。

从此以后，小猫只要在院子里听见我的声音，就会从汽车下面蹿出来，在我面前撒娇要东西吃，时间一长，我、江源、张悠玲和李越它都认识了。每天江源下班前一小时，家里开始做饭，小猫就在大院门口的花圃旁，仰着头，闻着菜香，望着我们家“喵喵”地叫。等江源下班回来，小猫就蹿到他的脚边撒娇，然后跟着他上楼到厨房，我就会喂它吃些小鱼。

我们一家人都很喜欢这只小流浪猫，喂了它将近一年。有一段时间，我突然发现小猫不见了，到处找也找不到。收发室的黎师傅告诉我，食堂安装煤气管道，工人们施工时，有两只猫钻进了管道，后来一只白猫跑出来了，可黑猫还留在管道里，工人们在洞口不停叫喊，又拿火烧，可黑猫就是不出来，等到下午 4 点，工人们没办法了，只有用水泥封闭了洞口。

听到这个消息后，我十分焦急，那段时间小猫正好怀孕，如果被封在管道里，那么小猫和猫宝宝都会被闷死。于是我赶紧把这事告诉给街坊四邻。林卫群听说这事后，找到楼管处负责人，愿意出资一百块钱打开洞口，救出小猫。她说小猫怀了猫宝宝，不能死于非命。

后来大伙找工人把水泥封好的管道口重新撬开，小猫在管道里饿了好几天，一听到洞口有声音，就“喵喵”地叫着。黎师傅在洞口放了一盘小鱼拌饭吸引它，可它身子蜷在管道里，依然不出来。我走到洞口叫它，它听见我的声音，就一边叫着一边从管道里缓慢地往外爬，到洞口时又停下来不动了，我又耐心地叫了它好长时间，它终于把头伸出来了，说时迟，那时快，我一把揪住小猫的头，把它拽了出来。小猫受到惊吓，从我手里挣脱后惊慌地到处乱跑。不过当我回家时，小猫恢复了平静，又跟着我上楼吃饭了。

小猫这一次大难不死，后来还生下了3只可爱的猫宝宝。我们全家又恢复了对它的关爱，它又重新在我们面前快乐地撒娇打滚了。

四川汶川发生7.8级强震

2008年5月12日

今天四川省汶川县发生7.8级强震，南昌有轻微震感，持续约30秒。

我午饭后在沙发上看报纸，下午3点左右，我下楼时发现很多老干部在院内站着，对我说他们感觉到身子摇晃头发晕，好像发生地震了。后来听说是四川发生地震了，重庆、甘肃、陕西都有人死亡。地震波及宁夏、贵州、云南、河南、湖北、浙江、江西、香港等省市，连越南、泰国都有震感。

我在家时刻关注灾区新闻，从电视里看到党中央、国务院正组织力量，全力以赴抗震救灾，温总理也在第一时间赶赴灾区，部队、特警、救灾队、医疗队纷纷奔赴灾区展开救援工作，捐款和救灾物资也陆续运往灾区。

这是一场大灾难，牵动着全国人民的心。看到震后灾区的惨状，我不禁泪水盈眶。现在全国乃至全世界都在关注灾区，关注救援。

汶川坚强，中国坚强，抗震救灾，共铸爱心长城！

国务院确定全国哀悼日

2008 年 5 月 19 日

汶川大地震震级由 7.8 级变更为 8.0 级。为表达全国各族人民对汶川大地震死难同胞的深切哀悼，国务院发表公告，将 5 月 19日至5 月 21 日定为全国哀悼日，在此期间，全国各机关单位及驻外机构要下半旗致哀，停止一切公共娱乐活动，我国外交部和驻外使领馆设立吊唁部接受外交代表机构吊唁。

5 月 19 日 14 时 28 分，全国人民默哀 3 分钟，汽车、火车、舰船鸣笛，防空警报鸣响。这几天我在电视机前收看抗震救灾专题报道，泪水不停地流淌着。为了支援救灾，我还向灾区捐款 1000 元钱，虽然金额不大，但毕竟也表达了我对灾区的关心和帮助。

一首诗歌寄哀思

2008 年 7 月 1 日

今天是建党节，也是我和李鹏的结婚纪念日。老伴离开我已经 4 年了，每当此时，我都会想起他，下午我特意作诗一首，寄托哀思：

坎坷风雨五十载，携手同行半世纪。
比翼双飞连理枝，又是七一长相忆。

2002 年 2 月 6 日 全家参加画展
左起：李江源、李琳、李鹏、李江淮、吕玉

为奥运加油，为奥运祝福

2008年7月6日

欣逢盛世，千载难逢，奥运临近，古稀之年喜迎奥运。

我琢磨以什么行动迎奥运，表达一位老人对奥运的祝福，正好奥运吉祥物——福娃公布了。我反复地看了有关福娃的图案、作者创作的经过以及对他们的解释。参考奥运提出的理念：绿色奥运、人文奥运、科技奥运，开始了精心的策划。

我去万寿宫买了各种福娃的图案，在创作上采用多种颜色做底色：黄色代表炎黄子孙，是中华民族的象征；绿色代表绿色奥运；蓝色代表蓝天白云。

福娃的原色不变，周边用亮片衬托，一是代表福娃闪亮登场，二是显示出色彩和层次感，展现福娃活泼可爱的形象。

百年奥运，百年梦想

2008年8月8日

盼望许久百年梦，国强民富梦成圆。

奥运全球是盛世，祖国人民笑开颜。

8月，全世界的目光聚焦中国，聚焦古老的北京。来自五洲四海的运动健儿聚集在五环旗帜下，共同见证世界规模最大的体育盛会，共同领略东方古国的神韵，感受中华文明的魅力。

花为潮，北京9000多盆鲜花装点着天安门广场。

歌为海,北京到处唱响奥运之歌,同一个世界,同一个梦想。

北京用中华民族的古老礼仪,用现代大都市的灵动舞姿,叩动着人们的心弦,向世界展示友好、和谐、坚强、自信的东方大国形象。

2008年8月8日晚上8点,历史将记住这个伟大的时刻。第二十九届奥林匹克运动会在北京国家体育场"鸟巢"隆重开幕。

29个烟花脚印迈向鸟巢,带我们走进奥运舞台。画卷、文字、戏曲、丝路、礼乐、星光、梦想,绚丽多彩的表演,把中华民族几千年的历史文化逐一展现出来。

奥运冠军李宁凌波微步,飞天点燃主火炬,整个体育场灯火绚烂,在场的观众欢呼沸腾,坐在电视机旁的我也流下了激动的泪水。

百年奥运,圆梦中华,这一天终于盼到了!

祖国富强,我自豪!奥运开幕,我骄傲!

看神舟七号安全着陆

2008年9月28日

今日神七返航,下午,我特地坐在电视机前,关注神七返回。听专家讲述有关神七的太空返回的知识,正是举国翘首望青天。当从电视画面上望着降落伞飘飘扬扬降落在草原上时,我不由自主地叫起来:"太美了,太完美了!胜利啦!"

今日的天气真好,一切是如此顺利。当航天员安全出太空舱时，他们微笑着向全国人民问好，全国人民悬着的心落地了。大家欢呼中华民族的伟大胜利，航天城鞭炮齐鸣，人们沸腾了。

中国成为世界航天大国进入太空了，作为中国人我十分骄傲。太空留下了中国人的身影，画面壮观完美，久久印在我脑海之中。我反复看着几个栏目的播放情况，中国宇航员是最棒的！

第一次到社区宣讲

2009 年 5 月 12 日

今天应烟囱巷社区邀请，第一次去给居民们宣讲。我思考了很久，今年是新中国成立 60 周年，也是我入党 60 周年和南下 60 周年。这是我个人政治生活中值得回忆的大事。悠悠往事，虽然是话说当年，但述说的往事或点滴或原貌，都和我们这个伟大的时代紧密相连，透过这些往事能看到一幅幅回放的历史画面。以今天的视觉回忆过去的往事，感受新社会的幸福生活，也是爱国主义的教育内容。我用四句话概括了自己这一生的经历：

一、出生在动乱时代；

二、生活在东北沦陷时代；

三、成长在毛泽东时代；

四、幸福在改革开放时代。

这是我今天纪念 3 个“60 周年”的意义所在。我就按照这个思路给大家讲。

老兵的自豪

2009 年 10 月 1 日

今天，我怀着激动的心情收看了在北京举行的国庆阅兵式电视直播。据电视解说，这次阅兵式共展示了 56 个方队(包括梯队)，其中徒步方队 14 个，装备方队 30 个，空中梯队 12 个。在 1999 年的 50 周年庆典上共有 2 万多名士兵受阅，而今年 60 周年庆典的阅兵式虽然只有几千名士兵受阅，但配备的武器不仅为我国自主研发，其先进性更令许多国家羡慕。同时，也反映出中国军队从以陆军为主的庞大军队向规模较小的现代化军队转变。

在今年的国庆阅兵庆典上，空警 -2000 和空警 -200 两型国产预警机首次亮相，标志着我国空军又一支新部队横空出世。中国空军已经由一支单纯防御型的空军转变为一支具有攻防兼备能力的空军。空警 -200 预警机与空警-2000 预警指挥机配套，形成了预警体系作战和规模建设，是我军在未来战争中夺取陆、海、空优势，实施预警探测、指挥引导和实现我军攻防兼备能力的重要武器装备。

作为一名老兵，看到今天我们强大的军队向全国人民和全世界人民展示出来的威武英姿，我感到非常振奋！60 年来，我由一个单纯、热情、稚气未脱的小青年，成长为一名政治上成熟、有一定文化和工作能力的中层干部，我不会忘记党对我的恩情。

帮助别人，自己快乐

2010 年 7 月 6 日

张惠文是景德镇市中国银行的原行长，也是南下干部，都是东北人，我们在球场上相识。俗称人不亲土地亲，我们的感情自然比一般人更亲近。她的腿脚不好，坐在钢折椅子上吃不消，怕凉。我听了后回来动手给她做了一个棉垫子，很精致。七月的大热天我坐在阳台上踩缝纫机，热得我豆大的汗珠滴在布上。做好后我带到球场上给她，她很高兴。并且在肚子上又比划了一下，说："肚子睡觉怕凉，可以盖肚子。"

回家之后，我找来棉花，立即动手，又做了一个大点儿的小棉

2011 年 9 月参加社区捐书大会发言

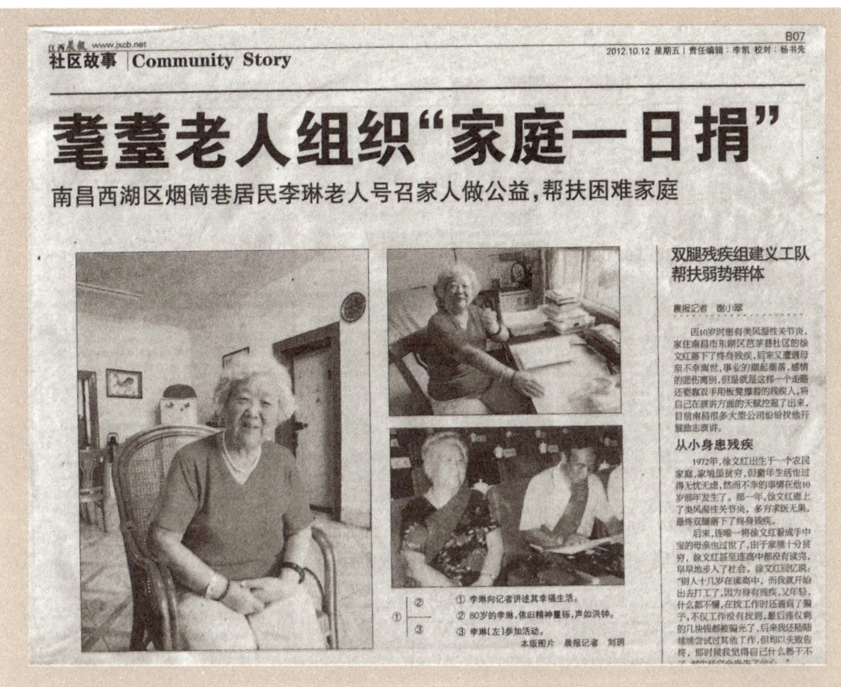

江西晨报 www.jxcb.net B07
社区故事 | Community Story
2012.10.12 星期五 | 责任编辑：李凯 校对：杨书先

耄耋老人组织“家庭一日捐”

南昌西湖区烟筒巷居民李琳老人号召家人做公益，帮扶困难家庭

① 李琳向记者讲述其幸福生活。
② 80岁的李琳，依旧精神矍铄，声如洪钟。
③ 李琳（左）参加活动。
本版图片 晨报记者 刘玥

双腿残疾组建义工队 帮扶弱势群体

晨报记者 谢小翠

因10岁时患有类风湿性关节炎，家住南昌市东湖区芭茅巷社区的徐文红落下了终身残疾，后来又遭遇母亲不幸离世，事业的潮起潮落，感情的悲伤离别，但是就是这样一个走路还要靠双手用板凳撑着的残疾人，将自己在演讲方面的天赋挖掘了出来，目前南昌很多大型公司纷纷找他开展励志演讲。

从小身患残疾

1972年，徐文红出生于一个农民家庭，家境虽贫穷，但童年生活也过得无忧无虑，然而不幸的事情在他10岁那年发生了。那一年，徐文红患上了类风湿性关节炎，多方求医无果，最终双腿落下了终身残疾。

后来，连唯一将徐文红看成手中宝的母亲也过世了，由于家境十分贫穷，徐文红甚至连高中都没有读完，早早地步入了社会。徐文红回忆说：“别人十几岁在读高中，而我就开始出去打工了，因为身有残疾，又年轻，什么都不懂，在找工作时还遇到了骗子，不仅工作没有找到，最后连仅剩的几块钱都被骗光了，后来我还陆陆续续尝试过其他工作，但均以失败告终，那时候我觉得自己什么都干不

2012 年 10 月 12 日《江西晨报》报道李琳组织“家庭一日捐”

B29 | 社区纸·家事 | 编辑/张建新 美编/黄鑫 2014年1月21日 星期二
○本报热线：0791-86849110 ○江南都市网 www.jxnews.com.cn ○订阅江南手机报移动、电信用户发送“sjb”至 10669566066
江南都市报

老人设家庭“孝心”基金奖孝子贤孙

南昌市烟筒巷社区82岁的李琳以此来弘扬敬老爱老传统 也帮助社区困难居民

在南昌市西湖区烟筒巷社区，今年已经82岁的李琳有一个幸福的家庭。这个家庭还被评为了“五好”家庭。三年前，为了弘扬中华民族敬老爱老的传统，李琳设立一个家庭“孝心”基金，将这笔基金用来奖励子孙的孝顺行为。如今，这个“孝心”基金已经成了这个家的一剂和谐孝心的良方，让原本就很幸福的家庭更加和谐，充满欢乐。

老人设家庭“孝心”基金

李琳有一个家庭条件不错又和睦的家庭。李老告诉记者，她是三年前萌发设立“孝心”基金这个想法的。“我每年都有给子孙包红包的习惯。可是三年前，我突然就想，我不如成立一个家庭‘孝心’基金，对家里孝顺老人的年轻人给予肯定和奖励。这一基金主要用来奖励孝顺老人的年轻人。”

李琳将这个想法告诉了孩子们，得到了晚辈们的一致赞同。“敬老爱老是中华的传统美德，我设立这个基金，也是为了让我的子孙们都懂得这个道理，成为有着优良品德的人。”

弘扬敬老爱老传统

李琳有两个儿子，一个孙子，还有一个女儿身在国外。李老告诉记者，前段时间，他们举家去旅游，在整个旅途中，家里人都竞相“讨好”她，旅途中一家人都非常愉快。“我的家庭条件都还可以，这笔基金钱也不多，但是大家都会很开心地‘争取’这笔基金。”李琳说，家庭“孝心”基金成立后，家庭成员中都形成了“尊敬老人，爱护晚辈”的良好风尚。通过孝敬长辈，奖优助困，兄弟姐妹和睦相处，家庭气氛很快乐。

“我们家成立的这个基金，体现了我们家庭和睦，家庭和谐，家庭相互关爱的良好道德风尚，我感到十分高兴，家里人也很赞赏这种做法。我希望我们把这个好的传统传承下去。”李琳说到这事，心里就充满欢喜。

也用“孝心”基金助困

李琳平日里也爱热心助人，她经常配合社区中心工作，积极参加法制宣传、咨询活动。当她了解到一位老人带着一个正在读高中的孙子，生活非常困难时，当即帮助老人和其孙购买了过冬的衣服，使老人深为感动。因为喜欢帮助人，她被居民誉为“社区的热心人”。

李琳平日里常常教育自己的子女要敬老爱老，不仅对自己的父母要如此，也要照顾身边一些有需要帮助的老人。李老成立的“孝心”基金虽然是用来奖励子孙中对她孝顺的孩子，但是她偶尔也会用来帮助社区困难居民。

“虽然钱不是很多，但是能够给别人帮助也很开心。更主要的是向生活困难的居民献爱心，弘扬一种中华民族扶贫、济困、安老、助孤、帮残的传统美德。”李老说，看到别人得到了自己的帮助，她就很开心，而这份开心是金钱买不来的，她也衷心地希望能够把这份开心带给身边所有的人。

文/记者刘玥

2014 年 1 月 21 日《江南都市报》报道李琳设立孝心基金

被，可以盖在肚子上了。带给张姐后，她特别高兴。我能为她做点小事也是乐事。我认为助人为乐是一个人的仁爱之心的最好体现。

女儿书中的“北方之梦”

2010 年 7 月 8 日

女儿小琳出了一本书《北极的诱惑》，江源今天在网上购买了一本。书中写了她的北方之梦，这来源于我的影响。我平时讲给 16 岁的小孙子李越听的时候，他认为时代不同了，老一辈人旧社会的经历对他没啥意义，甚至认为是唠叨。可小琳听了就有不同的理解，这就是文化层次的区别了。

书中有关摘录如下：

小时候，我心里深藏着一个“北方梦”。这个梦来源于母亲的叙述。

我生长在中国的一个南方城市，我的故乡被称为中国的“四大火炉”之一。夏天，我们这个江边古城气候酷热，高达摄氏 40 度以上的气温是常事。母亲是东北人，家在松花江畔，十几岁就参军，随部队到了南方。“那年跟着部队一路南下，过黄河，过长江”，她说：“原以为战争结束后会回家的……”大时代中 17 岁的小女兵，被浩浩荡荡的历史潮流裹挟着，从北方来到南方，那时，她何曾想到，南飞的小雁从此回不了家。

妈妈的思乡之情化作绵绵不绝的叙述。妈妈用一个又一个北方的故事，把我这个南方孩子带进一个梦幻般的冰雪世界之中。她故事里的"北方"美丽而且浪漫，散发着苞米茬子和黏豆包的清香。妈妈的故事里很少有夏日风情，她的"北方"总是白雪皑皑，童话般纯洁无瑕。家门前的大江永远是冰封的，大人在江上钻冰捕鱼，孩子们乘着狗爬犁在冰封的江面上飞跑，抛下一串串的笑声。

少年时代的"北方之梦"里有一个羞于让人知道的部分：我想亲眼看看冰山。羞于让人知道是因为，连我自己都觉得有点太异想天开了。要知道，我的家乡位于北纬28度，连雪花都不常见。看冰山，做梦去吧！而我却真切地藏着这样一个梦。

但是，女儿的梦终于实现了，并凝聚在这本2007年7月由长江文艺出版社出版的《北极的诱惑》之中。

那幢茅草房永存心中

2010年7月30日

我做了几幅布贴画。老街、茅草房等山乡山水之画，这是我心中抹不去的记忆。

坐落在松花江畔的那四间房子是祖辈、父辈和我们生活的地方。对那片肥沃的黑土地,我有着难以割舍的情感。我童年不解的谜团是茅草房的设计超出常规。一般是三间或五间,房子从正门进去,中间是灶台,两边是住房。而我们住的房子则是四间,两侧分东西屋,各有两间各分各门。屋内又分南北大炕,北炕闲着不用。基本上两房之间的人老死不相往来,各自独自生活。后来我才明白,父亲是两房妻子并存,经常争争吵吵才分两边住,说明祖父的精明和智慧。因为祖父是独子,大妈连生三女儿,他担心无后。他又担心和祖辈爷爷们分家吃亏,才连哄带骗的给父亲纳了二房。分家之后又担心两房互斗,才建四间草房子形成各自独立的局面。

母亲是识文断字的女孩子,父亲又是师范毕业生,在当时来说条件是相配的,他俩之间谈古论今,有共同的语言。

我和母亲相依为伴住在西屋。妈妈经常是长吁短叹紧锁眉头,她把我当成唯一的亲人,每当风大雪花飘的严寒日子,她和我坐在炕上教我认字、做手工,教我背诗、讲历史故事。我非常羡慕妈妈有那么多的故事。当她讲到昭君出塞时的诗句时,我看她的眼角闪着泪花,我天真地说妈妈你哭啥?她给我讲黛玉悲秋时满含泪水,她叫我背红楼梦的诗:“质本洁来还洁去,不教污淖陷渠沟……试看春残花渐落,便是红颜老死时”。妈妈说自古红颜薄命。我仰着头天真地说,妈妈你讲得不好,总讲好悲的故事。

妈妈怕我吃亏,总给我找事干,织衣服、钩花等这些女红给我带来终生的好处,女同志能做的活我都会干。

这些活动都在西间草房中度过。草房见证了我苦涩的童年,我深深感受到的是母亲给我的教育和温暖。

探望病重的战友满涛同志

2010年10月7日

今天到湾里区看望病重的战友满涛同志。见到他，我的心情很沉重。他更消瘦了，精神也差了。他的病是绝症，年纪也大了，重新康复已难，医学技术先进也枉然，仅仅是拖时间而已。

几十年来我们之间战友情深：同时南下，同在军区门诊部工作。他是一位忠诚朴实的同志，出身于农民家庭，参军后参加了著名的三下江南、四保临江等战斗，经历了严峻的战争考验。生与死、血与火的残酷战争环境将他锤炼成坚定的共产主义战士，一直到现在他都保持着艰苦朴素的作风。走进他的家和普通的乡下人没有什么区别，满屋子老式自打的家具，普普通通的生活用品，还有烧木柴的炉子。他自己开荒种菜，常常是袖子一撩，裤腿一卷，挑起肥料给菜施肥，整块菜地中的白菜、辣椒、茄子长势非常好。

满涛是对我人生帮助最大的同志。我在他的帮助下入了党，如果不是他的鼓励，我可能还会推迟入党时间。他当时亲自到组织部找到吴部长，陈述吸收我入党的理由，认为我历史清白、思想进步、南下一路表现出吃苦耐劳精神、经受了考验等等。提起旧事，我一直对满涛怀有感恩之心。

完成布贴画巨作《五十六个民族》 2011年4月15日

今天,我终于完成了《五十六个民族》布贴画的创作。创作这幅巨作的起因,是江源到北京开会看到一种民族扑克,就把它买回来给我。我受到了启发,想到一个主题:“人口十三亿,祖国大家庭;民族五十六,和谐一家亲。”整部作品被分为3套画册,共有56个民族、336个人物像。另外,我又用多余的册页做成了42幅红楼梦人物画。所有画作历时150天(去年10月10日启动,不含春节及其他节假日)完成,平均每天做两个半人物。对我来说,这确实是一部工程浩大的艺术作品。但通过做布贴画,我有两大收获:

一是考验了我的制作智慧、想象力、配色、选料等一系列的艺术创作能力。最重要的一点,我是用真挚的情感来做的,每幅画都饱含着我对生活的热爱,对祖国大家庭的热爱。我的母亲是满族人,我的身上流淌着一半满族人的血,所以在制作时,我把满族人物像做成第一幅,表达对母亲的怀念。

二是不怕困难,敢于大胆挑战自我。这套布贴画的工作量巨大,四个人都很难完成。在制作过程中,我的毅力、耐心都得到了锻炼,对一个年近八旬的老人来说,能完成一部如此浩大的艺术作品,不能不说是个奇迹。实践证明,我虽然年纪大了,但精、气、神都很好。

我能在有生之年,以80岁高龄完成如此巨制,心情真是无比舒畅。每幅布贴画的诗文都是我亲自提笔书写的,百年之后它们将成为“绝笔”,留给我的子孙后代。但愿他们能好好保存这些饱含真情之作,作为永恒的纪念。我现在把这幅画放在江源的房子里,作为他们的“镇宅之宝”吧!

人口十三亿
祖国大家庭
民族五十六
和諧一家親

献给建國六十周年

李琳

我被评为全省“四好党员”

2012年6月28日

昨天下午5点和老干处韩均平书记前往滨江宾馆报到，参加全省离退休干部“五好支部”和“四好党员”表彰大会的彩排。

今天上午7时30分我和韩均平书记就到了会场。今天受到表彰的有110个“五好支部”和111名“四好党员”，可以说是全省5127个基层党组织和31.8万离退休干部中的典型。省委副书记尚勇在讲话中还特别提到了我：“今天在大会上发言的中国人寿保险江西分公司离休干部李琳同志，发扬‘贵恒久、贵思悟、贵行知、贵著述’的精神，60多年如一日坚持学习，写的日记超过800万字，凭借日常所学和亲身经历向青少年宣传党的光荣传统，成为知名的义务宣讲员。”

这次省直机关“五好支部”评了3个，省直单位评选出“四好党员”20名，有5名代表参加了大会。我作为“四好党员”的代表发言，“五好支部”有1名代表发言。

（注：“五好支部”是指“支部班子好、党员队伍好、组织设置好、活动开展好、群众反映好”；“四好党员”是指“学习活动好、教育后代好、发挥作用好、保持本色好”。）

荣誉证书

李琳 同志：

在全省离退休干部党组织和党员创先争优活动中被评为四好党员，特发此证，以资鼓励。

中共江西省委组织部
中共江西省委老干部局
二〇一二年六月

李琳获得“四好党员”证书及在全省离休干部“五好支部”和“四好党员”表彰大会上发言

打心里拥护中央八项规定

2012年12月5日

昨天，中央政治局会议审议通过了改进工作作风、密切联系群众的八项规定。其中有一条强调的是领导干部要深入调查研究，“要轻车简从、减少陪同、简化接待，不张贴悬挂标语横幅，不安排群众迎送，不铺设迎宾地毯，不摆放花草，不安排宴请。”

我特别注意到“不安排宴请”，对这一条从心里拥护。过去我在办公室工作时负责过接待，经常迎来送往，也不时在酒店里见到不胜酒力的人，喝得酩酊大醉，丑态百出。有时一餐饭要吃上几个小时，不少人喝得醉醺醺的。对这种吃喝我打心眼里反感，但因为工作需要，自己又不得不去参与应酬。对此，我只能尽量控制不让客人喝醉，另外自己一直坚持不沾酒。

李琳在家写日记

这种场合见得多了，不免有感而发。1993年12月我写出了一组诗，取名《酒场醉态图》。江源曾替我拿去投稿，可能是“不合时宜”吧，一直石沉大海。现在公款吃喝开始受到遏制，于是我把这组诗附于此：

酒场醉态图

干　有道是现代酒仙遍中国　吃
碰盏　论起酒量一个赛一个　没事
须喝完　宴席上热闹如开锅　才开始
莫伤情感　醉眼迷蒙废话多　莫放筷子
将对方灌翻　劝酒词似飞梭　免了客套词
方是英雄好汉　谁也不退缩　钞票嘛有的是
醉意朦胧先莫管　闲话少说　千儿八百小意思
亦不顾踉跄双腿颤　别啰唆　万把块也没个不字
临别时仍然口出狂言　仰脖　哪星期咱都得来几次
这次没过瘾下次接着干　喝　反正是公款不吃白不吃

左右歌

大酒店左一家右一座　美味菜左一盘右一钵
赴宴者左一群右一拨　张大嘴左一筷右一嘬
店门口左一辆右一车　劝进酒左一吆右一喝
酒店里左一圈右一桌　宴席罢左一晃右一跛
高级酒左一瓶右一盒　瘫成泥左一个右一个

送别战友

2012年12月19日

南下战友徐成江同志因病去世。今天，我怀着沉痛的心情赶到吉安送别了他。

徐成江于1926年出生于黑龙江省桦川县，1934年住在竹帘镇，我们一起在竹帘长大，度过了青少年时代。他早年丧父，扛过活、做过半拉子(拿一半工资的童工)，和母亲相依为命，生活十分艰苦。十几岁给李木匠当徒弟，吃尽了苦头。1945年东北光复后，共产党进入竹帘，成立了新政府。徐成江同志作为依靠对象，很快参加了村里组织的基干民兵、贫雇农协会。当时匪患猖獗，徐成江又投入到剿匪平叛和土地改革的工作中。他于1946年正式参加工作，1949年加入中国共产党，后来担任了竹帘区副区长，我报名参军时，他给了我很大的支持。

1949年我随军南下，到达蚌埠时，我到街口盛水喝，和他偶然相遇，我很惊喜。但我们只匆匆说了两句话，彼此说明是哪个部伍的就紧急集合去了。到江西后他被分到了上饶县，参加了剿匪反霸、土地改革，历尽艰难险阻。他后来告诉我，有一次土匪袭击区政府，他当时任区委书记，因为太累和衣而卧，将一件棉大衣盖倒了，领子朝下盖在了脚上，下摆朝上盖在头上。土匪袭击时误认为脚是头，就用刀刺了下去，结果只是脚受了伤而幸免于难。土改结束，江西省举办土改成果展览，他的这件血衣也展出了。此后，他历任贵溪、弋阳、宜黄县委书记,省委农工部处长,抚州、吉安地委委员、行署副专员。

徐成江同志一生清正廉洁,全心全意为人民服务,表现出一位共产党员的高尚情操,每每想起,我都十分怀念。

隔代亲

2013 年 1 月 10 日

长孙李欣在我们身边生活多年。他是个小书虫,从小不贪玩,在幼儿园就痴迷小人书、连环画,有时坐在地摊边租小人书看。为了支持他爱读书的习惯,全家都给他买书。随着年龄的增长,他上小学就开始阅读儿童文学作品了。他对历史方面的书很感兴趣,中学就读了中国通史,所以比一般少年的知识面更宽些。他后来留学法国,学习成绩优秀,并且一直保持爱读书的习惯,经常发表文章。他很孝顺,在爷爷重病期间,他和李越总在爷爷身边照顾。李欣是一个聪明阳光的孩子,受到我们的喜爱。

程晓是我的长孙媳,在法国留学多年,是一个知书达理、温文尔雅、很有亲和力的女孩。她和李欣结婚后,对家庭中的两代老人都十分孝敬。婆婆喜爱跳舞,她只要有空就亲自上阵,帮助摄像、刻光盘,忙里忙外。参加跳舞的大妈们都夸奖吕玉有这么好的媳妇。

她和李欣知道我爱好写日记,对钢笔情有独钟,就利用去法国的机会,在法国给我买了一支世界名牌"都彭"牌钢笔,相当于人民币5000多元。而一瓶配套的墨水就要上百元。我嗔怪他们用不着花那么多钱买名牌钢笔,但他俩说奶奶这么大年纪能坚持写日记,是我们晚辈学习的榜样。后来还给我买了一支派克钢笔。平时发现有好吃的就会给我买来,还陪我去旅游,我们先后去了广州、浙江,他俩一路照顾我,让我感受到天伦之乐。

在我身边的小孙子李越,对我的日常生活起居很关心照顾,也陪我去过东北、济南、青岛等地。每次从外地回来,他都给我带些营养品,嘱我保重身体。在和谐的家庭气氛中,我的晚年生活是快乐的。

在连续几年的春节家庭聚会上,我作为长辈,对家庭中的好人好事进行表扬,表现好的给予红包奖励。我鼓励他们继承老一辈的优良传统,努力为建设国家贡献力量。我还向后代们表示,我身无财富传后世,布贴画册遗子孙。我给每个孩子都做了一套布贴画册,作为永恒的纪念,并给子女们每人写了长达万余言的成长史《苏醒心灵深处的记忆》。我引用白居易的诗:“我亦贞苦士”,“清白遗子孙”。儿孙们为了尊重和支持我创作56个民族的布贴画,坚持给我捐了款,充分表达了儿孙们对我的深情厚谊。

我在家庭聚会上讲述了自己的感想,只有简单的四句话:

我出生在动乱时代;生活在东北沧陷时代;成长在社会主义时代;幸福在改革开放时代。

我要给自己的晚年写下精彩的一笔。

在聚会上,我们还举行了家庭一日捐献爱心活动。

堂内儿孙吟晚景,和谐幸福永相依。

圆梦云南游

2013年7月3日

云南是我向往的地方。今天在长子李江淮、媳妇吕玉的陪同下乘飞机前往昆明。下午下飞机后,我们随着拥挤的人群走出机场大厅。乘车行驶了近5个小时,到达了大理才村民族风景区。

据了解,才村属下有6个自然村:凤凰村、东才村、西才村等。这里东临洱海,西倚苍山,气候宜人,是国家风景名胜区、国家自然保护区。我们在才村小邑庄住下,房子背靠洱海,风景十分幽美。

李琳与白族妇女

面对着洱海，白族人民过着平和而快乐的生活，我十分感慨，吟诗一首：

日暮苍山白云卷，山风吹拂身心爽。
洱海码头灯火亮，白族妇女舞蹈欢。

诗歌有独特的功能——交往

2013年10月28日

人和人之间精神交流的方式有多种，而诗歌是一种高雅、独特的方式。

李白在《山中与幽人对酌》诗中写道：

两人对酌山花开，一杯一杯复一杯。
我醉欲眠卿且去，明朝有意抱琴来。

白居易《问刘十九》邀请朋友饮酒诗写道：

绿蚁新醅酒，红泥小火炉。
晚来天欲雪，能饮一杯无。

从这些诗中可以了解到，情感和意志是人的本质特征之一，抒情表意则是社会文化的一个主要内容。我看了很多的诗词故事。

在我童年时，母亲教我背诗，我发现她教我的都是饱含着忧郁和悲切的诗，如昭君《出塞诗》、黛玉《葬花吟》等等。随着年龄的增长，知识水平的提高，我理解了母亲的心情，她用诗歌来抒发她内心的悲伤。她有不幸的童年、不幸的婚姻、不幸的遭遇，两次自杀未遂，最后精神终于崩溃了，40出头就离开了世界。是旧的封建制度、父母之命、媒妁之言毁了这个知识女性。

她教我背的“试看春残花渐落，便是红颜老死时，一朝春尽红颜老，花落人亡两不知”就隐抑抒发了对自己的不幸命运的感慨。每当我背诗时，总会想起我那苦命的母亲，想起她那郁郁不快的眼神，她那清瘦的脸上流淌着的泪水……年幼的我又怎么能了解她的苦难？

慈善之举

2014年1月20日

慈善之心人人皆有，善良之举人人可为。我今年是第三次组织家庭成员一日捐活动。今天，我把全家捐助的500元钱及写的一封信交给了社区肖主任、杨书记。我在信中写道：

烟筒巷社区肖、杨同志：

春节将至，为了尽我们草根慈善的微薄之力，帮助需要帮助的困难群众，本着“慈善之心人人皆有，善良之举人人可为”的思想，我们家庭成员连续第三年举办了献爱心送温暖活动。不论钱多少，尽到爱心就可以了，帮助别人也是我们的快乐。附上500元捐款。

李琳 2014.1.20

另外，我给街道办事处也捐了500元。今天完成心愿，办了点实事，是件快乐之事。广润门街办的小齐还约我24日参加送温暖活动。

三个梦：我一生的追求

2014年7月1日

2012年11月29日，习近平总书记参观《复兴之路》展览时提出：“实现中华民族伟大复兴，就是中华民族近代以来最伟大的梦想。”总书记提出的“中国梦”在全国产生了强烈反响，也使我感慨万千。回顾自己所走过的人生道路，有“三个梦”影响了我一生。

我出生于黑龙江省汤原县一个小村庄。1931年日寇侵占东三省，童年的我过早地经受了屈辱的亡国奴生活。抗战胜利后，共产党在我的家乡建立了政权，那时的我不甘心由别人来安排自己的一生，萌发了人生第一个梦想——走出农村，改变自己的命运。1948年，年仅16岁的我冲破种种阻力，报名参加东北民主联军

(后称中国人民解放军第四野战军),被组织分配到军区卫生学校,学习医疗知识和战场急救的技术。

1949年,我随军南下,到革命老区江西永新县剿匪反霸,随后又参加了莲花县的土改运动。久而久之,对这块红土地产生了深厚感情,萌发了扎根第二故乡,建设美好江西的梦想。从入伍成为护士救死扶伤,到成为干部奉献青春,再到投身教育诲人不倦,又到改革开放后投身保险行业。在40年的工作历程中,我始终为了这个“建设梦”而孜孜追求。

1989年10月我离休了,摆在我面前的问题是怎么样度过自己的晚年,继续实现自己的人生价值。经过一段时间的探索,我又有了新的梦想,这就是以“老牛已知夕阳短,不用扬鞭自奋蹄”的精神,努力做到“老有所乐、老有所为”的“夕阳梦”。

为实现“三个梦”,我做了很多努力,主要表现在三个方面:

一是不断学习,提高文化水平,充实自己的内心世界。从1949年参加工作开始,我坚持写日记,从不间断,它已记录下我少年时代的足迹、青年时代的激情、中年时代的坎坷、晚年时代的幸福,日记共有69本,上千万字,其中有多篇日记通过整理在报纸杂志上发表。50年代开始,我利用工作之余,到夜校学习文化知识,学完了初中、高中的课程。为不断提高文化水平,我后来又自学了大学课程。离休之后,我仍然坚持学习,尤其喜爱文学、历史、唐诗宋词、政治理论等。我觉得人生在世,除了物质生活之外,还应有自己的精神生活。要用智慧品味人生,丰富自己的生活。

二是勇于突破,不断创新。从工作到离休,我换过好几个工作岗位,在不同的岗位上,我能不断适应新的角色,努力完成组织交

李琳写的全部日记

给我的任务。无论是在部队当护士，还是成为南下干部；无论是下放当农民，还是在公社任政工组长；无论是教书育人，还是开拓保险市场，每当我进入一个新的行业时，我都会知难而进，不断提高自己的业务能力，努力做到最好。即使是在退休后，我的探索热情仍不减当年。1998年春，我开始尝试利用废布料、碎布头，摸索创作出精美的布贴画。此前，我从没有学过美术，只是用生命为原色，巧妙、真实地表现自己的心境，展示出一种朴素之美。通过努力，我创作的布贴画获得了省、市民间艺术创作、展出的各种奖项。2008年，为迎接北京奥运会，我制作的福娃布贴画上了中央电视台的新闻联播。2009年，为庆祝新中国成立60周年，我又制作了56个民族人物长卷画，以此表达中华大家庭56个民族和谐一家亲的美好画面。

三是热心公益事业，做群众的贴心人。回顾所走过的历程，我感受最深的就是：助人使人快乐，奉献让人幸福。把有限的生命同党的事业和人民的利益紧密联系在一起，就是通往快乐和幸福之门的钥匙，把有限的生命投入到无限的为人民服务之中，就是最大的快乐。

从 2003 年开始，我就热心参加居住地南昌市广润门社区举行的各类大型活动，如邻里节、文化节，为创建和谐社区尽自己的一份力量。除本社区外，其他社区如南昌市惠民门、洪校、白衣庵等社区也慕名邀请我去展出作品，我都热情前往。我还主动捐赠书刊给社区，已有 10 余年。2008 年 4 月，《南昌日报》还专门刊登了我 5 年捐书逾千册的报道。对身边的一些生活困难家庭和个人，我都会尽自己的绵薄之力给予经济和物资帮助，并给予他们安慰，使他们重新树立生活的勇气。多年来我获得了“优秀社区志愿者”、“社区好人”、“学习型家庭”等荣誉。2012 年还被省委组织部、老干局授予“四好党员”称号。

这些年，常常有人问我：你是一个离休干部，考虑的不是如何安度晚年，而是整天忙忙碌碌参加党支部、社区活动，你这么做到底图什么啊？我告诉他：我不图任何个人的名利，图的是为党增光、为国分忧、为民解难。正如我自题的一首诗所表述的那样：

风霜雨雪过八旬，两袖清风伴此身。
一生正气忠于党，晚照夕阳总是春！

【口述实录】

1. 到炭子冲参观刘少奇故居

这里是距湖南韶山毛主席故居 35 公里，距宁乡县城 30 公里的小山村:湖南省宁乡县花明楼镇炭子冲。

这里山清水秀,景色优美,一派田园风光,是刘少奇同志的故居。炭子冲名字的由来很有趣:据说从前这里森林茂密,田园锦绣,农民耕作之余,以伐木烧炭为业,故名“炭子冲”。

刘少奇故居是一座四合院式的建筑,墙坯由泥巴做成,坐东朝西,共有大小房间二十一间半。少奇同志就是在这里度过他的青少年时代。

往事不堪回首。“文革”中刘少奇受到错误的批判和斗争,他近半个世纪的丰功伟绩都被抹杀了。好在历史是由人民书写的,党的十一届三中全会以后,中央对刘少奇案重新审查。历史再次发出了正义的回声,我党新中国成立以来最大的冤案终于得到了昭雪。

现在,许多中外人士千里迢迢来到花明楼。近两年,已有 250 余万人参观了刘少奇纪念馆和故居。人们以这样的方式,表达对一代伟人的敬仰之情。

2. 末末到南昌的点滴

初到南昌，末末不会讲中国话。我们带她上庐山玩，大家看这个“洋娃娃”非常可爱。她的生活方式和我们不一样，吃饭时很讲卫生，自己独坐在一旁摆上勺子、叉子，边吃边用纸巾擦嘴巴。大家看着她，她会用英语说“讨厌”。

一次在食堂吃饭，伙房师傅在她面前摆了几样菜，她微笑说声“Thank You”。师傅问她怎么样，她说“OK”，师傅不懂，以为她不够又给她添菜。她生气了，把叉子、勺子连盘子、碗一起丢下山去了！大家很奇怪，后来有懂英语的客人问她为啥发火，她说，把她当成猪了，总是在喂她。

回南昌后带她上街，她想吃冰棒，她不直接说，会礼貌地仰着头睁着大眼睛望着大人说：“你想不想给我吃冰棒？”几个月后，末末学会了一口流利的中国话。她想爸爸妈妈时，会疑惑地问我们，爸爸妈妈是不是不要末末了？她爱吃面包，特别是又长又细的棍子面包。每日舅舅上班，她送到门口总说，舅舅拜拜，你回来不要忘记带一个棍子面包。非常可爱。

3. 爱人绝不去美国

1993 年 11 月 19 日，女儿来信要我和她爸爸把外孙女给她送去，顺便到美国探亲。女儿在信中说：“你们两个老革命都退下来了，应该到到国外看看，看看世界的发展。”

女儿在纽约，这是世界著名的大都市。我爱人却斩钉截铁地说：“我至死不登美国的国土。”他说：“国家领导人到美国去那是为了和美国谈判。我作为一个老党员，我受的教育就是记住‘美帝国主义’几个字。我是不会去的。”好像我去美国就是思想落后似的。我说：“我们可以去看看世界。”他说：“你去可以，因为你要去送孩子。但是有一条你要早点回来。不要在那待，在哪也没有自己家好。”

美国签证给我半年的时间，结果我40天就回来了。我爱人认为，我要是在美国待下去就会受到资产阶级思想的传染。在女儿出国的问题上，他当时不同意女儿去，认为她在国内已经有这么高的学历了，早点结婚成个家多好。

考虑到女儿去了美国我们以后见面都难，为了给女儿送行，决定全家去饭店吃餐饭。但我爱人坚决不肯去，最后我们都没去。女儿气得直流眼泪，她没想到爸爸这么固执，在女儿去美国的事情上想得这么深。

4. 沿河“六景”

90年代中期，抚河公园建成，每天到公园锻炼的人络绎不绝。人们在公园中强身健体、呼吸新鲜空气，但不文明的现象也悄悄出现了，我归纳为“六景”：

景象之一：健身元极舞老少追捧，三代人齐跳风行一时。

每天清晨，男女老少一二百人集中在抚河桥头跳元极舞。从准备活动开始,共有 3 套动作,跳下来大约需要 1 个小时。出于好奇,我也跟着“跳舞大军”跳了近 2 个月,这个舞的音乐很好听,但是元极功诀的含义却不得而知,我反复揣摩,还是不知其内涵。

元极舞源于元极学,包含 1 套极为“深奥”的理论,我只为健身,也不想深入研究。我认为凡事过犹不及,练气功确实可以强身健体,但不能迷信,不能把气功吹得神乎其神。

我曾看过一些反伪科学的文章, 说现在的气功多如牛毛,真假难辨,搞不好就是骗钱的勾当。

在我跳元极舞期间,每天都有人借机向我高价推销印有元极功字样的衣服,我对这种欺诈行为深恶痛绝,渐渐地对元极舞失去了兴趣。

景象之二:人牵狗? 狗牵人?

晨光熹微,散步的不仅有人,还有狗。走在河边,总是能看见“人牵狗”或者“狗牵人”的景象。散步的狗既不是夹着尾巴的“丧家之犬”,也不是倚仗人势的“狂吠之獒”,而是长毛小狮子狗,或是短下巴方脸的京巴狗。也许是关了一晚上的缘故,这些小狗一到河边,就开始撒欢嬉闹,常常能看见狗在前面狂奔,人在后面追狗的“奇景”。人们在散步时呼吸新鲜空气,纵犬乱跑,任其在电线杆旁、树根下便溺施肥,驻足“留念”,真是人因散步精神爽,狗因排便一身轻啊。

随着人们生活水平的提高,养狗之人日渐增多,有位熟识的老者曾对我说,他一看到小宠物就眉开眼笑,喜欢得不得了,他宁愿养狗也不养孙子。我见过他家的小狗,毛发雪白,活蹦乱跳,在路上肆意撒欢也没人管。我问他:“你给狗喂什么好吃的,把它养得胖乎乎的？”他得意洋洋地炫耀道：“每天吃的是面包、香肠，外加一磅牛奶，一个月伙食费要 200 多块钱呢。”我一听吓了一跳，把200 块钱浪费在一条狗上，还不如捐助希望工程，支援偏远山区的失学儿童。

养狗费钱费力，宠物狗白天出门随地便溺，破坏公共环境；夜里不好好睡觉，狂吠扰民，真是不亦忧哉！

景象之三：迷信沉渣泛起。

抚河桥头人头攒动，算命先生一字排开。只见先生们一身长袍大褂，双目紧闭，摇头晃脑，嘴里念叨着咒语，算命之人蹲在先生面前，侧耳静听。可是算来算去，都是些骗人的鬼把戏，我认识的一些老同志竟然信以为真，都说桥头算命先生算得准。

景象之四：纸钱明火朝天烧。

农历七月半民间称为鬼节，有祭奠死者的传统。也许是因为生前没有赶上改革开放的好时代，为了让死者享受一下现代生活，一些丧葬工匠竟然打起了“死人消费”的算盘，纸冰箱、纸电视、纸洗衣机等相继问世，供祭奠者购买焚烧。

晚饭后我到河边散步，一束束火苗直蹿天空，纸灰随风飘扬，污染环境。更过分的是，烧纸者将绿化草坪也烧得千疮百孔，雪白的水泥护栏被烟熏成黑色，美丽的居民休闲场所被这些人搞得乌烟瘴气，散步的群众怨声载道。

政府已明令规定，公共场所禁止焚纸祭祀，可有些人明知故犯，置若罔闻，破坏环境，真是太可恶了。

景象之五：桥头小摊，一片狼藉。

随着在河边锻炼的人越来越多，兜售小商品的小贩也随之而来。因为每天参加晨练的多为家庭主妇，她们在早晨锻炼后会顺便买菜，于是菜贩抓住商机，率先“入驻”桥头。后来卖服装、首饰、餐具的小摊相继摆起来，五花八门，种类齐全。每天收摊时，地上总是一片狼藉，既影响环境美观，又增加了环卫工人的劳动负担。

景象之六：树上“打滴溜”，跌伤尾椎骨。

我每天在河边林荫道晨练时，经常可以看见一些喜欢双手攀在树上“打滴溜”的老人。一位70多岁的老太太“老当益壮”，也双手抓着树枝荡悠起来，脸上还颇有几分得意。我劝她别这么晃荡，怪危险的，结果我刚一说完，只听“咔嚓”一声，树枝就断了，老太太跌了个四脚朝天，尾椎骨也摔伤了，卧床治疗了两个多月。

此后，又陆续有五六个老人在“打滴溜”时跌伤，严重的甚至都骨折住院了。我想，这些人也一大把年纪了，怎么还和小孩子一样淘气？为逞一时之快，既损害了树木，又弄伤了自己，真是得不偿失！

5. 布贴画的创作由来

我是北方人，身材比较高大，衣服不好买，每次我的衣服都是跑到裁缝店去做。时间长了，看到裁缝店把做衣服剩下来的各种各样五颜六色的布头都堆在墙脚，我想着扔掉多可惜，就跟裁缝店老板说：“干脆你把这些布头都给我吧。”

我拿个袋子把布全装回来了，在家里把它们整理、洗晒干净。老伴很不理解，就说：“你又不做衣服，留下这么多破布头干么？”要给我扔掉。我说：“你不能扔，我有用。”我俩为此还吵了一架。我想到我母亲,她是有名的绣娘。“龙凤呈祥”、“连中三元”、“鸳鸯戏水”等这些吉祥图,她不用花样就能绣。有时候我的衣服破了,妈妈就把破的地方用彩色的布头贴成一朵花。

妈妈的补丁给了我灵感,我想是不是也可以用这些碎布头做点什么东西。想到自己离家那么久,心中不免有怀旧之感。有了,可以做一幅思乡画。我到新华书店美术柜台,买了儿童绘画、素描等这一类书给自己启蒙。我利用家里的挂历纸,将自己选好的布头按照书上讲的和我自己的想法开始制作。

做出来之后,自己感觉还不错,我想那就继续做下去吧。一段时间后,我发现了一些问题,开始用胶水贴的布不久就掉下来了。我就琢磨是不是因为胶水太稀了,就把买来的胶水打开让它散发水分,但还是不理想。我想就用老办法买面粉打浆糊。嘿,这方法不错,粘得挺紧的。但是到了春天,天气潮湿,这些画全都霉掉了,又失败了。恰好这时女儿准备回来探亲,我把这事和她说了,她说艺术就是要经过磨炼。她回来的时候带来了美国专门用来贴布的胶水,这种胶水特别好,一粘就揭不下来,但是一瓶就要 45 美元,价格太贵。我就上街到处找,在百货公司看到有高强度胶水,这个问题就解决了。但还有一个问题就是布太薄了,非常容易皱。我到裁缝店看到她们做衣服在里面都烫上衬子,我拿到有衬子的布头,贴画不会皱。我寻思着窍门在这里,就跑到万寿宫买了一大捆衬子,回来后像裁缝店那样烫上衬子。这下好了,做出的所有东西都不会变形了。

经过这样的摸索,由不懂到懂,由失败走向成功。做了快半年了,江源就说:“老是做些山山水水的没有生命力,可以试着照着诗词的意境去做。”经他一提醒，我茅塞顿开。我从小就喜欢背诗词，像《长恨歌》《琵琶行》《葬花吟》《春江花月夜》等，我现在也能一背到底。

经过这么长时间的摸索，我的布贴画逐渐走向成熟，体现出了我的风格。

6. 第一幅布贴画《北雁南归》

1998 年我开始做布贴画。第一幅画做什么呢？我想自己离开家这么久了，不免有些想家。这使我想起一首诗：“万里人南去，三春雁北飞。未知何岁月，得与尔同归？”表示了一个游子的怀乡之情。根据这个主题，我就做了一幅《北雁南飞》。我把绿色的布做成山，用浅绿色的布做一层一层的山，显得有层次有生命力。人就根据我自己的形象，烫的长披发。我把过去挨批时候烫的大波浪发型做出来了，身上穿着便装，下边一个黑裙子，站在山的对面望着远山，再剪一些小燕子往北飞。当时感觉很好。我没有经过学院进修培训，而是以生命为原色，利用布的色彩巧妙搭配组成一幅我想要表现的美景，使作品有一种朴素美。我爱人一看，一撇嘴说：“还不是小孩玩家家，这么大岁数了整这玩意，有那时间你看看书。”我说这是艺术。他不以为然：“你还能做出艺术？”

第一幅我看不错，再做些吧。我看院子里很多小孩，我就做了好多小孩。小孩穿着小裙子在玩耍，冬天放爆竹捂着脸的是用挂历纸做起来的。

上图：第一幅布贴画《北雁南飞》，
创作于 1998 年 2 月 15 日
左图：第二幅布贴画《童年的梦》

7. 火红的夕阳，不老的人生

我利用一切空余时间抓紧赶制几幅布贴画。

我很爱唐诗，百读不厌的是李白的佳句。其中《望庐山瀑布》一诗脍炙人口，九江市星子县人民过春节时常从此诗中节选两句，作为春节对联贴在门上，足见这首诗魅力之大。这首诗飞腾的气势、精当的比喻、大胆的夸张、整齐的声韵，深深地打动了人们的心。宋代大文豪苏东坡曾盛赞此诗："帝遗银河一派垂，古来唯有谪仙词。"

天际流淌的长江，彩云飘摇的白帝城，明月映照的峨眉山，给人天人合一之感，仿佛诗仙太白就在你我面前。

"峨眉山月半轮秋，影入平羌江水流。夜发清溪向三峡，思君不见下渝州。"这是李白初次走出四川，依恋家乡山水而做的《峨眉山月歌》。李太白乘船从水路出发，在船上看到峨眉山顶吐露的半轮秋月，山月之影倒映在平羌江水之中，人走月走，月影随江流。这首诗写了 5 个地名：峨眉山、平羌江（今青衣江）、清溪、三峡、渝州（今重庆）。通过山月和江水等物象，展现出一幅千里蜀江行旅图，表达了作者对故乡的留恋。

"天门中断楚江开，碧水东流至此回。两岸青山相对出，孤帆一片日边来。"《望天门山》一诗中的碧水、青山、白帆、红日交相辉映，令人心旷神怡。

我毕竟没有多少艺术天赋，用布贴画很难表现出这些诗文的神韵。但我凭借对唐诗的热爱,又做了李白的《赠汪伦》、白居易的《长恨歌》等唐诗意境画。

做布贴画,让我的生活变得充实起来,我在晚年能老有所乐,自己的代表作还有幸获得大奖,登上荧幕,我感到非常欣慰。把有限的生命消耗在吃、喝、玩、乐上没有任何意义。我们的生活应当是丰富多彩的,只要善于观察,就能发现世界之美。

热爱生活、热爱社会主义,是老一代人的生命追求。在艺术创作中,只有歌颂党、歌颂人民,才能体现出生命的价值和意义。

不要感叹人生迟暮,只要心灵青春,晚霞赛朝阳!

8. 参加金融系统书画比赛的前前后后

参加书画大赛前,为了提高布贴画的艺术水平,我特意让李鹏在画上题字,这样显得更有艺术品位。李鹏从小练毛笔字,虽然搁笔几十年了,可功底还在,写的字仍然苍劲有力,非常大方、漂亮。

比赛前一天下午 3 时,我和老干科长韩均平用面包车将画送到工商银行招待所。我要展出的作品有:《欢乐童年》《欢歌曼舞》《女孩》《农家乐》《夜雨》《早发白帝城》《遗爱寺》《赠汪伦》《牧童归去横牛背, 短笛无腔信口吹》《心有灵犀一点通》《春风得意马蹄疾》《红掌拨清波》共 12 幅。这是一年一度全省金融系统老年诗书画比赛,参赛的有四五十人。有的同志在老年大学系统学习过书画知识,他们的参赛作品艺术水准很高,而我是个“画盲”,参加这么大型的比赛，心里确实没底气。因为在历届比赛中，只有舒玲如代表保险公司参加书法比赛获得过三等奖，而其他项目均无斩获。我此时好像一个战士即将奔赴战场，真有一种英勇悲壮之感。

不过既然报名参赛，我就没有退路了，即使前方荆棘丛生，也要敢于攀登，不怕困难。李砚副总支持我，同志们鼓励我，他们都给予我很大的精神力量。

吴亮是本次比赛的负责人，他说让我在开幕大会上讲讲布贴画的创作思路，我一听有些紧张，心里犯了嘀咕：这可怎么说啊？

比赛前一天晚上，我在家里构思第二天的发言提纲，因为发言时间有限，内容不仅要简单明了，还应吸引人。我冥思苦想，晚上 10点钟上床后心里一直平静不下来，眼前总是浮现出我做的布贴画：唐宪宗元和十年(公元 815 年)十月的一天，长江上游漂来一片白帆，从船舱里走出一位 40 来岁的中年人，他伫立在船头，任凭江风吹打着青衫。他凝视着汹涌澎湃的波涛，饱经风霜的脸上露出忧愤而又刚毅的神情。这位愤世嫉俗，惨遭贬谪的儒者，就是唐代杰出诗人白居易。他在江州度过的四个春秋，留下了许多美文佳句，“同是天涯沦落人，相逢何必曾相识”……想到这里，我茅塞顿开，明天发言就从此讲起吧。

夜已深，老伴鼾声如雷。手表报时提醒我已经凌晨 2 点了，可我却格外轻松，有了发言思路，演讲就变得胸有成竹。我安心地一觉睡到早上 6 点钟，这 4 个小时可能是我这辈子睡得最踏实的一觉了。

第二天比赛，我的布贴画一经展出，迅速得到了各方好评。经过专家评委的严格评审，我的作品最后脱颖而出，荣获本届大赛创新奖。从忐忑不安到荣获大奖，实在出乎我的意料。颁奖典礼上，我第一个上台领奖，当时感觉非常兴奋，也感到肩上的担子更重了。这是我敢于创新的结果，也是大家对我艺术创作的一种肯定。我深知，我在布贴画创作艺术的道路上任重而道远，我会继续努力，百尺竿头更进一步。

我很感谢组织对我的关心和帮助，退休干部各项待遇的落实、提高，为我创作布贴画提供了基本的物质保障。组织上不断的鼓励和支持，为我坚持创作提供了源源不断的精神力量。

颁奖典礼结束后，总经理杨宏勋亲自执笔为我写喜报，人事处潘处长在一旁风趣地说道："你这可真算是'大器晚成'啊！"大家都乐开了花，我也调侃道："莫嫌老夫秋容淡，犹如黄花晚节香！"

我曾读过一首诗："老年有如垂暮的斜阳，给人生衬出长长的阴影。牢牢珍惜这短暂的永久，为一生写上一笔精彩的尾声。"

我虽已步入晚年，但布贴画艺术创作将永不停歇！

获奖后，孙子李欣也打来电话表示祝贺："奶奶真棒！又上电视又获大奖，真是'老来红'啊！"听了这话，我心里真是比吃了蜜还甜。

9. 欢乐度金婚

我和老伴结婚是在1950年。那时刚解放，条件还很艰苦。结婚时由同志们把我俩的几件衣物捡到一块，举行了一个集体婚礼就完事了。现在一晃50年了，生活条件大为改善，我就想趁这个机会做个金婚纪念，弥补一下当年简单婚礼的遗憾。我把我的想法和子女们说了，他们积极支持，认为父母辛辛苦苦了一辈子不容易，现在应该是子女孝敬父母的时候了。

我的大媳妇吕玉是很活跃的，她有一个特点是善于思考，办事缜密而又干练。她的父亲和我同时南下，同在吉安专署工作，为人正派，对党忠诚，对子女的教育非常严格。吕玉是她的长女，从小受到红色家庭教育，独立性很强，工作认真负责。她主动提出由她来策划，一切由她安排。我们把这事交给她是很放心的。

她提出了一个原则：规模不要太大，既要低调又要有气氛。地点是定在当时南昌最好的酒店之一——五湖大酒店，计划3桌，时间定在7月15日。

我们请了一些老朋友。李砚夫妇、帅宝光夫妇、陈培荣夫妇、周东庚夫妇和我们一桌。王紫光、曹永诚、韩均平、李伯洲、林为群、李辉等同志一桌，我们子孙一桌。

吕玉主持，她简单地向参加金婚的宾客表示感谢，并向我们献了花表示祝贺。来宾及我们的子女分别献诗作赋，其乐融融。

10. 贺金婚

贺金婚

携手五十载，今朝庆金婚。回首半世纪，激情心中腾。同是贫家子，均为苦出身。拯救劳苦众，甘愿献青春。共走革命路，南北聚吉城。战友情谊重，夫妻恩爱深。坎坎坷坷道，磕磕绊绊行。唯喜三子女，事业各有成。尤乐小女儿，万里贺良辰。李氏大家族，一支海外伸。可爱赛莉娜，交流叹难成。干急亦无奈，只好对眼瞪。今享天伦乐，膝下绕子孙。欣赞夕阳美，无愧度此生。

子孙：江　淮　吕　玉　李　欣
江　源　张悠玲　李　越
江　琳　李　末

西江月

五湖荷花迎客，四方嘉宾盈门。庆祝鹏琳金婚寿，献花献酒丰盛。缘结南北万里，福泽东西重洋。亲朋子孙聚满堂，来年钻石更棒。

调寄《西江月》，庚辰夏微明拜书。

周东庚贺

贺金婚

一对贤伉俪，南下奔江西。
金婚同偕老，耄耋俩寿星。

陈倍荣　于慧卿贺

李鹏李琳二老金婚贺词

鹏琳双星令我敬，伉俪奉公两袖清。
桃李满园存知己，诗画伴随晚余生。

晚辈林卫群贺

11. 外孙女坚持写日记

李末是我的外孙女，她出生在纽约，不太会说中国话。11岁的时候正逢我们金婚，我女儿带她一起回来了。

她身上常常背着书包，里面装着厚厚的笔记本，坐下来就开始拿出她的笔记本写。她妈妈说，末末上小学就爱写日记，已经写了厚厚几本了。我有一次很好奇地拿出她的本子一看，图文并茂，很独特。第一页是写回到我家的情况。那时我家卫生间洗澡没有浴缸，水管上面的莲蓬头坏了，流一地的水。她觉得很奇怪，把这些都画出来了，非常真实。

我带她乘出租车出门，她看见马路上自行车、摩托车到处穿行，而且出租车乘客不系安全带。她画了一个小孩很吃惊的样子，并用文字说明在这里没有安全感。带她到万寿宫买衣服，她选了几块自己喜欢的布，到了裁缝店师傅问她怎么做？她把自己设计的款式图样画出来给裁缝店的师傅看。衣服做出来后，她把剩下的布头拿回来了，把布头粘在日记上。她认为中国的花布比美国的漂亮。带她去菜场买鱼，看到卖鱼的把活蹦乱跳的鱼当场杀死，她"啊"了一声，回来在日记上画了一条鱼打了一个大问号，写上"为什么把活的有生命的动物吃掉？"从此她再也不吃鱼了。

她从小接受美国的教育，我们之间很多观念都不一样。吃饭时我们给她夹菜，她放下筷子满脸怒气地说："我抗议，你们为什么要强制我吃你们夹的菜，限制我的人身自由。"她竟然把夹在盘子里的菜放在桌子底下。

我们做金婚纪念时，子孙要三鞠躬。她不懂，两边张望，看到哥哥们弯腰她也跟着弯腰，学得不伦不类，引得大家哄堂大笑。

李琳布贴工艺精品展室

12. 布贴画由家庭走向社会

我的布贴画展出这事情很凑巧。李萍是我打门球结识的朋友，她的爱人以前是南昌市民俗博物馆的馆长，现在退休了。她把我的画拿给她的爱人看。她爱人一看就说，还有人做这个，我在博物馆这么多年，到退休也没看见过这样的布贴画。

她爱人把这几幅画拿到现任的馆长家去说："你们还没有发现呐，你看看这种画南昌是没有的，这是江西的一绝呀！我们得去邀请她，给她专门办个展览。"过了几天，李萍就来找我，带我去南昌民俗博物馆，参观了馆里的展品。梅联华馆长接待了我，很热情地和我聊，提建议说："我们给你办一个专展，把你的布贴画分几个系列展出。"

这次画展在社会上反映很好，这是我创作布贴画走向社会的开始。后来又举办了一次我的布

休闲时光

七十老太玩布贴

沈惠 李清平 文 李小虎 图

李琳正在创作

第一次看到李琳的布贴画,是在友人家的墙上,那是一匹褐色的小马,大大的头、翘翘的颈、欢快的蹄,洋溢着青春的气息、生命的活力,像是要从墙上跳下来。听说作者今年70岁,画龄五年,笔者就非常想见她了。

结缘布贴画

找李琳很容易,在英雄城南昌省保险公司大院里,男女老少都知道会剪布贴画的李奶奶。

李琳说自己玩布贴画的时间不长。她1948年参军入伍,随部队一路从黑龙江辗转到了江西。青少年时代的贫困、军旅生活的严谨、上个世纪六七十年代整个社会物质生活的单调,使她对美的追求仅限于保持自己服装整洁,居室干净,最多也就是在白衬衣的领口上绣朵花,蓝罩衣下套个加工过的小马甲。

李琳是东北人,身材在女人里属高大型。老来发福,买衣服很难,所以常常光顾裁缝店。日子多了,裁缝店里五颜六色的碎布头在她的眼前跳来跳去。终于,1998年4月的一天,李琳拿起剪刀、胶水,用几片碎布做了个娃娃。可爱的布贴娃娃给李琳引来许多小朋友。在孩子们的欢笑声中,李琳爱上了布贴画。

剪刀里的艺术世界

李琳的画,大俗大雅,小狗、胖猪、白菜、青草、芦苇、荷花、篱笆、茅屋、小船、鸡飞狗跳,组合得十分热闹。李琳自幼熟背唐诗,这些鲜活的画面再配上孟浩然、王维等的诗句,诸如:"把酒话桑麻"、"独钓寒江雪"、"小荷才露尖尖角",就有了一种境界,让你强烈地感受到生活的美好。

李琳的画充满着快乐:小马扬着蹄,小狗得意地欣赏自己的尾巴,胖胖的小猪眼里盛满了笑,就连那猫爪子旁边的小老鼠也开心地盯着猫食。李琳的画里娃娃很多,那是非常可爱的娃娃,胖乎乎的身材,明丽的服装,弯弯的眉毛,她说那是她童年的梦。

看李琳的画,最强烈的感受是那流畅的线条和明丽的色彩。由于作画的工具是剪刀,没有重来一次的可能,李琳心里怎么想剪刀就怎么走,那可真叫神行合一,意到画成。水巢的圆润,群山的嶙峋,溪水的跳荡,仕女衣裙的流动,无不跃然画面。如果说用剪刀是熟能生巧,那么,在运用色彩方面,李琳就是真有天赋。常人看去的碎布头,在她眼里都是画:红的是果实,绿的是叶子,黑的是小狗,织锦的是王昭君的斗篷。她的"农家乐"系列画给人的视觉冲击力最强,写实和浪漫结合,常常既是情理之外,又是非此不可。她有一幅作品叫《果篮》,红的苹果,黄的香梨,水蜜桃红白相间,紫葡萄晶莹剔透,她在上面撒了一把草莓,草莓绿的多红的少,生的多熟的少,一竹篮的生机盎然。

传递快乐 收获快乐

李琳的布贴画风格多样,题材丰富,其唐诗画系列,仕女系列,农家乐系列,等等,无一不体现她独特的审美意念——快乐。记者问,真的能66岁开始学艺、70岁成名成家吗?李琳直摆手,她说:我是布贴画爱好者,最多是个玩家,不是艺术家,也没计划什么时候要成为艺术家。我喜欢布贴画,看着做成的小猫小狗,我乐意,看到别人争着要我的画,我开心,一高兴,不仅不觉累,还越做越好。懂吗?这叫开心。

此间的媒体,如江西省电视台,南昌市电台,大大小小有六个栏目为李琳做过专题;南昌市民俗博物馆专门腾出一间展厅收藏她的作品,并在节假日对外开放;有关机构为她举办过李琳布贴画展和李琳布贴画精品展;李琳的画获得过多种艺术奖项,作为别具一格的礼品,被友人和官员带到世界的四面八方。福特汽车集团总裁小福特2002年元旦收到李琳的布贴画贺卡,他视其为中国民族艺术的珍品。如此种种,不一而足,而李琳,她只是收获快乐,从做画中收获快乐,从送画中收获快乐,从友人赏画中收获快乐,从社会的仰慕和赞扬中收获快乐,把剪刀和布头玩得越来越纯熟。

为有源头活水来

李琳的艺术天赋沉默了数十年,终能一鸣惊人,其中既有偶然,又有必然。

看李琳的作品总觉得亲切,会想到北方火炕前的虎头鞋,陕北窑洞里的红窗花,想到古建筑的雕梁画栋,想到我们民族的秧歌腰舞;还会让人想到人的潜能之不可低估。

李琳的第一学历只是小学毕业,但几十年来她从未间断过学习。早年做小学教师的父亲在炕头上的启蒙教育《女儿经》,她现在还能成诵。听着老太太间杂在俗语家常中的串串唐诗宋词,慕名来采画的一位复旦女博士诧忙和同行的伙伴咬耳朵:"千万别说我是搞中文的,我背的还没有她背的多。"几十年来李琳一直坚持写日记,在她的书橱里,整齐地放着1968年以来的34本400多万字的日记。她至今对焚于十年动乱中的27本日记痛心不已。

从记流水账到写人记事,再到议事抒情,李琳的写作能力不断积累,文化底蕴、观察能力、艺术敏感,都有了厚厚的积累。天道酬勤,七十老太李琳的成名,似在情理之中。

在李琳布贴画上题字的是她的老伴和儿子,一个是有十年私塾功底、熟读之乎者也的老夫子,今年高寿八十;一个是诗书琴画都有涉猎北大才子。李琳创作唐诗意境画,和他们的思想参与不无关联。有这样的助手和参谋,虽不说是如虎添翼,也是在芝兰之室浸润熏陶,这是李琳艺术之河中的又一股源头活水。

但最重要的,还是李琳她对生命的热爱,对生活的热爱,她通过一幅幅布贴画,把这种热爱传递给每一个欣赏她作品的人。

李琳的作品无价,因为她不卖。在南昌电视台组织的一个现场直播节目中,有观众愿意出价800元买她的一幅一尺见方的唐诗意境画,老太太笑着说,喜欢就拿去吧。四年中,李琳创作的布贴画难以计数,除了她认为对她的生命有纪念意义的作品,其余的,都送人了;其中有朋友、同事、邻居、朋友的朋友、同事的同事,还有寻上门来的陌生人。

李琳的布贴画,有缘就能得到。

李琳的布贴画作品

A10 2012年12月18日 星期二 编辑/黄蓉 美编/黄悦 校对/陈凯

南昌文化 乐客在线 www.0791Look.com

24小时新闻热线 86865110 南昌晚报

八旬老人15年作4000幅布贴画

布贴画用碎布头制作而成,画作有56个民族特色服饰、十二生肖等系列

十二生肖、福娃、茅屋、仕女……南昌烟筒社区一位80岁老人用碎布头创作了4000多幅作品,记者来到老人家中时,她正坐在她的长廊工作室里用碎布头作画。

记者 高小茜 文/图

李琳老人和她的布贴画作

15年创作4000多幅作品

"我也就是坐在家里自己剪着玩,谁知道一不小心剪成了个艺术家。"一头花白头发的李琳老人今年已有80岁高龄,但依然精神矍铄。她告诉记者,她从1998年开始用碎布头作画,至今有15年的画龄,但作品已达4000多幅。

"我是东北人,身材高大,后来老了身体发福,要穿合适的衣服就要去裁缝店做衣服穿。"李琳老人告诉记者,裁缝店里五颜六色的碎布头在她眼前跳来跳去,向来节俭的她看到成堆成堆的碎布头被老板扔掉时觉得太可惜了,便会自己留下来剪着玩。

"刚开始的时候就是很随便地剪小娃娃,也不是很好看。"李琳老人说,并不好看的布贴小娃娃仍然受不少人喜欢,在自己动手制作的快乐中,她爱上了布贴画。

作布贴画也需要文化底蕴

李琳老人告诉记者,她生长于东北,后来迁至南方。"我的很多画都是我小时候对家乡的记忆。"热炕头、松花江……记者在李琳老人的作品中看到不少以回归故里为主题的画。

"孤舟蓑笠翁,独钓寒江雪。"、"小荷才露尖尖角,早有蜻蜓立上头。"、"举头邀明月,对影成三人。"……翻开李琳老人唐诗意境系列画,诗歌意境跃然画上。

在李琳老人的画中,流畅的线条和鲜艳的色彩尤具特色。"布贴画要一次成功,没有重来一次的可能。"李琳老人告诉记者,由于作画的工具是剪刀,下剪子和粘贴时都要一气呵成,否则很容易出错作废。

"作布贴画也需要文化底蕴,光有技术和耐心还不行。"李琳老人告诉记者,具有一定的文化底蕴,才能更好地运用色彩和形象来表现意境。

记者了解到,李琳老人虽然只有小学学历,但几十年来都没有停止过学习,至今不少长篇诗歌都能倒背如流。

展现56个民族服饰特色

老人的画有唐诗意境系列、仕女系列、红楼梦系列、十二生肖系列……说起自己最喜欢的作品,她从柜子里拿出3本布贴画作品集。

"这些我平常都舍不得拿出来的。"老人小心翼翼地翻开3本作品集,56个颜色鲜艳、各具特色的民族服饰展现在眼前,场面十分壮观。

"这个系列是我所有作品中的精品。"老人告诉记者,2009年,她产生绘制56个民族服饰的想法,花了几个月的时间翻阅资料,还特地买了一副民族服饰图案的扑克牌作参考,用近半年的时间才完成。

作为一个业余"画家",李琳老人也有了不少"粉丝",有的"粉丝"甚至来自海外。记者了解到,李琳老人的画从来不卖,有缘的人才能得到。"布贴画是我的兴趣,不是为了赚钱。"李琳老人说,至今有不少朋友和陌生人都会上门求画。

媒体对李琳作布贴画的报道

李琳向南昌市民俗博物馆捐赠近百幅布贴画

贴画精品展,那次我全家都去了。我是非常开心的,没想到我的消闲之作走向了艺术殿堂。这个华丽的转身是我没有预料到的,我原来总觉得艺术高不可攀。后应馆长要求,我捐了 100 幅布贴画。梅馆长是我的伯乐,是他的鼓励,是他的帮助,让我的布贴画走向了社会。

13. 老伴戒烟

老伴没参加工作前就学会了吸烟。他当时家庭生活条件很差,不可能抽卷烟(当时叫“洋烟卷”),只能在田地里种烟叶,将成熟的烟叶采摘下来,晒干,碾成烟叶末,用纸卷着抽。现在看来,这种卷烟真是纯天然,没有任何添加剂,就跟当时的小麦粉、玉米粉一样,实实在在,原汁原味。

参加工作后,他没有了手工卷烟的条件,只能改抽洋烟了。他告诉我,那时他回家后,母亲会给他些零用钱,他就用来买最便宜的洋烟抽。新中国成立后,当时领导干部实行供给制,县级干部每月有 3 条香烟供应,起初发的是中等烟,后来生活水平提高,就发更高级的“大前门”香烟。

李鹏的烟瘾很大,60 多岁时,每天还要抽一包烟。但随着年龄的增长,他的体质越来越差,经常咳嗽,气管炎、肺气肿频发,在医生和我的劝说下,老伴终于决心戒烟。

戒烟十个月后,他咳嗽的症状明显减轻。可是有一天,一个朋友跟他说抽了几十年的烟,身体已经适应,一旦戒掉反而会提高患病风险。这么一说，李鹏又抽上烟了。到了上世纪 90 年代初，他的气喘、咳嗽症状越发严重，我就逼着他再次戒烟。这一回我态度坚决，对他严格控制，经过不懈努力，他终于彻底把烟戒掉了。

14. “和平鸽”的故事

古希腊有一个美丽的神话，说的是智慧女神雅典娜出游人间，与海神波赛冬互争亚提加半岛上的一座城池。为了解决争端，主神宙斯主持召开了众神大会，让众神公断。众神的意见是谁能给人类一件有用的东西，这座城就归谁保护。威风凛凛的波赛冬把手中的三尖叉往地上猛地一插，立刻山崩地裂，一匹烈马呼啸而去，这正是战争的象征。而雅典娜不慌不忙，用手中的长矛在地上轻轻一点，那里随之长出一株枝叶繁茂、果实累累的橄榄树，这正是和平、幸福和丰收的象征。结果，众神一致同意将这座城市命名为雅典城，雅典娜亦名正言顺地成为该城的保护神。

这一神话传说不过是人间思想的折射，反映了当时古希腊人民的民心所向，抒发的也正是他们厌恶战争、渴望和平的心声和愿望。我们今日和平的标志——1 只口衔绿色橄榄枝的和平鸽，其典故出自基督教经典《圣经·创世纪》，但和平鸽嘴里衔着的那段碧绿的橄榄枝，或许还是来自雅典娜的创意吧？

为了表达我对美帝国主义痛恨的心情，希望战火能够熄灭，我特地用布贴画做了象征和平吉祥的 9 只和平鸽在空中飞翔，每只嘴巴都衔一枝橄榄枝。

15. 老哥乐观面对自身疾病

李鹏从2002年就不断生病住院。他平常害怕住院,一进去就是没完没了的检查。人这一生中总是会经受一些痛苦的,我俩相伴半个世纪,风雨同舟,一旦谁先离开,后果难以预料。看见他的身体这样,我是心疼的。幸好他是个意志坚强的汉子,忍着难以想象的痛苦,从不在亲人面前流露,他越是这样,越使我痛苦。他总说没有不舒服,这违心的话是对亲人的安慰。我清醒地知道老伴的生命处于倒计时阶段了,已回天之力了,药物只能延长他的生命,我和孩子们能给他的只是更多的爱心。面对这样残酷的现实,我一方面全力照顾在医院治疗的老伴,另一方面尽量不增加孩子们更多的负担。孩子们以工作为主,我以照顾老伴为主。面对老伴,我只能是咽泪装欢。

他总是安慰我说,80多岁的人了,不可能没有一点病痛的,机器转动几十年也会有损坏的,吃了药打了针就回家啦。听了他的话,我阵阵心酸。

我在医院守护着重病的老伴一年多时间,但我并不感到孤独。每当我情绪波动时,薛汉荣博士、杨玉萍医生、肖慧华护士长他们总是会出现在我的身边给我安慰。他们善于做心理工作,和我们建立起良好的医患关系和朋友关系。

我有时默默地站在阳台上,望着夕阳西下,不禁想起李密的话:“日薄西山,气息奄奄,人命危浅,朝不虑夕。”凝望着无垠的天空那一抹霞光，我似乎面对的是一种生命的悲壮。老伴把人生最宝贵的青春岁月献给了新中国的黎明，交给了历史，而正是那布满斑驳的记忆，让他的生命变得充实和丰厚。

看着他那被病痛折磨得憔悴的身体，我那时候写了一段话感叹那段日子：无情的风，无情的雨，无情的柔弱，无情的黄昏。我日夜守着你这脆弱的生命，无情的癌细胞不停地吞食着你。

16. 病榻前的两对孝子

刘建华大姐是我在医院照顾老伴时结识的，她育有两个儿子：李力和李民，膝下还有两个孙子，和我家是一样的。我的长子江淮，次子江源和她家的儿子一样，每天下班之后直接从单位到医院服侍老人。刘大姐的大媳妇熊春儒和二媳妇汪林华轮流送饭，每天在病房为母亲洗洗刷刷。

我的两个儿媳妇听说吃甲鱼能抗癌，她们便到处找人打听哪有野生甲鱼卖，买到了就做好喂给父亲吃。孙子李欣、李越来回穿梭帮忙照顾爷爷。有一次江淮听到爸爸病危抢救，竟然心神恍惚地跌倒在水池里，全身都湿透了。他急忙打电话询问病情，我告诉他你爸爸病情稳定下来了，他才放心。

我们两家的儿子儿媳妇轮流守候，江淮和李力常常在一起聊天，江源和李民常常在一起聊天，双方关系很融洽。

我们互相照顾，生活上有东西大家一起分着吃。江源把李民看做小老弟。李民非常不简单，他出生于 1961 年，1983 年南昌大学电子系毕业后分配到气象局工作。李民酷爱中医，他刻苦钻研《黄帝内经》《易经》等古代经典文籍，有深厚的中医理论基础。为了掌握更多的医药知识，他在中医院读了三年的在职研究生。李鹏暂时出院回家休息时，李民多次到我家诊脉开中药。老伴服用后缓解了病状，精神也好些了。李民在看病时对那些经济有困难的人免费赠送药品，他说这就是救死扶伤的精神。

爱人去世，我的孩子没有处理过丧事，李力和他的爱人熊春儒一直帮助我们，直到李鹏火化下葬。李民担心我血压升高突然病倒，一直陪在我的身边。我把李民视为小儿子，他后来也失去了母亲，就把我当作他的母亲，喊我老娘。

17. 友谊不能忘记

在我陪老伴住院期间，曾受到诸多朋友们的亲切关怀。原在九江商检局工作的徐志勇局长，在李鹏离休 20 多年间逢年过节必来探望。这使李鹏十分感动，他常常提起这位年轻同志，始终没有因为时间、地域的变迁而忘记他。李鹏去世后的十年来，他仍然每年都会来看望我，也使我非常感动。

50 年代就和我们在省供销合作社一起工作的帅宝光、傅南英夫妇，曾亲自包饺子送到病房。几十年来，不管我们处在顺境还是逆境，他们都一如既往地关怀着我们。李鹏去世火化时，帅宝光作为李鹏的老同事和同代人亲捧骨灰交给江淮，充分体现了他的拳拳之心。另一位老同事陆曼华，设法买来野生甲鱼送到病房，还亲自动手制药给老伴服用,减少了他的痛苦。老伴的老朋友周东庚、陈培荣、邓明荣、任文学夫妇、吴家汇、刘淑芳、王惠娟等,先后前来探望。我们单位的领导以及有关部门也前来医院问候,如李砚、杨宏勋、洪登鸿、王紫光、曹永诚、李辉、林为群、舒瑞祥夫妇和李秀英夫妇、韩均平、钱育洪、桂细根等同志。

人在困难时有朋友的关怀,是最好的安慰。

18. 买衣服骗李鹏是打折的

改革开放这么多年了,孩子们看到爸爸一直都穿着以前在商检发的制服,就说:"妈妈,爸爸现在还是老古董。国家发展了,现在流行夹克,而爸爸还是穿以前的中山装,我们给爸爸买件衣服吧。"我就和江源一起去百货公司买了一件200多元的夹克衫。那时我们俩都胖,我知道他的尺寸,只要我穿在身上觉得大,他就能穿。

回家后,我要他试试,他穿上后觉得蛮好,又轻又软,比他以前的制服舒服多了。孩子回家后,看到爸爸穿上新衣服都说,爸爸穿上这个年轻多了。他说:"你妈妈这件衣服买得挺好。"忽然想起来了,就问,这衣服多少钱?我早做准备了,就说:"开价100还价80。"他说:"蛮好,不是很贵。"我给他买东西基本上都是在原价上打半折告诉他,如果买贵了他会不高兴。

在他住院期间,感到身上凉,就用一条浴巾披在身上。二儿媳张悠玲就说,这样披着不方便、不好看。我俩就去洪客隆超市买了两套秋鹿牌的睡衣,他穿上后很舒适方便,精神也好了。他的习惯是尽量节省。在他的生命最后时光，还总问我药费花了多少钱，说如果没有治疗的价值就不要治疗了，不要浪费国家的钱。

相反，他对子女和朋友十分大方。50 年代和他在一起工作的业务部项冬生同志因病去世时，子女比较多，家庭生活困难。李鹏听说后马上给他做了全套的寿衣，平时拿出自己工资的一部分帮助他的孩子上学，帮助他的家庭渡过难关。

19. 父女情深

世界上有太多科学解释不了的事情，我一直觉得心灵感应是很虚幻的事情，可是它却实实在在地出现在我的身边。

我女儿在他爸爸去世前做了一个梦。后来她把这个梦在电话中告诉我说："爸爸十天前在我的梦中出现过。他轻轻地来到我的跟前，为我悄悄地关上敞开的大门，我惊觫而醒，举目四顾，夜色茫茫，惨淡的月光从窗口泻入，铺在冷冰冰的地板上。我回头看看床头柜上的电子钟，凌晨 3 点 30 分，鲜红的数字，历历分明。两天后，大哥告诉我，正是那时，爸爸的心脏停止跳动 8 分钟。医生们把他从死亡线上拉了回来。"我想这是李鹏在和他最宝贝的女儿告别吧。

小琳后来写了一篇《海祭》来纪念他的父亲。

20. 和谐的医患关系

老伴于 2003 年 7 月 1 日住进江西省中医院呼吸科 03 号病房。在陪伴老伴住院期间,我也于 2004 年 2 月 23 日因检查出高血压脑供血不足引发头晕症办理了住院手续。

从陪伴老伴住院到 2004 年 7 月 17 日老伴去世为止,一年多的时间里,我和呼吸科的医护人员有了近距离的接触,朝夕相处,彼此也有了深刻的了解。从我的观察中,呼吸科的医疗团队阵营比较强,他们有丰富的临床经验,患者可以享受中西结合疗法。

2004 年 7 月 7 日,李鹏病情突然恶化,下午 3 时 20 分,呼吸科刘良徛主任刚抢救完一位病人,很疲惫地靠在椅子上休息。当他看见我焦急地请他来看李鹏的病情时,他马上跑到病房,带着护士长肖慧华和护士推着医疗工具进行紧急抢救。

这时,李鹏的呼吸已停止了几分钟,刘主任立即给他做人工呼吸。刘主任带着护士长和护士连续七八个小时的抢救,将老伴从死神手中拉回来了。刘主任他们的敬业精神使我十分感动。

去年,老伴确诊之后,医生说他仅能生存半年时间。但经过他们的精心治疗,老伴的生命延长了半年。

我老伴的主治医师是中年的医学博士薛汉荣医师,他谦逊谨慎,对病人有爱心。在几次抢救中,薛博士几乎整天不离病房。他在星期六星期天放弃休息时间守在病房里观察病人的情况,随时采取治疗措施。如果比较清闲他会集中精神搞科研工作。为了感谢他,我作了一首诗和一幅画送给他。

赠薛博士

名医薛氏，精英博士。学识渊博，专科高士。苦心钻研，精心医治。诚心待人，细心做事。古稀老者，感激之至。

21. 家乡巨变："八大怪"基本消失

时代在前进，科学在发展，生活在提高，生活方式在改变。我在青少年时代经历过的生活方式已成为历史了。回乡后，我惊奇地发现：我小时候就知道的"东北八大怪"已经基本看不到了。

"东北八大怪"有多种说法。记得小时候我知道的是：开门用脚踹，吃水用麻袋，姑娘叼个大烟袋，窗户纸糊在外，养活孩子吊起来，大缸里腌酸菜，翻穿皮袄毛朝外，百褶靰鞡脚上踹。

我童年时就经历了这"八大怪"的生活体验。我们家住的是茅草房，泥巴墙，冬天零下 30 多度，滴水成冰。夜里一场大雪就把门堵住了，早上父亲得用脚把门踹开。我和姐姐哥哥们出去扫雪，要把道路扫出来。井水也冻成冰疙瘩了，哥哥就到松花江上去撬冰块，用麻袋扛回家，放在锅里烧开化成水食用。

现在姑娘媳妇们不再叼烟袋了，旧的铜烟袋锅亦早已消失。窗户纸没有了，现在农村的房子窗户用的是钢窗大玻璃。农村也不用辘轳打水，各家自打地下水饮用。茅草房消失了，建的都是砖瓦大房，政府为改造茅草房给予了经济补贴。冬天有炕，夏天有床，家有电器，种田机械化，大大提高了生产效率。百褶靰鞡早已绝迹，现在农民穿的是皮棉靴子，皮袄被羽绒衣代替了。带孩子也不用吊起来，多用现代化的婴儿车推着，既美观又实用。可以说，“八大怪”中除了酸菜仍然照腌外，其他的都成了历史。

不过，对吊着的悠车子我仍然记忆深刻。妈妈生了弟弟之后，就把他放进悠车子里。北方人的习惯是，女孩出嫁时要陪送一个悠车子。弟弟睡的悠车子已经旧了，原来装饰得很讲究，悠车上用烫金字写着“长命百岁”、“幸福吉祥”等吉祥语，还挂着铃铛，悠起来会发出叮当的响声。当妈妈要做事时，就由我来摇悠车哄弟弟睡觉。妈妈给我编的摇篮曲，至今我还能记住一些：

睡吧，小弟弟，
你不要害怕，姐姐在这里呢！
梦的世界是安安静静的，
梦的世界是最美丽的，
里面有红花，在园中开放，
里面有绿草，在草地上嬉戏，
鸟儿在树上歌唱，蝴蝶在花中飞翔，
暖和的太阳，甜蜜的家乡，
他们都在等着你呢！何不去玩一场！

以上就是我童年时代的原生态生活。现在乡村发生了巨大的变化，旧貌换新颜了。我为家乡出现这么大的变化感到欢欣鼓舞。

22. 怀念老伴做家务

老伴在世时，常常跟我开玩笑，说他什么家务事都可以学着做，就是不学做菜。他说："我学会了做菜，你干啥？你肯定要失业了。"除此之外，他洗衣服、扫地、洗菜、做饭样样都干，尤其喜欢在家收拾房间。有一次，老伴将衣服洗好，晾干后收到屋子里，往床上一放，对我说："我给你留点活儿，你来叠衣服，要不然你真成甩手掌柜了。"

如今，老伴先我而去，这些家务活只能由我一个人来做了。我们俩在一起生活了几十年，他一直非常讲究卫生，过去屋子里的窗户玻璃，他总是亲自擦，他擦的玻璃又干净又光亮，全家人都不停夸赞他能干。而如今，这些都已经成了美好的回忆。

23. 做福娃布贴画背后的故事

开始做福娃布贴画时，遇到很多的失败，也使我很沮丧。福娃做工非常复杂，布需要一层一层地贴上去。我每贴完一层就要放在房子阴凉的地方，需要一天的时间自然吹干。最后贴到脸部，眼看这一组福娃就要成功了。第四天我高高兴兴地把做好的这些福娃用玻璃板压平，结果这五张脸全都缩成了小老头，五幅作品全都报废了。后来我总结失败教训：可能是第一层没有完全干透就去压，或者是胶水没抹匀就贴上第二层，所以到最后全缩在了一起。

福娃身上的标志太小，我特地到超市买了一把手术剪刀一点

布贴画:《奥运福娃》

荣誉证书

李 琳同志：

您的作品布贴画《奥运福娃》荣获“剪剪贴贴—献给改革开放30周年江西省民间手工艺品展”二等奖。

特颁此证

江西省文学艺术界联合会
江西省民间文艺家协会
二〇〇八年十二月

布贴画《奥运福娃》获奖证书

南昌日報

中共南昌市委机关报 NANCHANG DAILY 今日8版

2008年7月7日 星期一 农历戊子年 六月初五

国内统一刊号CN36-0002 邮发代号43-4 总12116号 今天雷阵雨
网址:http://www.ncrbw.cn 电子邮箱:ncrb@vip.sina.com 27℃-35℃

为北京奥运祝福

家住烟筒巷社区的李老太从事工艺品制作已有10年，在北京奥运即将到来之际，今年76岁高龄的李老耗时1个月赶制了这5个奥运福娃，希望能在北京奥运会开幕前，将这5个奥运福娃寄送给奥组委，为北京奥运送上一份祝福。 记者 魏勇剑/图

《南昌日报》报道李琳制作福娃布贴画为北京奥运祝福

一点地剪,通常剪五六个只能成功一个。百年奥运,我做了 108 个福娃,做成之后引起了媒体的争相报道。

在我创作福娃的过程中,除技术之外,这 108 个福娃需要比较多的黑色布头。同事们得到消息之后纷纷送来原料:李砚同志送来了她的两条裙子、黑色袜子;聂霖同志十几年来一直给我买布料,还给我日记本和钢笔支持我写日记;林卫群走街串巷,到处寻找高强度的胶水、彩色纸张,一次就提了重重的十大瓶胶水,累得她汗水直流;社区的干部们到缝纫店搜寻布料,给我源源不断地送来废布料。我做的这些福娃凝聚了领导和同志们的关怀、帮助。

24.“祥云”火炬在南昌传递

2008 年 5 月 16 日,奥运圣火来到南昌,我通过电视看八一广场举行圣火传递起跑仪式。圣火传递路线从八一广场出发,经八一大道、阳明路、抚河北路、沿江南大道、生米大桥、傩文化公园、南昌大学、学府大道,最后到达世纪广场。传递线路全程 35 公里,共有 205 名火炬手参与圣火传递,其中奥运冠军彭勃为火炬传递第一棒。

上午 7 时 40 分,天气格外晴朗,我前往沿江路中山桥迎接圣火的到来。到路口一看,五星红旗、奥运五环旗迎风飘扬,路旁还竖起一条宣传横幅:“传递激情传递爱,你我同行抗灾害”,充分体现出天灾无情，圣火有爱。

圣火传递到中山桥时，现场人山人海，道路被人们围得水泄不通，有很多年轻人和孩子的脸上贴了国旗和中国心的图案，为奥运加油。围观群众的脸上都洋溢着幸福的笑容。

25. 第一个采访记者曹雷

北京奥运期间，南昌广播电台记者曹雷来采访我。这时我仅做出两套福娃。这是一位年轻的记者，但显得很儒雅、稳重，采访中能抓住主题，深入了解作者创作福娃背后的故事以及创作的心路历程。交谈中，他对我这样的古稀老人很关心，很有亲和力，使我很快消除了陌生感，能够敞开心扉和他交谈。在我接触的众多媒体记者中，他给我的印象是最好的。

我做布贴画之前不了解布贴画的历史，小曹为了帮助我了解历史，加深对布贴画的认识，给我找了中国历史上有关布贴画的相关资料。我十分感谢小曹能够如此细心地为我寻找资料。

我接触的民间艺术家们都接受过小曹的采访，大家一致认为这是一位思维敏锐、很有智慧的记者，我们多年和他保持着友好往来。

26. 战友情

我和张淑彦、张秀文、魏敏、王敏、王慧娟、阮志华都是南下干部。当年南下都是风华正茂的年轻漂亮的小姑娘,如今都是耄耋老人了。

我们有两个特点,一是当时特殊年代的原因,丈夫都比自己大得多;二是我们这些姐妹们的丈夫先后都去世了,我们都成了遗孀,有时开玩笑说我们都是"寡妇队"。

我们还有一个特点,就是都很乐观。尤其是张淑彦,她 32 岁守寡,丈夫去世时最小的孩子才 3 岁。她一个人要抚养 6 个孩子,既要工作又要担起家庭生活、抚养孩子的重担。但是她以坚强乐观的态度克服了重重困难,将 6 个子女抚养成人。魏敏大姐 5 个子女有 4 个下岗,她鼓励子女自主择业,以积极的态度对待面临的困境。

我们都是来自白山黑水的东北,都具有豁达开朗的性格。我们每年都要聚会,在聚会中大家是很快乐的,我称它为欢乐颂。我们在一起谈自己的身体情况、生活情况、怎么教育子女等问题,互相鼓励,乐观面对生活。

一次,我们相约坐公交车到达南昌高新区的火炬广场,看到一个崭新的城区,大家高兴地唱起了《东北青年歌》:"我们是东北的青年,我们是革命的战士……"歌声在空中飘扬。唱到高潮时,我们不由自主地扭起了东北秧歌,好像又回到了青春年代。我们这群白发老人的欢乐举动引起了很多人的围观。我们从 1949 年来到江西,见证了它几十年间翻天覆地的发展变化,怎么能不高兴激动呢?午餐时我们把每个人带的食品摆在草地上,还带来了红酒,举杯畅饮起来。大家互相祝福,相互勉励永葆革命的青春。

下午,我们 7 个老人到了滕王阁。我给老姐妹们当导游,讲滕王阁的历史沿革、王勃的故事，大家的兴致都很高。我们还参观了八一起义纪念馆、朱德军官教导团。通过参观加深对江西革命历史的了解。胜利来之不易，我们现在的幸福生活是无数先辈用生命换来的。我们虽已离休，但是要教育好子女继承先辈的遗志，为建设有中国特色的社会主义努力奋斗。我们要珍惜晚年的幸福生活，保持革命的乐观主义精神。

遗憾的是新四军纪念馆建成后还没来得及去，魏大姐就去世了。如今战友们的身体都不是很好，现在我们都集中不起来了。虽然我们在“文革”中都受到了波及，但是我们对共产党的信念没有变，我们还是党培养出来的儿女。

27. 财院老友

在我的朋友圈中有一批财经大学的教授、专家、学者。50 年代我们曾在江西财经学院共事 10 年。他们是现已退休的原院长宋醒民教授，资深教授王弘远，副院长、资深教授邓明荣，省直机关党委书记、教授刘欣福，财政厅厅长杜兴邦等。

我和教授学者们在一起别有一番风味。回顾 1958 年，我们是一批风华正茂充满青春活力的青年一代。后来一场动乱学校解散、人员下放，使我们失去了更好发挥作用的机会。10 年后，财院恢复，有些人重返教育战线，有些已走上其他领导岗位。现在这些同事虽已年高，但是依然著书立说，发挥余热。

每次参加聚会，我都深受教育，这些老干部、老知识分子依然保持着乐观向上的精神面貌，潇洒地享受晚年生活。开始我们聚会有40多人，2年之后，有一半都去世了，不得不让人感叹人生无常。

28. 互相进步，互相学习

1949年我和冷莹同时被调到医疗队开始共事，当时还有主治医生甄连荣，外科主治医生刘绥业，其他是医护人士，有满涛、两名日籍护士、冷莹和我。

冷莹南下时担任药剂师，满涛是医疗队中唯一的共产党员。我们一路行军，其他同志休息我们医疗队不能休息，要随时检查伤病员，非常辛苦。到吉安后，我们接管市民医院。我因为护送病人，晚两天到吉安。到吉安后，我负责整理敌伪档案登记。几天后我到永新参加反霸了，冷莹依旧留在吉安，后来调到专署医务室当医生。

“文化大革命”期间，她的省级干部爱人被揪出来了，我和我的爱人偷偷到她家去看她。之后我也下放，辗转到了几个地方，我和她长时间都没有联系。直到2002年我们相聚，我们才恢复联系。我和她加上满涛，我们晚年常在一起谈谈南下的经历，谈谈自身的身体情况。

在我的姐妹中，崔铭大姐在我们姐妹中年龄最大、级别最高。她1946年参军，1949年南下。离休之后，她身退心不退，依然保持一位老同志的本色，积极主动参加社会公益活动。她报名上老年大学,学习工笔画,能够弹得一手好钢琴。她待人诚恳、热心帮助同志。她知道我爱看书学习,就把她订的报刊主动给我送来,并给我送布贴画的布料。在她的鼓励下,我完成了回忆录的写作。

赵德慧也是南下干部,离休后晚年生活过得多姿多彩。她喜欢用纸剪画,利用挂历、画报上的图案,把它剪下来,配上自己的诗。她构思巧妙,搭配灵巧,主题突出,做出的纸贴画作品多次获奖。我是利用废布头创作布贴画,我俩的作品可以称为姐妹艺术。在我赠给赵德慧的作品"清风满竹林"上,她欣然提笔给我配词:

翠竹浴清风,郦鸟栖林中。
竹节挺且直,恰似晚节情。

我为她写了一篇《剪刀里的艺术世界》。她虽已耄耋之年,但是笔耕不辍,不仅写自己的回忆录还写了丈夫的经历,很多文章在各种报刊发表并多次获奖。

我们三人互相交换作品,切磋艺术,互相鼓励,提高创作水平。

29. 虞慧娥和她的研巢服装店

虞慧娥给人的印象是位精明能干的中年妇女,她的脸上总是挂着微笑。她独自带着儿子从农村走到城市,凭借自己制衣的手艺,租了一间小门面开始了裁缝生涯。她每天起早贪黑地忙碌着,有时还加班加点做活到深夜,在远处就可以听到缝纫机工作时发出的嗒嗒嗒的声音。

她善于捕捉市场信息，做出的服装样式新颖且与时俱进。经过几年的努力，她已经开设了一家分店，生意火爆，顾客盈门。

我们相识10多年了，她的服装店已成为我布贴画的原料仓库。10多年来，她给我提供了大量布头，对我非常支持。2008年北京奥运会，我为了表达对奥运的祝福，决定用布贴画做福娃。做福娃需要大量的黑色布料，小虞毫不犹豫地从整块布中剪下几尺给我作画，而我做的福娃大部分送给领导、朋友，和大家一起分享。

我非常感谢小虞对我长达十几年的支持帮助，我送她的布贴画也是最多的。她很聪明，对布贴画的用料不学自通。她在剪裁衣料的过程中就知道这块布适合做什么。现在我与小虞已成为忘年交，祝她的服装店越办越好。

30. 火灾之后送爱心

2014年1月24日早上，我刚刚起床，电话铃就响起来了。我一接，是社区肖主任打来的。她用急促的声音跟我说："有一件事要请李老帮忙。下湾社区昨晚失了火，一个老太太跑出来了，但什么东西都来不及带，现在急需要衣服。这个老太太的身材跟你差不多，希望你能捐衣服，最好是棉衣和内衣。"

我当即就翻箱倒柜，把一套新的棉睡衣、两套新的棉毛衫找出来，还有两条全新的全棉短裤，毛袜、厚袜两双，灯芯绒背心一件，还有江源提供的夹克两件。

我把衣物送去后，社区的同志马上就送给正安置在一家旅社里的老太太了，她正等着衣服穿。事后杨书记、肖主任跟我说："李老，你送的衣服老太太穿上正合适，特别是全棉的短裤非常合身，特好！"然后又跟我提出，老太太的媳妇也是净身跑出来的，也需要衣服，她是中等身材。考虑到我们家的人个头比较大，没有她适合穿的衣服，于是我先给离休的省保险公司原副总李砚打电话，也请她捐点衣服，因为她的身材比较合适。李总接到我的电话后也立即行动起来，找出几件比较新的羊毛衫、内衣等送到我这里，我又赶紧送到社区。

上班以后，我给负责老干部工作的韩均平书记打了电话，告诉了他这件事。他通知了原保险公司的蔡文逸总经理。事后我听说蔡总送了好多件衣物，其中还有新的羽绒短大衣。韩书记也捐了衣物，并亲自送到社区。

31. 民族一家亲

到云南感受最深的是那里的人过着一种和谐、幸福、平和的生活，不像大城市那么浮躁。白族的男子多数在外打工，那儿的妇女很能干，挑起家里的生活重担，内外兼能。她们虽然白天劳动，但是每天晚上到七八点都会跳舞。

吕玉从小就跳舞，现在是南昌舞蹈家协会的理事。吕玉跳舞，引起了当地人的注目，认为她有专业水准。大家就请她当舞蹈老师，吕玉教她们跳江西的红色歌舞，后来她们到大理比赛还得了奖。吕玉也在此认识了一位云南著名的艺术家奚治南，他是传承大本曲的名人。吕玉拜他为师，向他学习白族舞霸王鞭。回南昌后，她就教她领导下的艺术团跳白族舞。两地互相跳独具风格的民族舞，都得了奖，这是后话。

今天在云南跳舞一直持续到晚上 11 点，我和江淮参加助阵。她们热情娴熟的舞姿，展现了她们勤劳、热情、乐观向上的精神。

李琳与白族妇女合影

白族人民非常热情、好客，他们把我们当成远方客人看待。当我们走在路上碰见白族老人，他们会主动给我们打招呼向我们问好。我们外出游玩不方便，赵小霞知道了，主动借两部自行车给江淮、吕玉用。大理的气温偏低，我带去的裙子穿上感觉冷，在那买了一件男式的中厚上衣，穿上不合适，杨福春立即为我重做。

白族的本主节是白族最隆重的节日，就和我们过春节一样。李家花是位聪明能干、心地善良的妇女。她白天劳动，晚上跳舞和吕玉成为了舞友，相处甚好。本主节前她一个人准备了几天，做了40多桌酒席，全是白族的风味。她们邀请我们和白族客人一起赴宴，李家花的丈夫亲自陪我们在一桌，这是白族待客最高的礼节了。初次吃白族风味菜感到很新奇，白族的"生皮"是采用猪的腹部的部分做成的，生吃配上佐料，非常爽口。

白族妇女很能喝酒，我们不会喝酒就以羊奶代替。主人频频举杯，祝福我们幸福快乐。饭后按白族的习惯，他们还送我们一包糯米粉、肉丸子，今天我们很快乐。

32."文革"后家的变迁

我这一生经历了多次搬家，每次家的搬迁都和政治形势的变化分不开。

1968年10月25日，我被宣布下放到武宁县横路公社新溪大队六小队插队落户。1971年上半年由武宁迁到塘山公社。1971年10月14日，我调到德安中学任副主任副书记职务，家也跟着搬到了县中学，组织上分了一所房子，我也就暂住了下来。1972年德安县委照顾老同志，给我分了一套房子，虽然没有卫生间设备，但这已是我们最好的住房了，有三室一厅，子女们和我们住在一起。这时的政治形势稍有稳定，生活上比较安稳。1980年10月20日我在九江外贸宿舍借住。1985年5月由九江搬至南昌省商检徐家坊宿舍二楼。1996 年至今一直住在保险公司家属区。

我大致统计了一下，从 1949 年开始到 1996 年，我们一共搬了 21 次家。

附录：发表的文章

本章收录作者李琳已公开发表的、具有代表性的三篇文章。

这三篇文章内容与正文关联紧密，分别从不同角度补日记及口述资料之阙，供读者扩展阅读。

中国城·中国年·中国根

——在纽约过春节

百节年为首，在我们中华民族绚丽多彩的众多传统节日中，最隆重、最富有特色的节日莫过于春节了。那么，在海外的华人是如何过春节的呢？今年春节，我应女儿之邀在美国纽约度过，所闻所见感触甚多甚深。

1994.2——“中国新年月”

美国是个移民的国度，纽约更是世界移民的城市。但在众多的外来民族中，似乎唯有华人的春节为美国社会所接受，被冠以“中国年”的美称。由此类推，所有与“中国年”有关的活动都冠以“中国”二字，以正其源。比如，大年三十叫“中国除夕”，除夕夜叫“中国夜”，大年初一叫“中国春节”或“中国日”，连元宵也叫“中国元宵”。早在元旦，美国总统照例要向所有美国华人发表新年贺词；中国年期间，美国还要专门发行生肖邮票。

在纽约，当地政府对中国年亦十分重视。每年春节，纽约州长、市长也照例要发表中国年贺词,许多美国议员、社会名流和公司、团体也纷纷解囊赞助各种欢庆活动。今年,纽约州长葛谟、州参议员萧华、曼哈顿区区长麦珊洁、市议员傅莉达等政要分别颁赠贺词,定 1994 年 2 月 10 日为“中国新年日”。纽约市长朱利安尼更是踏着积雪,冒着寒风,于 2 月 10 日大年初一那天亲临华埠,向纽约的华人拜年,并宣布 1994 年 2 月为“中国新年月”。他还在欢迎集会的贺词中指出:纽约市的华人社区对纽约市文化、社会、经济都有极大的贡献。并用中文祝大家“新年快乐”,向在场的五六百位嘉宾及表演的小朋友们拜年。

美国举国上下对中国年的重视,不仅标志着华人社会地位的提升,也显示了中国传统文化的深厚魅力。可以说,当今世界凡有中国人侨居的地方,都有中国年,中国人走到哪里,就把中国年带到哪里,中国年早已跨越国界。当我置身于纽约中国城,与那里的华人一起欢度中国年时,不能不为自己是炎黄子孙而感到无比自豪和骄傲!

身在异乡非异客

中国年,主要是在纽约中国城度过的。当我和正在纽约大学攻读博士学位的女儿及其一家步入中国城时,看到两旁商店、餐馆门口都有华人老板或店员站在那里,双手作揖,频频用汉语向来往行人祝贺“恭喜发财”、“万事如意”之类的吉祥话,同时将写有“恭贺新禧”、“年年如意”等吉祥字样及印有财神或身穿长袍马褂、头戴瓜皮帽、双手合抱作揖的小男孩像的贺年卡分送行人，如有美国人亦照送不误。我们双手接过后便答以“生意兴隆”、“狗年发财”等祝福语，美国人则以“OK”、“Thank you”作答。所收到的贺年卡大小、样式虽不大一致，但背面一般都印上了本店店名、地址及电话号码，这样既讨了口彩，同时又做了免费广告，体现出这里华商的精明。

大年三十和正月初一，中国城内都热闹非凡。所见之人，凡是黄皮肤、黑头发的中国人，无一不是喜气洋洋、眉开眼笑；所经之处，家家无不贴对联、放鞭炮、张灯结彩、滚狮舞龙，以中国特有的方式欢庆一年一度的中国年。置身于中国城，竟无异国他乡之感，仿佛仍在国内，仍在家乡一样。

中西合璧的中国年

不过，如果仔细观察，纽约的中国年还是有着不同于国内的海外特色。给我印象最深的是“中西合璧”：所有节日的会标，均中英双语并列；演出活动，均中外节目同台；服装表演，均中装西服并蒂花开；庆祝会上，均挂中美两国国旗。而且时不时可以碰上不少白皮肤、黑皮肤的美国人，使你意识到这里不是国内，而是海外的中国城。另外，这里华人在中国年期间举行的一些古老仪式，在国内是难以见到的。如有的圣母堂还主持中国传统的祭祖仪式，焚香燃烛，三跪九叩，祭拜天地祖宗，场面庄严肃穆，令人肃然起敬。不过这种心情可以理解，海外华人远离家乡故土，生活在重金钱、快节奏、淡人情的国度，因而怀念故土和亲人的感情是浓烈的。“独在异乡为异客，每逢佳节倍思亲”，“洋装虽然穿在身，我心依然是中国心”，正是海外华人的真实写照。因此，传统的中国节日，尤其是一年一度的中国年，就成了维系海外华人中国心、中国根和祭祖思乡的最佳方式之一。

“老美”也来凑热闹

由于中国年在美国已被美国人所接受，所以在中国年期间，中国城里也处处可见前来与华人同庆同乐的大鼻子美国人。有些美国人不再满足于游览、购物、吃中国餐，还兴致勃勃地加入到滚狮舞龙的行列中，过一把瘾。看着他们认真、费力且不大熟练的动作，我们边笑边为他们大声喝彩，以鼓其志。不少美国人还自带照相机、摄像机，拍下中国城内中国年的火爆场面。我亲眼目睹了美国人认同并与华人一起欢度中国年的景象，觉得真是别有一番情趣。

潇洒街头当“模特”

没想到的是，连我也一度成为美国妇女的关注对象。因为我穿的是一件蝴蝶盘花扣、暗底红菊花图案的标准中式丝棉袄，这在国内已算够“土”的了，也少有人穿。可谁想在中国年期间，不论是在中国城还是在纽约中央公园、百老汇大街或超级市场，经常会遇到一些忍不住好奇心的美国妇女走过来摸摸捏捏，称赞不已，向我做出“OK”的手势，有的还用生硬的中文道一声“漂亮”！陪同我的女儿则用英文向她们大侃这是中国特有的丝绸面料制作的地地道道的中国民族服装，图案如何之美，含义如何之深等等，把她们说得一愣一愣的，都入了迷了。

而不懂外语的我，除了心甘情愿地按照女儿的指点挺挺胸转转身，临时当几回街头中国传统时装老模特外，就只有让脸部笑神经随时保持东方人特有的“东方式微笑”魅力的份儿了。但心中亦不免暗自发笑道：如果是夏天，再套上这么一袭漂亮的正宗中国国裙——旗袍，那还不得把这些美国的小姐女士们给全镇傻了？

佳肴配雅名

独具特色的中国饮食，早已香飘海外，“味”满全球了。这次在纽约多次赴中国城吃中国餐和年饭，对这一点更是有了直观的感受。

中国年期间，男女老少倾出家门到中国城的中餐馆吃年饭，已成为海外华人约定俗成的习惯。因而这一期间中餐馆生意格外跑火，年饭都要提前预订。尽管天不作美，一股强劲的寒流席卷美国东部，造成纽约气温骤降，大雪盈尺，天寒地冻，但这丝毫没有影响到纽约华人欢度中国年的兴致，中国城内的中餐馆照样家家爆满，高朋满座，处处洋溢着喜气洋洋、热热闹闹的欢乐气氛。

与中国年这种喜庆氛围相适应，中餐馆推出的一道道菜肴都冠以充满吉祥风味的雅名，如金鸡报喜、发财好市、龙皇献瑞、富贵有余(鱼)、四喜大拼盘、八宝海皇羹、如意年糕、元宝水饺、恭喜发财面等等，既讨了口彩，又助了食兴。

引起我注意的是，在中国年期间多次在中餐馆就餐时，每次都看到有不少美国人也前来品尝中国餐。我不禁想到在1965年，美国的种族主义者曾指控中国人用两根“小棒”吃饭。然而时过境迁，如今中国菜不仅在美国扎下了根，还备受“老美”推崇，连美国的电视台也经常介绍中国名菜的“烹饪”(美国的叫法)技巧，美国还成立了专门宣传推广中国菜的食艺推广协会。

那么，“老美”是怎样吃中国餐的呢？带着这种好奇心，我特意留神“老美”们的吃法。看得出来，“老美”对两根神奇的“小棒”是难以驾驭的，用起来显然颇为费劲，但也看到一些“老美”自有高招，让我长了不少见识。

一次在中餐馆吃饭时，看见几位“老美”点了几盘饺子，我当时还挺纳闷，这饺子滑溜溜的，连我们中国人用筷子都不好夹，这些“老美”可怎么吃？可我很快发现，我的担心纯属多余，他们使用的不是筷子，而是西餐用的叉子，一口一个，一叉一个，比我们用筷子还顺溜，不一会儿一盘饺子就下了肚。“中餐西吃”倒是别具一格，我不免暗自思忖：瞧这些“老美”那股老练劲儿，怕是中国餐的老食客吧？

海外中国餐的发展趋势

中国餐为什么受欢迎？听女儿介绍，原因大致有三：一是价廉，比如吃一次配有几盘炒菜，且各种佐料一应俱全的北京烤鸭仅40多美元；二是味美，中餐制作强调色香味美形俱佳，既好看又好吃，"味道好极了"；三是健康，即采用植物油代替猪油，多用豆类、鱼类和家禽，少用动物内脏，多用蒸煮，少用油炸，以降低胆固醇与脂肪。有这三大优势，中餐馆自然食客盈门，还吸引了不少"老美"。

我在美国曾看到有关资料介绍，据统计1991年全美有中餐馆2.15万家，年营业额逾70亿美元，成为华人社会两大主体经济支柱之一。据说除大陆、台湾外，全球有16万家中餐馆。可见中国饮食文化不仅被美国社会所接受，也为世界大多数国家和民族所喜爱。

从发展趋势来看，海外中餐馆将向两个方面发展：一是趋向高品位，使中国菜成为色香味形俱佳的高档菜肴，为顾客提供高级的生活享受和社交媒介；二是走向普及化，现海外中餐式的快餐已初步定型，它采用中西混合的方式，除了煎包、素菜包、水饺、年糕以及炒菜、排骨、盐焗鸡等中餐传统主副食外，也迎合当地人的口味增加了牛奶、汉堡包、面包、咖啡、冰淇淋等等。这些食品配套推出，深受中外顾客欢迎。中餐要走向世界，必须继续做到"精"、"美"、"情"、"礼"4个字，同时也要管理现代化、卫生现代化、设备现代化，选料要精，造型要美，厨艺要提高，人际活动要灵活，以便更好地向世界展现中华民族饮食文化的无穷魅力。

狗年发威

在中国十二生肖中，今年轮到狗“坐庄”了。于是，待金鸡引吭高歌完毕，狗便登上中国年的台面，“叫”起主角来了。在中国城内，商店、餐馆、超级市场门口常见的一副对联便是“万事盛意，狗年发威”，书商们也乘着狗威推出一些狗年运程书应市，过年期间更成为人们的热门话题。看来，借助狗威，谁不想在狗年发一发呢？

有趣的是，“老美”也提出要狗年颂扬狗精神，而且狗历来都是美国人的宠物。抓住狗年，电视台、报纸杂志等传播媒介不失时机、铺天盖地般大放大登诸如狗食品、狗服装、狗玩具、狗肥皂、狗用洗涤剂等系列狗用品广告。美国还专门有为狗提供各种服务的狗旅馆、狗医院、狗美容中心等，死了有狗塔、狗坟。可谓从生到死，吃穿用住，打针吃药，应有尽有。可是在纽约街头，我经常看到不少流浪汉，他们与那些备受宠爱的狗类相比实在是寒酸至极，真有一种人狗颠倒的感觉。

在纽约，我常常在公园、超级市场、大街上和中国城看到人们牵着各个品种的狗，这些狗往往在狗美容中心经过精心的“烫”发美容，穿着鲜艳时髦的狗毛衣。甚至在溜冰场也看到一些老外牵着狗溜冰，狗跟在主人后面连跑带滑，有时跟不及便四爪伏地跟着哧溜，闹不好就摔个跟头，那种滑稽状看得我捧腹大笑，乐不可支。

狗年邮票

从去年起，每逢中国农历新年，美国都要发行一枚动物生肖邮票。今年是狗年，狗自然名正言顺地继金鸡之后一跃跳上美国邮坛，潇潇洒洒作起秀来。

对于喜欢集邮的我来说，自然亟切盼望能在纽约购到美国发行的狗年邮票。2月初，纽约的中英文报纸都公布了要在2月7日公开发行狗年邮票的消息。2月7日的一大早，我就兴冲冲地和女儿一家驱车赶往位于中国城的法拉盛邮局。出乎我意料的是，尽管当天气温很低，但邮局门口早已排上了长长的队伍。除了华人、韩国人、日本人外，"老美"亦有不少排在其中。当地所在的皇后区还专门组织了189中学的学生合唱团在邮局演唱中文歌曲，以烘托节日气氛和庆祝狗年邮票的发行。

今年发行的狗年邮票面值29美分，在中国民间象征喜庆的鲜红底色上，一只艺术化的憨态可掬的剪纸小狗圆睁一双大眼，好奇地注视着我，看上去甚是可爱。邮票右侧用英文分三排写着"Happy new year"（新年快乐），左侧则用中文竖写"狗年"二字。这种"中美合璧"、中英对照、各占半边、互不干扰的图案确实别具一格，令我爱不释手。虽说买这十张邮票让我冒着严寒排了40多分钟队，可我觉得挺值。

这次在纽约过中国年，给我留下了深刻而美好的印象。我深深感到，海外中国年的凝聚力是巨大的，它集中展示了中国人的思想观念、伦理道德、文化艺术和风土人情，突出体现了中华民族古老而悠久的文化传统。中国年,实际上已成为联结海外华人的精神纽带,也是中国根在海外的延续。

(此文载于 1994 年 3 月 8 日《信息日报》)

剪刀里的艺术世界

——欣赏德惠战友纸贴画有感

欣阅纸画，感受颇深。利用废纸贴画，构思巧妙，彩色艳丽，主题突出，是独具特色的纸贴画作品。而我则是利用废布料贴出布画，这两种作品可称为是姊妹艺术。

值得赞扬的是，德惠同志是在多种疾病缠身不能坚持正常工作的情况之下，病休期间创作出来的纸贴画艺术。她有过痛苦和忧伤，但没有在呻吟中度日。人生的旅途中总会遇到各种灾难和不测，有的人可能被击垮而倒下，而德惠同志以坚强的意志顽强地向疾病作斗争，穿越了人生的诸多忧患，以达观的心态创作出独特的艺术纸贴画，并且取得了丰硕的成果，彰显了一位共产党员不屈的性格、高尚的精神境界和人格魅力。“寒稍虽数叶，高节傲霜风”。

面对疾病的缠身给她身体带来的痛苦，她出于对生命的热爱，对生活的热爱，创作出纸贴画，坚持多年的创作。不间断地在艺海中遨游，使她不仅战胜了疾病，重新走上工作岗位，获得了精神上的快乐，同时使她拥有了丰富的内心世界。

纸贴画独具特色

离休之后的近 20 年,赵德惠同志孜孜不倦,作品日趋成熟。题材广泛、主题突出、设计巧妙、色彩艳丽、生动活泼、与时俱进。我认为这是她作品的特色。

作品中充分展示出作者对党、对社会主义、对改革开放的讴歌和颂扬,如“时代之光”、“党的生日”、“建国 60 周年”等重大节日,她满怀深情地创作出作品。“锁住记忆”,“留住往事”。从这些画面中,可以窥视出作者几十年革命生涯中成长的经历,对党的感恩之情。她于 1948 年 12 月,还是尚未脱掉稚气的花季少女时就参加了革命。

在战争的硝烟还没有散尽的时候,她响应党的号召,怀着解放全中国的坚定信念, 随军南下,1949 年 5 月到达江西这片富有光荣革命传统的红土地。在这片土地上,她奉献了自己的一生,把自己的青春献给了共和国的黎明。如今岁月的犁铧已经在额头上耕满了皱纹, 岁月带走了如花的年龄。耄耋之年的德惠同志头顶白发,它是月光的精华,有岁岁年年的故事。虽然没有青春的光洁,但是多了穿越漫长岁月积累起来的力度。

在几十年的革命经历中, 头脑中的每个隙缝透出许许多多的故事,这是取之不竭、用之不尽的创作源泉。恬静而高远的眼神充满了沧桑的历史,冷暖人生,曲曲折折。

现在德惠同志“白头虽老心存赤”。抖落了人生征程中的艰辛,甩开了尘世间的喧嚣和浮躁,怡然、从容。“静观万物皆自得”的心态,回忆流逝的岁月,对爱情、亲情、战友之情的回忆,或点滴或全貌。那一张张闪回的历史画面,跨过了千山万水,透过历史烟云,穿过岁月的风尘在纸画中给人一种深沉的情愫。在画面上,配有简练、优美、抒情的诗句,寓意深刻,回味无穷,表达出作者内心的情感,给观赏者一种高雅文化上的享受。

作品说明了作者深厚的文学底蕴。哲人曾说过:“头顶艺术、脚踩文学”。这是对艺术家的教育,要创作出有政治性、思想性、观赏性、群众喜闻乐见的精品奉献给社会。没有文化内涵的作品,是没有生命力的。民间艺术既有继承传统,又具有时代感。愿我们共勉之。

为有源头活水来

德惠同志曾就读于师范学校,有很好的文学基础。参加工作后又多年从事文字工作,加之休养时期以“少年好学、青年苦学、老年通学”的精神坚持学习。她的知识面很广,在她的纸画中尽情地泼洒她的聪明才智。通过一幅幅的纸贴画,把她对生活的热爱,传递给每一个欣赏她作品的人,传递快乐,收获快乐。

她的作品以生命为原色,是长期革命生活沉淀的痕迹,真实地表现自己的心境,作品有着自然的力量,画面展示出朴素的美。珍惜现在的生活,也珍惜那消失的记忆。

她有一个和谐幸福的家庭,儿女被培养成优秀的人才,受到很好的教育。小儿子张恒曾是中央电视台焦点访谈节目主持人，大儿子在海南电视台从事主持、编导工作。子女们对她的创作给予了大力支持和帮助，并给她出了3本画册，作为精神财富传给后代作为永恒的纪念。子女们的支持、战友们的鼓励，给她的创作增强了信心和勇气。现在仍然以“老牛已知夕阳短，不用扬鞭自奋蹄”的精神，不断创作。认真学习，就是她的源头活水。

现在党中央提出文化大发展，打造文化强国的伟大号召。晚年欣逢太平盛事，人遇和谐之春，给我们艺术家们提供了广阔的平台。让纸贴画艺术在这平台上绽放出光彩夺目的花朵，为民间艺术增添光彩，也给她的晚年写下精彩的一笔！

祝福您：让幸福和平安追随着您！

祝福您：让春天的脚步紧紧与您相随！

祝福您：让春华秋实与您同在！

（此文为赵德惠同志画册序文）

南下历史，永载史册

我反复阅读了《南下》一书，同时还看了《当代江西史研究》以往刊载的有关当年参加南下的同志们的回忆文章，尤其是时隔35年之后时任中共中央总书记胡耀邦在视察江西时的讲话，其中关于对南下干部的多方面的评价深深感动了我。他说："这代人在江西搞了35年，功劳是很大的，没有他们的努力，怎么能够有今天的江西。"这番话，对在江西的南下干部的历史功绩给予了很高的评价与肯定。读后，联想到自己南下江西60多年所走过的历程，真是百感交集。

昨天不可忘记，历史不会褪色。沉淀在记忆中那些抹不掉的峥嵘岁月虽然已经过去了60多年，至今回想起来仍然历历在目。

1949年5月，我和南下的战友们满怀革命豪情，告别了父母亲人，作为数十万四野部队中的一员，从东北浩浩荡荡一路南下，席卷残敌，斩关夺隘，跨过黄河，横渡长江，向南方挺进。一路上曾遇到敌机跟踪轰炸，有国民党残余势力不断干扰破坏，加之气候炎热、蚊叮虫咬、疟疾缠身、水土不服、语言不通、生活不适……但是这一切都没能阻止我们的前进步伐。最终，我们历尽艰难险阻，抵达江西。

到达目的地后，我们立即接管城市，深入农村，剿匪反霸，实行土改，建立新政权，稳定社会秩序，恢复发展经济，为江西的社会发展奠定了坚实的基础，同时也为江西各项事业的建设贡献了我们的青春和热血。对此，胡耀邦同志肯定我们南下干部“功劳是很大的”，确实如此。

回想南下时，我还是一名年仅17岁的部队医务人员，阅历简单，文化不高，连自己的名字都写不好。但是在首长和战友们的关心帮助下，我逐步提高了自己的政治觉悟和文化水平，也逐步适应了从北方到南方、从军队到地方、从不适应到适应的地域、身份、工作等全方位的转换，为江西的发展建设做出了自己力所能及的贡献。

江西作为中国革命的摇篮、人民军队的摇篮、共和国的摇篮、工人运动的摇篮而闻名于世，在中国近代史和现代史上具有举足轻重的地位，加之南下这段历史时间不长，因此相比较而言在江西革命史上被关注不多，处于被边缘化的状态。南下至今已有60多年的历史，当年南下时十几二十岁左右的年轻人现在也已进入耄耋之年，近7000的南下干部现在只剩下两千余人，且多数身体欠佳，记忆衰退，能提笔撰写文章的更少，再不加以抢救，这段历史将面临湮灭的危险。因此，《当代江西史研究》及时把“南下”这段历史作为专门课题加以调查研究，认真挖掘这段历史，刊登当年南下干部的回忆文章，而且结集出版，确实是做了一件功德无量的大好事，使我们这些曾经有幸参加南下的老人非常感动。对该刊付出的辛勤劳动表示衷心感谢！

在这里，我认为还应该感谢崔铭大姐。作为南下干部的一员，她除了自己亲笔撰写回忆文章之外，还为挽救这段历史做了很多具体的宣传动员组织工作，从而使《南下》一书得以顺利出版。

戎装虽已离身，历史却难忘怀。雄兵仍在胸中征战，军号仍在耳边回荡，硝烟仍在记忆中缭绕，炮声仍在谈笑中震响。今天，当我们的生活被甜蜜浸泡得发腻的时候，昨天的回忆是一种不可缺少的营养剂，可以给我们必需的钙质，使我们的精神时刻保持着积极向上的状态。

《南下》一书，对我们也是一种激励和鞭策。它的出版，对于那些已经长眠在红土地上的战友们而言是一种纪念，对于我们仍然健在的老人们来说则是一种心灵上的慰藉。我愿意再次拿起笔来，为那段历史留下自己的一丝痕迹，充实那段令我们终生难忘的红色历史！

（此文载于 2014 年第 2 期《当代江西史研究》）

注：另据不完全统计，从 1999 年至 2014 年，李琳总共接受省、市电视台和广播电台不同频道的采访达 45 次；《中国老年报》《江西时报》《江南都市报》《信息日报》《江西晨报》《新法制报》《南昌日报》《南昌晚报》《老友》等报刊对李琳的采访报道 23 次。

后记

2014 年 5 月 8 日上午，我在门球场上接到了江西高校出版社一位叫邱建国的同志打来的电话，他说在报纸上看到一篇关于我的报道，认为是出书的好题材，要来找我当面谈谈。我表示欢迎，我们约好下午 3 时来我家。

上午 10 时我从球场提前回来。既然答应了，就要先做点准备。我和钟点工胡春香把 60 多本日记全部搬出来放在阳台的台子上，整整齐齐一字排开。

下午 3 时，他们准时来了。一位是社科中心主任邱建国，另一位是社科中心策划部主任李目宏。他们来谈的目的，是打算由他们协助整理出版我的日记。我感到自己是个小人物，一个普通的老兵，没有什么气吞山河的惊人业绩，也没有动人的事迹，有什么写头？但他们认为我能坚持写 60 多年的日记已是个壮举，这样连续完整的记录很少见……

他们把出书的思路和我谈了，并答应派两位年轻编辑协助完成这项工作，作为国庆 65 周年的献礼书。我最后表示，等小儿子江源回家来商量决定。几十本日记，浩瀚如海的上千万字的文字，

“竹木丛丛问樵夫，何处着斧？”我担心这项工作的难度。

江源回来后，我们 4 个人谈了一次，看到出版社同志的诚意和热情，加上他们和江源的鼓励，我同意将我的日记整理出书。由于“文革”开始时，为了不给爱人、家庭和我自己带来麻烦和灾难，我忍痛将 1949 年至 1966 年共 17 年的日记付之一炬，现在只能通过回忆，将这一段时间的一些事情尽可能补写出来。另外，由于日记篇幅较小，一些内容丰富的事件，则采用口述实录的方式，作为对日记的补充。方案确定下来，出版社派了年轻的女编辑付蔷伟来给我录音，然后回出版社整理成文字稿。这个将 65 年的日记整理、编辑成书的浩大工程就这样开始了。

我大概统计了一下，到 8 月 19 日为止，小付先后来我家录音达 16 次，共计录音 32 小时。她不辞辛苦，冒着炎热来回奔走，回去后还要加班整理修改。记得在 7 月 22 日，《南昌晚报》一位年轻的记者邹鹏飞第二次来采访我，当时小付也在我家里录音。邹记者提出想就我的日记出书情况采访一下小付，但小付却委婉地谢绝了，不肯透露任何出书情况。后来她跟我说，她之所以不愿接受采访，是要对出书的情况加以“保密”。她的话，给我留下了深刻的印象。

李齐也来过多次，每次都阅读日记，查找合适的内容，走时还要带上几本日记回去继续翻阅。我共有 60 多本日记，光是翻一遍工作量都相当大，可想而知，两位年轻人是非常辛苦的。这是他俩刚刚走出校门进入出版社后的第一项工作。在和他们的接触中，我感受到了这两个年轻人的活力。他们积极热情的敬业精神和任劳任怨的工作态度，让我非常感动。

在此，我要向大力支持本书出版的江西高校出版社领导和社科中心的这4位同志表示衷心的感谢！没有他们的辛勤工作，我的这本书是无法面世的。

李琳

2014年8月22日